難為侯門妻 5 完

不要掃雪 著

風文創 133

目錄

第九十九章

自從莫家與夏家訂親之後，京城裡頭當真是傳得沸沸揚揚，別說是普通百姓，就連侯門權貴，甚至於宮中都在討論著此事。

夏玉華卻並不覺得自己的日子與往常有太多不同的地方，只不過莫陽如今成了她名正言順的未婚夫，而他們兩人見面次數也就自然而然的增多了。

兩人一併討論了一下具體婚期的事，莫陽只說讓玉華作主就行了，如今這丫頭已經是他名正言順的未婚妻了，他倒是有足夠的耐心再多等些時日。

而事實上，夏玉華的確也好好的考慮過婚期的事，她綜合了一下大概的情況，覺得半年左右算得上是最為合適。一來籌備婚事本也需要些時間，二來到那個時候，自己計劃的一些事情基本上也已經辦得差不多了。

於是莫陽特意找人在玉華所說的時段裡挑選了一個黃道吉日，如此一來婚期也算是具體定了下來。

兩家人如今更是馬上就開始張羅了起來，半年時間說短不短，可是對於籌備婚事這樣的頭等大事來說，卻也還是得趕著來做。不論是莫家或夏家，都極其重視這一次的婚事，雖說按兩家的行事風格都不會太過張揚，但是重視與隆重卻是一定的。

在莫老先生的支持下，莫陽則開始著手規劃日後他與玉華成親後所居住的那處單獨的別院，說實話，莫陽很早以前就考慮到了這一點，所以沒等夏冬慶出聲便已經先開口求了爺爺。

他知道莫家的情況，也清楚玉華一直以來所處的環境，所以莫家那樣的大家族及大宅院並不適合玉華，再者玉華不比其他女子般成日裡都待在家中，日後進進出出的難免會被有些人當成話柄，惹出些不必要的是非來。

所以，他自然不願意讓玉華活得那般拘束，他所愛的人應該擁有最大的自由與幸福，既有的他會全力提供給她，沒有的他則會創造出來做到最好。

而莫家也有未分家卻在成親後單獨搬到旁的宅院居住的先例，所以莫陽沒有費太大的力氣便說服了爺爺，得到了家人的同意。當然，這一切他都是以自己為考量因素，並不想讓莫家其他人覺得玉華尚未過門便有諸多特殊要求。

反正別院與莫家大宅相隔不遠，請安盡孝什麼的，經常也都可以回去，這樣一來，便是兩頭都不會影響到，反而因為不長住在一起，說不定家人對玉華還會更為喜愛一些。人都是這樣，相處容易同住難，再多的優點，再大的好處，成天那麼多人住在同一個宅子裡，難免總會生出嫌隙事端來的。

莫陽準備將別院重新翻修，特別是他與玉華住的院子更是得好好裝修，不過他更想按照玉華的喜好與習慣來弄，如此一來，日後等他們成親了，玉華也能夠住得更適應更舒心一些。

婚事的準備依舊按部就班的進行中，而不久之後，情報機構那邊亦終於蒐集到了關於西北邊境敵國的各種訊息。這一日，莫陽正式將夏玉華帶到了他們情報機構的一處秘密集會處，讓她自行判定、篩選諸多情報之中所需要的資料。

看著桌子上分門別類擺放好的各種情報盒，夏玉華不由得作了個深呼吸，臉上神情驚喜又困惑的，好似看到許多寶物卻不知從何下手一般。

看到玉華如此可愛的模樣，莫陽忍不住伸手拍了拍她的頭道：「放心吧，我陪妳一起篩選。」

他的目光寵溺而平和，帶著一種說不出來的愉悅。兩人訂親後，他與玉華之間的關係可以說是越發的親密無間，每每看到玉華不自覺朝自己做出各種親暱而自然的小女人舉動，他當真覺得自己是這世上最最幸福又幸運的人。

點了點頭，夏玉華笑著從最近的一個情報盒開始下手，而她也將自己特別所需要的訊息跟莫陽簡單說了一下，兩人便認真的篩選起來。

篩選工作竟然比想像中的還要順利得多，不到兩刻鐘的工夫，夏玉華這邊似乎有了重大的收穫，她看著手中這份很特別的情報，不由得露出一抹滿意的笑容。

「就是這個了！」夏玉華將手中所找到的那份情報遞給一旁的莫陽說道：「莫大哥，你看看這個！」

莫陽見狀，自是停下了手中的忙活，接過夏玉華遞過來的情報一看，卻是不由得皺了皺眉，而後看向她道：「玉華，妳不會想親自去一趟西蜀國吧？」

「是的！」夏玉華一臉肯定地說道：「這個情報比我之前所預想的更加有用，只要我可以做到的話，所有的主控權便全都到了我的手上了。」

「可是此事太過危險，萬一讓他們發現妳的身分的話，怕是……」莫陽顯然還是擔心的，畢竟事關玉華的安危，西蜀不比其他地方，去到那裡的話，萬事都是無法預料的了。

但他的話還沒說完，夏玉華卻搖了搖頭道：「無妨，到那個時候，我原本也沒打算要隱瞞自己的身分，這一趟我勢在必行。」

很早之前，夏玉華便想到了，西蜀一行肯定是不能少的，只不過原先計劃的並非是這樣，而如今看著眼前這份情報，她覺得這是上天給她的一次最佳機會，所以自然沒有理由不去緊緊抓住。

幾天後，夏玉華便準備好一切出發了。夏玉華一方面聽從父親的意見，將那些暗衛全都給帶上，但另一方面卻重新調整了一下人員。除了向來跟著她貼身保護的松子以外，她讓其他幾人提前出發先行前往西蜀為她作些事先準備，等她到達後自是會更加方便得多。

馬車出了城門，在官道上行駛了一會兒，忽然卻聽外頭松子大聲勒馬停止的聲音，緊接著馬車很快停了下來，似乎前方不遠處有人騎著馬攔住了去路。

下車一看，夏玉華不由得愣了一下，只見莫陽已經牽著馬立於一旁，正含笑的看著自己。

「莫大哥，你怎麼來了？」夏玉華說著朝那莫陽牽著的馬兒看去，馬背上頭掛著好些物件，那樣子一看可不像是單純來替她送行的。「昨日不是說過了不必再來相送的嗎？」

莫陽拍了拍馬背上的鬃毛，也知道玉華剛才一眼便看到了馬背上所掛著的這些東西，因此倒是直接答道：「我今日可不是來送行的，只不過昨晚回去後忽然接到消息，西北邊境那裡的生意正好需要人過去打理一二，所以想著反正與妳同方向，便一起結伴而行豈不很好？」

「這麼巧？」夏玉華一聽便知道肯定不是真有這麼巧合的事，想來這一切怕是莫陽早就安排好了的，只不過沒有提前告訴她罷了。

一開始她並沒想讓莫陽特意陪她去西蜀，畢竟時間要好久，莫陽手中的事也多得很，再說反正其他都已經安排好了，也沒必要再特意讓他抽空陪自己去了。卻原來他早就打算好了要陪她一起去，只是怕她不同意，所以乾脆來個先斬後奏。

「巧不巧的，反正就給趕上了。既然如此的話，那正好就讓我陪妳一併去趟西蜀吧，也是要到那邊去，耽誤不了什麼時間的。」莫陽邊說邊朝著一旁的香雪說道：「好了香雪，趕緊扶妳家小姐上車吧，中午前，我們得趕到三里坡那邊才有落腳的地方吃東西。」

一旁的香雪聽著，心裡頭早就樂開懷，小姐這趟西蜀之行如今有了莫公子保駕護航，那自然是再好不過了。因此聽到莫陽的話，趕緊上前去扶夏玉華道：「小姐，咱們趕緊上車出發吧！」

夏玉華本還想說點什麼，不過莫陽卻朝著她又是一笑，而後直接翻身上馬道：「我在前邊帶路，有什麼事讓松子喊我一聲就行了。」說著，騎上馬便先行慢慢出發了。

見狀，夏玉華也不再說什麼，轉而朝著一臉高興的香雪示意了一下，主僕倆一併上車了。

原本單調無趣的旅程，因為有了莫陽的加入，一切似乎都變得有意思了。雖然大多數時間，他們都在各自的馬上及車上趕路，並沒有太多的交談，但是那種知道你就在我身旁的感覺當真極好。

一連走了七天，一行人已經到了西北邊境。天色已晚，所以他們決定先在鎮上找個客棧住上一晚。第二天一大早，順利通關之後，繼續往前行，在太陽落山之前到達了西北邊境偏南的西蜀三元郡，只不過在進城之際，一行人在城門口卻是碰上了些麻煩。

「怎麼回事？離城門關閉不是還有半個時辰嗎？」香雪挑開了車簾，看著前邊排得長長的隊伍卻根本無法再向前了，不由得回頭朝夏玉華說道：「小姐，那邊城門好像已經關了。」

「不是城門關了，而是只給出，不給進了。」松子定定地看著前方，糾正香雪的話，而後說道：「公子、小姐，我先過去看看。」

說著，松子便準備下車先行察看，馬車本就已經趕到了路旁，前邊堵得滿滿的人群估計一時半刻也是過不去了。

「我去吧，你留在這裡照顧好她們。」莫陽卻是先一步下了馬，朝著馬車裡頭的夏玉華用眼神示意了一下，而後先行走過去了。

見一時半刻沒這麼快通行，香雪便扶夏玉華先下車舒展舒展筋骨，這馬車坐久了，渾身上下都覺得特別的難受，趁著空檔活動活動是再好不過的了。

下了馬車，夏玉華朝著四周看了看，正欲收回目光之際，不由得被前邊一對剛剛從城裡出來的母子給吸引住了。

「香雪，妳去把那對母子叫過來一下。」夏玉華沒有猶豫，很快便朝著香雪吩咐道：「說話客氣一點，別嚇到他們了。」

「是！」香雪雖然不知道小姐叫那一對母子來做什麼，但還是領命走了過去。

那對母子衣衫破舊，神情憔悴，特別是那個小男孩，看上去瘦得像根竹竿似的，偏生肚子卻大得嚇人，讓人看了特別的覺得不舒服。

香雪很快便將那對母子叫了過來，看到夏玉華時，他們一臉的緊張，不知道自己是不是犯了什麼事。

「小、小姐，您找我們有什麼事嗎？」婦人小小聲的問著，連正眼都不敢直視夏玉華，手裡卻還牢牢的牽著自己的兒子，似乎很怕有人會傷到他們母子似的。
「大嬸，妳別怕，我讓婢女叫妳過來並無惡意。」夏玉華見狀，先是稍微安撫了一下，而後再繼續說道：「大嬸可知道妳家的孩子病了？」
聽到夏玉華的話，那婦人不由得吃了一驚，這會兒倒也顧不上緊張害怕的，徑直看向夏玉華脫口而道：「小姐怎麼知道？我今日本就是帶著這孩子進城想給他看病的，可是銀兩不夠，沒有一家醫館肯給這孩子看病呀！」
婦人的話帶著難以言喻的辛酸，她一大早特意把家裡頭能夠賣得出手的東西都拿出來賣掉了，可是醫館的人竟然說連診費都不夠付，門都不讓她進，她求了好半天也沒人理，只得帶著這可憐的孩子出城準備先回去再說。
婦人說話時，莫陽已經從城門口走了過來，而先前聚在前邊的人群也漸漸的散開了。
「玉兒，我打聽了一下，可那些守城之人並沒有說出具體的原因，只說下午便得到了命令，這三天之內，都是許出不許進，三日後方可恢復正常。」莫陽邊朝夏玉華解釋著，邊朝那對母子看去，剛才遠遠的便注意到了玉華似乎在跟這對母子說著什麼。
那個婦人聽到這話後，卻是補充說道：「小姐，我先前在城裡頭聽人說，西南王的愛妃得了很嚴重的病，治了很久也沒好，所以請了西蜀有名的巫師來給王妃驅邪治病，因此才得閉城三日，只許出不許進。」
「驅邪治病？」夏玉華不由得笑了笑，看向莫陽道：「以西南王的性格，怎麼也會相信這些東西？」

莫陽卻是不覺得太過意外，平靜分析道：「很正常，關心則亂。」

「這倒也是！只不過如此一來，怕是那王妃的病將會更嚴重了。」聽到這句關心則亂，夏玉華不由得點了點頭，也不再有任何覺得不可思議的，反倒是心中對此人有了幾分好感。

「無妨，今日我們便可以進城！」莫陽一臉不必擔心的朝夏玉華笑了笑，而後將一張剛剛在城門口揭下來的榜文遞給她道：「妳看看，這是西南王府張貼的，我已經替妳揭榜了，守城將領這會兒已經派人去稟告西南王了，咱們就在這裡稍等一會兒吧。」

「如此的話，真是太好了！」夏玉華瞬間鬆了口氣，這個時候她還真是沒法再等那麼久了。說著，她又稍微看了看手中的榜文，上頭寫著凡是能夠治好王妃之人，賞黃金千兩，加封四品官職，這樣的賞賜當真豐厚，足見西南王對其王妃的重視程度非同一般。

「這位小姐，你們揭了這榜，難道你們會看病？」一旁的婦人聽了夏玉華與莫陽的對話之後，心中頓時升起了一絲希望，如果真是這樣的話，這小姐又主動的叫住了他們，說不定自己兒子還真是碰到貴人了。

聽到婦人的問話，夏玉華這才回過神來，轉而朝那婦人道：「大嬸，我剛才看這孩子氣色不太對，腹部鼓脹得厲害，我可以給他稍微瞧一下嗎？」

那婦人一聽，頓時吃驚得不行，結結巴巴地說道：「難、難不成、是、是小姐您會醫術？」

「那當然，我家小姐的醫術可厲害了！」香雪見那婦人驚訝不已，笑著趕緊替自家小姐聲明道：「別說是妳孩子的病了，再大的病那也是看得好的！」

那婦人一聽，連忙拉著那孩子一把朝著夏玉華跪了下來，乞求道：「小姐，求您一定要救救這孩子，我們村裡已經有兩個孩子就是跟我兒子相同情況死掉的，求求您……」

「大嬸，快別這樣。」夏玉華見狀，連忙上前將婦人扶了起來。「既然我主動叫了你們過來，自是不會見死不救的。」

將婦人扶起後，一行人先行走到路旁搭的茶水鋪裡坐下，夏玉華便開始替那孩子細細的檢查起來。

掀開那孩子的眼睛細看了一下眼睛顏色，又檢查了一下大得出奇的肚子，把過脈之後，夏玉華這才朝那婦人問道：「大嬸，孩子是不是經常說肚子疼，而且平日喜歡抓地上的泥巴這些東西吃？」

「是的是的，小姐說得一點也沒錯！」那婦人連忙回答道：「平日裡我們打都打不怕，這孩子也不知道到底是怎麼了。」

夏玉華又問道：「你們村裡是不是有不少孩子都有這樣的情況？」

「是的，村子裡有一小半的孩子都這樣，前幾天還死了兩個孩子，村子裡的人都急得不成樣子，有些人湊了錢找郎中看了也沒看出什麼來，只說是治不好了。」婦人說得眼淚都流了下來。「小姐，我兒子到底得了什麼病呀，能不能治得好呀？」

旁邊圍觀的人漸漸多了起來，很好奇的看著一個穿著得體不俗的小姐竟然在給一個小孩子看病。

而夏玉華倒是沒在意圍觀之人，朝著那婦人解釋道：「這孩子肚子裡長蟲了，得趕緊打蟲才行，否則的話蟲子會把腸子咬斷的。他這已經很嚴重了，再遲兩天的話便真是沒得救了。」

說著，夏玉華朝著香雪說道：「去取筆墨來，我開個方子。」

香雪見狀，連忙去馬車上取隨行所帶的筆墨，而夏玉華則繼續朝那婦人說道：「大嬸，除了你們村子，附近還有其他地方的人也出現這樣的狀況嗎？」

婦人答道：「還有隔壁兩個村裡也有，只不過沒我們村裡那麼厲害。小姐呀，這到底是什麼蟲子呀，怎麼這麼厲害呢？以前我們也有給孩子吃過一些打蟲藥的。」

「這不是一般的蟲子，所以一般打蟲的藥是不管用的。」夏玉華解釋道：「妳記住了，日後別讓孩子吃你們那田裡或河邊撿來的一些田螺什麼的，這種蟲專門寄生在那些東西裡頭，還有，不能再喝生水了，得將水完全煮開了才能喝，知道嗎？」

「好、好，我知道了、知道了！」婦人連忙點頭，一臉感激而期盼地看著夏玉華。

待香雪取來了筆墨，夏玉華微微想了想，很快便將方子開了出來，遞給婦人並囑咐道：「大嬸，這個妳拿著，回去趕緊給孩子抓藥煎服，三碗水煎成一碗藥喝下，像妳這孩子比較嚴重的一般服上三帖藥就沒什麼大問題了，如果是沒這麼嚴重的兩帖藥就行了。」

婦人一聽，當下便激動得不行，連聲道著謝，如獲至寶的接過那方子，只不過她稍微看了一眼那方子後，神色卻不由得再次黯然下來。

第一百章

一喜一憂，片刻之間在那婦人臉上顯露無遺，莫說是周圍圍觀之人，就連莫陽與夏玉華如此淡定之人也不免覺得有些疑惑。

香雪見狀，連忙出聲替自家小姐先行問道：「大嬸妳怎麼了？是不是不識字？不識字也沒關係呀，妳把方子給人家藥店的人便行了，他們自然會替妳將藥給配齊抓好的。」

「不，不是的，我不是那個意思。」婦人一臉尷尬地搖了搖頭，猶豫了一下後將目光再次投向了夏玉華。

「小姐，我……我想問一下，就這個方子上頭的藥，抓一帖大概得多少錢呀？」婦人問得小心翼翼，她現在一點也不擔心這方子管不管用，這小姐看上一眼便說出孩子的症狀，醫術肯定是相當了得的，所以她唯一擔心的便是自己能不能買得起這些藥的問題。

聽到這話，在一旁一直沒有出聲的莫陽不由得暗自嘆了口氣，伸手正準備取點銀兩給這婦人，好讓她去別的地方找家藥店抓上幾帖藥，趕緊回去給這孩子治病救命。

不過，玉華似乎一下子便看出了他的用意，朝他微微搖了搖頭，而後又朝著那婦人笑了笑道：「大嬸，你們村子裡有沒有識字的人？有沒有識得一些簡單藥草的採藥人呢？」

婦人一聽，雖並不明白眼前這小姐問這個是什麼意思，卻也如實回答：「這個倒是有，我家男人就識得字，村子裡的男人好些都識得點藥草，平時有個不舒服什麼的，都是自己上山找點藥草弄弄就行了。」

「那就行，我這方子非常簡單，開的也全都是一些極常見的藥草，山裡頭應該到處都有的，不用花錢，回去後趕緊費點力氣去山上找就行了。」夏玉華交代道：「記住了，別的孩子若是沒這麼嚴重的，兩帖藥便可以了，吃太多的話，蟲子打沒了後，藥效會對身子有影響的。還有，告訴村裡的人，以後千萬不要再吃那些東西，也不要再喝生水了。」

這一下，那婦人頓時又是激動得不行，拿著方子千謝萬謝，又想再次下跪給夏玉華謝恩。

「趕緊回去吧，明天晚上之前一定得給孩子服藥了，千萬別再耽誤了！」夏玉華邊說邊示意他們趕緊回去。

見狀，那婦人這才沒有再耽誤，將那方子仔細的收起來，帶著孩子感激萬分的離開了。

旁邊圍觀之人亦紛紛議論起來，大夥兒似乎都看出了這個小姐模樣的女子當真竟是名大夫，而且醫術還相當了得，醫德及醫品也沒話說，診金一分錢都不收，開出的方子還盡可能的顧慮到了那些沒錢買藥的人，當真是極少見到這樣好的大夫了。

香雪見事情已經完結了，還有這麼多人圍著她們，因此連忙好聲的朝四周圍看的人勸著，讓大夥兒都趕緊散了去，而他們也得收拾收拾，準備一會兒王府的人過來確認後便可以進城了。

圍觀之人都還算和善，點著頭很快地走開了，唯有一名年約四十多歲、帶著一個隨從模樣的的中年男子還站在那裡沒有離開。見眾人都走得差不多了，這才上前一步，朝著夏玉華拱手客氣地說道：「這位小姐，在下宋慈，是南通縣的縣丞，今日因公而路過此處，正好看到剛才姑娘替那小孩診治一幕，所以有件事還想與小姐商量一二。」

聽了此人的話，夏玉華倒是很快想到了旁的事情。縣丞雖說不是什麼多大的官，但也是西蜀的命官，無端端如此客氣地對她說有事商量，這其中是否有詐？畢竟他們這一趟前來西蜀的目的還真是無法光明正大的示人，倘若這中間生出什麼其他麻煩來便不妙了。

正當她第一反應想到這些的瞬間，卻發現莫陽的目光正好朝自己看了過來，還微微眨了眨眼，示意她也不必過於緊張。

就在那縣丞說話的時候，莫陽已經仔仔細細的將人給打量了個清楚，發現他身旁有個官階印記的掛飾倒是與其所說內容相符，因此此人應該並無惡意與居心才對。

見狀，夏玉華也就稍微放下心，很快朝著那縣丞說道：「宋大人幸會，不知大人想與我商量何事？」

縣丞宋慈連忙再次說道：「是這樣的，宋某所在之地也出現了先前那個小孩子一般的病症，而且發病的地方都是些窮鄉僻壤，當地的百姓根本就沒錢看得起大夫，買得起藥。我先前見小姐所開方子全是普通百姓能夠自行找到的藥草，所以想求小姐將那個方子賣予宋某，宋某回去後也可以用這良方救更多的百姓，讓他們能夠免受疾病之苦，重獲新生。」

宋慈一臉真誠，特別是提到那些窮苦百姓時，更是一臉的感同身受。而此刻人群則再次慢慢的聚攏了起來，有人認出了宋慈，驚喜不已地說道：「這不是宋青天嗎？」

「是啊，還真是，南通縣的百姓可真是有福呀，有這麼好的父母官真是莫大之福呀！」眾人紛紛說道了起來，而宋慈顯然也沒料到自己竟然在這裡會被人認出來，一時間倒是有些不太好意思，連忙朝著圍觀的百姓拱了拱手，道聲過獎了。

於他而言，身在其位，自然得謀其職，這些本就是他應該做的，算不了什麼。

夏玉華見狀，這才意識到原來是碰上一名清官良吏了，因此當下便再讓香雪拿來紙墨，很快便將先前開的方子再次寫了下來。

「宋大人，這個方子您拿好了，一文錢都不用。」夏玉華將方子遞給了宋慈道：「您拿這方子是去救更多的百姓，這是大好事，我怎麼可能收您的錢呢？」

「小姐真是仁心仁術！」宋慈接過那方子看了一下，而後激動不已地拱手說道：「如此，宋某代那些受益於這藥方子的百姓謝謝您了。不知小姐尊姓大名，今日之恩，宋某定當銘記心頭。」

「宋大人不必多禮，我是醫者，這是我的本分，正如您覺得替您的百姓解憂亦是您的職責一樣。所以，我的名字也不敢讓大人如此銘記。」夏玉華沒有任何的避諱，直接伸手將那宋慈給扶了一下，不讓他再多禮。

「好！這話說得好！」人群中突然有道十分有力的聲音說道：「今日倒真是個好日子，

好官遇上良醫，兩位的舉止行為都讓人敬佩！」

順著那聲音看去，眾人這才看到不知何時，圍觀人群中竟多了一個身材魁梧的男子，這男子雖說一身的便服，卻難掩沙場男兒的豪氣，一看便知道不是普通之人。

夏玉華對這樣的感覺極其熟悉，不論是父親，還是軍營裡的那些叔叔伯伯，無一不都有著一股類似此人身上的豪邁與氣魄。

還沒等宋慈或夏玉華他們出聲，那男子倒是主動得很，上前一步，再次說道：「我乃西南王手下副將，聽聞剛才有人揭了王府的榜文，奉王爺之命來請其進城入府給王妃看診。」

「這位小姐便是那揭榜之人吧？」男子看向了夏玉華，一臉坦誠地說道：「沒想到竟然會是一名女大夫，若不是先前所見，我還真是有些不太相信呢！既如此，請小姐隨我等入城吧！」

「如此便有勞將軍帶路了！」夏玉華微微點頭應了一下，神色之間坦蕩無比，並沒有覺得醫者有任何男女之別的差異。

那男子見狀，又轉而朝縣丞宋慈說道：「宋大人一心為民，實在令人欽佩，望回去之後繼續施行仁政，善待地方百姓，大人的努力日後一定會得到應有的回報！」

進入西南王府後，副將將一行人帶到偏廳，並沒有馬上帶夏玉華去給西南王妃診治。

「你們在此休息一下，待我先去將大致情況稟報王爺知曉，而後再過來通傳。」副將說罷，又朝著一旁的莫陽略微看了一眼，而後這才先行出去。
副將很快便回來了，與夏玉華所預料的一樣，果真西南王只准她一人前往王妃所在寢室，而莫陽等人則繼續留在此處等候便可。
朝著莫陽點頭示意了一下，夏玉華也沒有半絲的猶豫，接過香雪遞來的醫箱，很快便跟著副將前去。此刻天色已晚，不過西南王府依舊燈火通明，經過一處庭院，看到有巫師在那裡圍跳著誦唱。
那副將倒是稍微解釋了一下，不過卻也表明這些不過是求個心安，西南王更主要的自然還是全力尋找名醫，替王妃醫治。
「將軍，我先前聽出城的人說，今日封城也與這些巫師有關，難道巫師治病還需得閉城三日嗎？」夏玉華想起了那婦人說的話，邊走邊隨口問了一下。
副將一聽，也沒覺得有什麼奇怪的地方，徑直答道：「夏小姐問這話便知道不是本地人，怎麼說呢，這也只是一種習俗與規矩而已，並沒有什麼特殊意義。」
聽了副將的回答，夏玉華便沒有再多問，點了點頭跟著繼續往前走。不一會兒到了寢室外頭後，副將自是不再往前行，通報過後由一名綠衣婢女領著她走了進去。
夏玉華早就聽聞西南王對其王妃深情一片，成親後五年來，西南王府竟然沒有再納過任何其他的女子，就連原本府中的那些侍妾也全都給遣出王府，轉而與西南王妃過起了一生一世一雙人的神仙日子來。

可是半年前，西南王妃不知何故惹上罕見疾病，哪怕西蜀最有名的大夫都已經表明無力診治，西南王亦沒有半絲放棄的念頭，依舊不離不棄的想盡方法替心愛之人求醫問藥。

這樣的王者別說是在西蜀，只怕放眼天下的王侯世家也是絕無僅有的，所以夏玉華不但是對西南王感到佩服，同時亦對這個西南王妃十分的好奇，真不知到底是什麼樣的女子，竟然能夠這般擄獲一個王者的心。

畢竟西南王可不是簡單的人物，不但是西蜀一地，整個西北境外到西南方幾乎都是西南王的天下，當真是名副其實的西南王。而且此人還頗為英勇善戰，當年若非是碰上了有戰神之稱的夏冬慶駐守西北邊境，五年前又因關鍵的西蜀一役大敗，最終求和才結束了兩國紛擾。

被人帶入寢室之後，夏玉華在外間看到了聞名遐邇的西南王。沒有想像中的英俊偉岸，亦沒有什麼所謂的器宇軒昂，有的不過是一個普通男人的外形，三十左右的歲數，五官稱得上端正，此刻面容卻略顯疲倦，單從外表上看，真的無法讓人想像這便是西蜀赫赫有名的西南王。

「民女見過王爺！」片刻打量之後，夏玉華也沒有表現出任何的詫異來，神情平靜的向西南王行了一禮。雖不是同道之人，但是拋開那些世俗之見來說，此人也足以令人敬佩。

「妳當真能夠治好王妃之病？」西南王倒是乾脆，什麼也沒問，看著眼前一臉鎮定的夏玉華，徑直問出了自己最為關心的問題。

對於先前副將所稟告的那些，他心中略微有數，只不過對他來說，最重要的是王妃的病，只要能夠治好王妃之病，其他一切都好說。

聽西南王一出聲便問這個，夏玉華微微笑了笑，卻是肯定的點了點頭道：「是的，王爺！」

「妳連看都沒看過王妃，哪來如此大的信心？」見狀，西南王的面容反倒是顯得有些精神，他仔細的看向夏玉華道：「妳應該知道，欺騙本王會是何等下場？」

夏玉華再次點頭說道：「王爺放心，民女這點分寸還是有的。民女雖然沒有親眼見過王妃，也沒有替其親自診斷過，但是卻從旁的管道已經得知了王妃的所有症狀，所以方才肯定能夠治好王妃。」

西南王似乎是在判斷夏玉華說的話是真是假，他沒有馬上再追問什麼，神色之間微微有些恍惚，偶爾看一眼夏玉華，但更多的時候是在思考著什麼。

片刻之後，西南王終於再次看向夏玉華，滿是鄭重地說道：「本王看得出來，妳不是普通之人，今日來此只怕也是有備而來。但不論妳是什麼人，也不論妳有什麼樣的目的，只要妳能夠醫好王妃，那麼一切都不是問題，但若是治不好的話，本王這西南王府可不是任何人想來就來，想去就去的地方。」

「王爺英明，此次之行，的確是民女特意而來。」夏玉華見狀，自然也不否認，沈聲說道：「至於能不能夠治好王妃，眼下倒是不急於爭辯，民女用事實證明便可。民女承認來此替王妃醫治是有私心，但不論如何，卻並無半點的惡意，況且能夠治好王妃，對於王爺來說，這不是比什麼都重要的嗎？」

對於夏玉華的坦白，西南王倒是十分滿意。「看妳的樣子也是非富即貴之人，所以本王榜文上所列出的賞賜肯定是入不了妳的眼。說吧，如果治好王妃的話，妳到底想要什麼？」

第一〇一章

「王爺，民女姓夏，並非西蜀人氏，而民女之所以特意來此替王妃治病，為的只是民女的父親。」她微微笑了笑，依舊鎮定無比，沈聲說道：「民女的父親與王爺也算得上是舊識了，若是拋開立場不同的問題，我想，說不定你們可以成為最惺惺相惜的朋友。」

這一番話說得平常無奇，可是聽在西南王的耳中卻猶如青天霹靂，讓他大吃一驚。原本他便知道眼前這女子來歷不簡單，卻沒想到竟然會如此特殊。一開始副將告知此女姓夏之際，他並沒有往這方面多想，畢竟天下夏姓之人實在太多，而如今她竟然提到了她的父親，更明確的提到自己與她父親之間的這些糾葛。

話都說到這個分兒上，他怎麼可能還想不到呢？並非西蜀人氏，其父與他是舊識卻又身處不同的立場，此人不是戰神大將軍王夏冬慶還會有誰？原本也曾聽聞過關於夏冬慶之女精通醫術一事，卻是沒想到眼前女子竟然便真的是夏冬慶之女。

「原來，妳真的是夏冬慶的女兒！」西南王不由得感嘆道：「果然是虎父無犬女，當真有妳父親當年的氣魄與風範。」

西南王隨即又道：「本王聽說妳父親因為妳抗旨拒婚一事而被貶為庶民，而妳卻說今日是為妳父親而來，不知此話到底是何意思？」

聽西南王的語氣，倒是對夏冬慶有幾分敬佩之意，夏玉華再次確定，此人至少是正派人物，即便萬一結果不能如她所願的話，想來也不會讓事情變得更差。

「王爺，民女所說之事，事關重大，還請王爺暫時遣退旁人。」夏玉華邊說邊朝外間門口候著的幾名僕人看了看，這等機密之事自當更加謹慎才行。

見狀，西南王倒是沒有多加猶豫，很快便揮了揮手示意那幾名僕人先行退了下去，並將門給帶上。「好了，現在已無閒雜人等，有什麼是妳盡可直說。」

「民女希望，王爺可以助家父一臂之力……」夏玉華也不再遲疑，將自己的想法一一說了出來。

她的語氣從容不迫，淡定之中帶著幾分理性的沈澱，一聽便知道此事早就已經是她計劃好了的，等待的不過是今日這麼個時機罷了。

而西南王聽了夏玉華嚴謹周密的計劃，一時間心中震撼不已，當真沒想到夏冬慶竟然生了一個如此厲害的女兒，不但膽大心細而且魄力非同小可，只可惜是個女兒身，若為男兒的話，西蜀勢必又多了一名強勁的對手。

雖然震撼無比，可是他卻依舊細細的聽完了夏玉華所說的每一句話，他不得不承認，如此周密的計劃與安排當真不簡單，以治好王妃為條件進行交易，對於他來說也的確是最有誘惑力的籌碼。從這一點上，夏玉華所表現出來的謀略當真讓人佩服。

「夏玉華，妳的謀劃的確相當了得，本王也承認十分想要替王妃治好這病。可是……」

西南王終於出聲了。「可是，本王卻不可能同意妳的交易條件，至於原因，想必妳比我更清楚。縱使我再在意王妃的性命，卻也不可能違心的拿整個西蜀的利益同妳進行交換。」

「王爺此話言重了。」夏玉華本就沒想過西南王會一口答應她，若真是這樣的話，只怕她還不放心了。「難道王爺以為家父的再次崛起對西蜀產生的只會是負面的影響嗎？」

「難道不是嗎？妳我都是明白人，有些話就不必遮遮掩掩，對於西蜀來說，妳父親便是我們最大的威脅與阻礙，幫他無異就是為我西蜀日後種下莫大的隱患。本王還不至於昏聵至此，所以，這個條件無論如何是不會答應，同時也不可能有任何商量的餘地。」

夏玉華聽到這般堅定不移的答覆，卻並沒有半絲的氣餒，她微微笑了笑，說道：「王爺，民女想問問王爺，對於兩國百姓來說，什麼才是真正的好處？」

聽到這話，西南王只是抬眼再次看了一下夏玉華，並沒有回答，而夏玉華也不在意，繼續說道：「依民女所見，兩國交好，平息戰亂，實現真正的和平共處這才是對他們最大的利益。至於其他的紛爭戰亂，絕大多數都並非百姓所願意見到的，有多少實是因為一些野心家的私慾膨脹而掀起的戰禍呢？對於那些真正憂國憂民的人來說，所謂安邦定國，並非只是針對戰爭二字吧？」

夏玉華說到這裡，看了看西南王的神情，而後繼續說道：「家父在位之時，兩國邊境日趨平衡，百姓生活也越發的富足。可自我父親被貶為庶民，失去兵權，對你們西蜀不再具有所謂的威脅之後，兩國的邊境反倒卻是漸漸的不平靜起來。這意味著什麼，想必王爺比我更加清楚。人與人之間，家與家之間，甚至於國與國之間都需要能夠達成一種平衡，有了這種平衡，方才可以減少那些不必要的戰禍，方可讓百姓過上真正的好日子。王爺向來憂國憂民，難道這樣的局面不正是您所希望看到的嗎？」

這一番話，讓西南王的神情越發的凝重起來，他不得不承認夏玉華說得極其在理，可是國與國之間，朝政之間卻並非這姑娘所說的這般簡單，真正複雜的事情太多了，即便自己也有心，但真這樣做的話，所牽涉的後果卻並非如此簡單了。

「妳不必再多說這些，總之，本王是不可能同意這個條件的。要麼妳換別的要求，本王保證一定能夠可以答應妳其他的要求。要麼……」西南王並不掩飾自己的無奈。「要麼，本王亦只能夠另請高明來醫治王妃了。」

西南王的態度倒也在夏玉華意料之中，只不過她來此本就不為名、不為利，只為父親，若是換成別的要求，那麼此行便完全失去了意義。

她搖了搖頭道：「王爺，民女只此一個心願，還請王爺不要急著拒絕，好好再考慮一下。民女保證，家父一事，只需安排周密妥當，絕對不會影響到王爺，當然更不會牽連到西蜀無辜的百姓。」

「妳當真不願換個條件？」西南王再次反問，目光之中已然清明，雖說放棄這次機會的話，王妃不一定還能夠找到這樣的生機，可是有些原則他必須堅守。

「王爺當真不考慮王妃的狀況嗎？」夏玉華並非威脅，只不過心中比誰都清楚，若是西南王拒絕了她的醫治，那麼西南王妃便只有死路一條。

「如此，咱們之間倒是沒什麼好談的了。妳走吧，本王也不想為難於妳，只當是對於妳父親的一種尊敬吧！」西南王說罷便站了起來，直接抬步朝內室走去。他不想再跟夏玉華多說其他，聽她說得越多，他怕自己心中會越發的不安。

看到西南王如此堅決的結束了這場談話，夏玉華很快便在心中作出了決定，就在西南王即將踏入內室的一瞬間，她果斷的出聲說道：「王爺，請留步！」

聽到這話，西南王倒是停了下來，不過並沒有回頭。「妳不必再多說了，回去吧！」

「王爺誤會了，民女不是那個意思。」經過這一番的談話，夏玉華倒是對西南王有了更多的了解，或許此時，以退為進才是最好的辦法。

西南王這才回過頭來，不解地看向夏玉華道：「那妳還有何事？」

「雖然王爺與民女之間無法達成協議，但民女總歸是醫者，見死不救之事終究還是無法做得出來。」夏玉華徑直說道：「如果王爺不介意的話，民女依然願意替王妃診治。」

「妳說什麼？」西南王驚訝無比，他剛才好像聽到了面前的女子說願意替王妃診治，這是真的嗎？不會是他聽錯了吧？

夏玉華卻是一臉鎮定，平靜的點了點頭道：「民女說，即便王爺不能夠出手幫家父，但民女還是願意替王妃醫治。」

「為什麼？」西南王心中激動不已，他終於相信了自己所聽到的一切，但是卻無法相信這一切是真的。

「因為我不但是父親的女兒，同時也是一名醫者。我承認的確是帶著私心而來，王爺沒有同意，我心中也極不好受。但是，我既然已經找到了醫治王妃的辦法，便不能因為沒有與您達成交易而見死不救。」

夏玉華一臉坦誠地說道：「我只是不希望日後自己良心不安罷了！」

西南王愣在原地好半天，他直直的盯著夏玉華瞧，想要從這個女子臉上看出更多的東西出來，只不過很可惜，除了那分天生的坦蕩之外，他竟然再也沒有看出半絲其他的東西。

這一刻，他有些恍惚，不知道自己還能夠說什麼。他甚至於覺得自己若是再多問一遍，都是對這名女子人品與醫德的一種褻瀆。想起之前副將向他稟告的事情，想起這個女子主動對那些貧苦百姓所做的事，他無法再質疑這個女子的心思，哪怕分毫的質疑都是一種極大的不敬。

好一會兒，西南王這才回過神來，他什麼也沒說，只是鄭重地朝著夏玉華行了一禮，用他王室的尊嚴以及自己最真摯的真情向眼前這個女子表達著無與倫比的謝意與敬意。

而夏玉華亦沒有拒絕這一禮，平心靜氣的接受後，一臉坦然地跟著西南王進入了內室。她並沒有任何想替自己辯解之處，她只是在心底告訴自己，不到最後永遠都不要輕言放棄。此路不通，她則另找旁的路，只要是個有血有肉之人，沒有門，她亦可以想辦法打開一扇窗。

進到內室之後，西南王朝著夏玉華做了一個稍候的手勢，而後輕手輕腳的走到床前。見床上的人已經睡著了，不由得露出一抹難得的笑意。

夏玉華雖然隔了一些距離，不過卻一眼便看到了床上躺著的西南王妃。說實話，看到人的一瞬間，內心的那種震驚並不比見到西南王時要小。一張沒有半絲血色的臉，憔悴到了極致，雖然閉著眼看不太出原本的相貌，但是從輪廓來看，即便沒有生病時，最多也就是一個五官清秀的女子。

沒有傾國傾城的容貌，卻能夠在病成這般情況之下還讓西南王一心一意守著，光看這一眼，夏玉華便完完全全的相信，這兩人之間的感情無關其他，有的只是一份真真正正的真情。

她並不羨慕妒忌，因為自己亦有著一個可以相守相愛一生的莫陽，但是她卻真正為之動容，她相信，這兩人之間一定有著一段屬於他們最為感人的經歷與故事。

這世上能夠排除一切阻礙，真正相愛並相守的人本就不多，夏玉華突然覺得，除了自己的私心之外，她這會兒是真正的動了惻隱之心，真正心甘情願的希望能夠治好床榻上的人。

西南王妃睡得並不沈，就在西南王坐下之後便悠悠的醒了過來。也不知道西南王俯身附耳跟她細細低語了什麼話，一時間那張原本毫無半絲生氣的臉孔上顯露出了淡淡的笑意。

「王爺，我知道您是為我好，可是……」西南王妃嘆了口氣，聲音十分虛弱地說道：

「可是我的身子我自己心中有數，您還是別再浪費那些時間與精力了。」

「霜兒別胡說，不論如何，本王是不會放棄的！」西南王邊說邊將王妃給輕輕扶了起來靠坐著，而後繼續說道：「妳放心，本王這回可不是為了安慰妳才這麼說，這次，妳的病是真的有得治了。」

說著，西南王朝一旁等候的夏玉華看去，一臉信心的朝著王妃說：「霜兒妳看，那個便是來替妳醫治的大夫，妳別看她是個女子，年紀又那麼輕，可是她的醫術可是相當厲害的，曾經治好過好多疑難雜症，而且她是特意為了妳的病而來的，所以妳一定得要有信心才行。」

西南王以前自然也聽說過夏玉華的一些傳聞，特別是她替皇帝診治一事更是已經傳遍了天下。其實先前他也曾想過請夏玉華前來西蜀試試，不過因為各種各樣的考量終究還是作罷了。至於與夏玉華有師徒之實的歐陽神醫，也一直是西南王所抱持希望的人選，無奈這麼久以來，始終找不到歐陽寧的蹤跡，所以只得不了了之。

聽到這話，西南王妃不由得朝著夏玉華看了過來，片刻之後，卻是微微一笑，說了一句讓夏玉華都有些意外的話：「妳叫夏玉華嗎？我聽說過妳。」

只說了這一句，便不再有其他的話，但那目光之中所透露出來的神情卻帶著一種說不出來的喜歡。夏玉華沒想到從西南王妃嘴裡聽到的第一句話便是這個，一時間倒是有些不好意思起來，也不知道自己到底是哪種名聲傳得這般響亮又這般遠，讓身處西蜀深閨中的西南王妃也聽說了。

「王妃若是不介意的話，民女現在便替您開始診治，可好？」夏玉華很快便找回了自己的聲音，一臉真誠地看向西南王妃道：「王妃不必過慮，您的病並非真的沒得治了，民女定會盡全力助您早日康復。」

不得不說夏玉華這番話的確給了西南王妃莫大的希望，求生的本能也再一次湧現了出來，她沒有多說其他，只是朝著夏玉華點了點頭輕聲道了聲謝：「如此就有勞妳了。」

見狀，夏玉華不再耽誤，沒有香雪在一旁幫忙，便讓西南王喚來兩個機靈些的婢女當助手，反正自己對西南王妃的病況已經胸有成竹，便也沒有旁的什麼困擾。

半個時辰之後，夏玉華終於結束了對西南王妃的第一次治療，針灸完畢後，又將事先製好的藥丸也如數的餵給了西南王妃服用。

當她完成一切後，在一旁又觀察了半天，此時焦急不已卻又害怕打擾到治療的西南王終於出聲，很緊張地問道：「怎麼樣了？她怎麼樣了？」

「王爺請放心，王妃的診治療程很成功，只不過還需要連著診治五天，方可有較明顯的好轉。」夏玉華將手中那兩瓶藥遞給西南王道：「王爺收好了，這兩瓶藥是治好王妃最關鍵的東西，萬萬不可出半點差池。接下來的五天，我都會過來替王妃施針並做旁的輔助治療，五天後，再換另一種我配製的藥服食即可。」

「妳的意思是，五天後王妃的病就基本上差不多能夠痊癒了？」西南王覺得自己的聲音都在發抖，有種不敢置信的激動。

這麼久以來，每每過來診治的大夫回他的第一句話都是「小的無能，沒有辦法」之類的，聽得他都習以為常了。而今日突然聽到夏玉華所說的這一切，他當真是激動得無法形容了。

夏玉華自然明白西南王的心情，說實話，她若非是得益於空間裡頭的靈藥相助，怕也根本沒有可能這般輕鬆的解決問題，說來說去，這也算是一種機緣巧合吧。

「王爺，您先別激動，再連著診治五天，王妃的舊疾基本上都能夠痊癒，不過王妃病了這麼久，怕是還得好好調養幾個月。當然，到時府中的府醫便完全可以接手，沒有什麼大礙了。」夏玉華肯定的點了點頭，對於西南王毫不掩飾的真性情心中亦欣賞不已。

「太好了，太好了！」西南王激動地坐到床前，緊緊拉著西南王妃的手說道：「霜兒，妳聽到沒有，妳的病沒事了、沒事了！太好了，太好了！」

「王爺，您別太激動，王妃剛剛施過針，不宜過於興奮與激動。」夏玉華見狀，連忙在一旁提醒著。

西南王聽到這話，自然趕緊安靜下來，也不敢再去碰西南王妃，小心翼翼地問道：「霜兒，妳感覺怎麼樣了呀？有沒有什麼不舒服的地方，或者……」

「王爺放心吧，我現在感覺好多了，夏小姐的醫術還真是神奇，這會兒整個人都覺得比以前輕鬆了不少，人也精神多了。」西南王妃邊說邊抬眼看向夏玉華。「謝謝妳，真不知道要如何感謝妳才好。」

「王妃不必客氣，我是醫者，治病救人本就是應該的。」夏玉華說罷，又朝西南王說道：「王爺，請您傳府中府醫過來替王妃把把脈吧，確認之後，我也可以先行告退，明日再來。」

第一〇二章

夏玉華適時的提醒倒是讓沈浸在喜悅之中，幾乎忘了一切的西南王總算找回了一絲理智。而這樣冷靜自信的聲音更是讓西南王夫婦對夏玉華的醫術與人品越發的讚賞有加。

西南王妃整個人看上去的確比先前氣色好了不少，這是西南王近半年以來第一次看到王妃病況明顯好轉。其實，不必再請什麼府醫，他們都已經完完全全的相信了夏玉華的醫術，更加相信了她的人格。

傳府醫之際，西南王極為熱情的招呼夏玉華就座，並且命人奉上好茶招待，讓其先休息一會兒，而西南王妃雖然精神好了一些，卻暫時也不宜多說話耗費力氣，因此也沒怎麼再說其他，只是目光十分感激的看著夏玉華，用眼神表達著萬分謝意。

府醫很快便來了，按照西南王的吩咐上前去替王妃把脈檢查，在把脈過程中，夏玉華明顯的察覺到了府醫臉上漸漸變得驚訝無比的表情，甚至是帶著說不出來的震撼。

震驚之餘，府醫卻也很快調整了自己的心緒，檢查完畢後，一五一十的向西南王稟告了王妃如今的身體狀況，證實了先前夏玉華所說之言。聽到府醫的確診，西南王更是開心不已，再次真心真意的向夏玉華表達感激之情。

見夏玉華起身準備告辭，西南王自然趕緊挽留，真心希望這些天她能夠留在王府暫住幾日，一來方便接下來連著幾日給王妃診治，二來他們也想好好招待一下，以表達心中最真摯的感謝。

「王爺、王妃不必如此客氣，民女還有其他夥伴一併同來的，在外頭也已經安排好了落腳之處，所以留在府中並不太方便，還請王爺能夠體諒。至於接下來幾日的診治，民女會依約前來，請王爺不必擔心。」夏玉華自是不便留在王府內，況且有的時候讓他人覺得內心越發虧欠的話，對於最後的結果來說亦是一種更大的助力。

西南王見夏玉華如此說，也不好再多挽留，只得尊重她的想法，起身準備親自送她出王府。而夏玉華則婉言拒絕，不讓西南王親自相送，微笑著朝著西南王妃示意之後，轉而在婢女的帶路下，退出了寢室。

外頭等候的副將，已經提前收到了西南王的吩咐，也得知夏玉華的確醫術了得，治療王妃之病大有進展，因此這會兒再見到人的時候，更是顯得客氣而尊敬。

跟著副將，夏玉華再次回到了先前與莫陽等人一起等候的偏廳，因為此處畢竟還是西南王府，又有外人在場，所以一時間也不好跟莫陽多說什麼。兩人頗有默契的點了點頭，一切等離開西南王府再說。

出了西南王府後，已經很晚了，莫陽很快便將夏玉華等人領到了城中一處較為安靜的客棧裡頭，這裡已經有人打點好了一切，幾個人一併用過晚膳之後，這才進客房休息。

松子與香雪被先行安排到各自房間休息去了，而莫陽這會兒才關起門來，聽夏玉華說起了先前在西南王府所發生的事情。

「妳是說西南王並未與妳達成這樣的交易，但妳還是主動替王妃治了病？」聽完後，莫陽還真是相當了解夏玉華，反問道：「妳這樣做，是想再賭上最後一把嗎？」

夏玉華自然不會跟莫陽隱瞞什麼，點了點頭承認道：「沒錯，雖說西南王的態度很堅決，不過，人心都是肉做的，我想只要我努力用心去做，應該還是有一線機會的。」

第二天，夏玉華按照約定的時間，準時前往西南王府給王妃繼續診治。休息了一日之後，王妃的精神狀態比起昨日又好了不少，這一天的診治同樣很順利，結束之後，西南王妃還很有興致的同夏玉華聊了一下。

西南王命人準備好了酒菜，卻同樣被她禮貌的回絕了，西南王也不好強求，只得順其心意。

一連四天，天天如此。夏玉華都準時的前去王府診治，從頭到尾都不曾提及旁的任何事情，也不接受西南王任何的回禮之類的，只是盡心盡力的醫治，做好她醫者的本分而已。唯一不同的是，西南王妃的精神越來越好，而每日診治之後主動與她交談閒聊的時間也越來越長了。

今日是連續診治的最後一天，當夏玉華替西南王妃完成最後的針灸與其他的治療之後，當著西南王與府醫的面，夏玉華將另外一種特製的藥丸拿了出來，讓王妃服食一丸之後，剩下的交給他們自行保管，說明每日服一丸，服完十日便算是完成了後續治療，接下來便是安心調養身子，慢慢補回這些日子的虛虧即可。

在府醫最後給西南王妃確診之際，夏玉華無聲的收拾著自己的藥箱，準備離開。相較於前幾日，西南王的激動明顯並沒有減少，那顆一直懸著的心也總算是完完全全的落了下來。當府醫退下之後，他親自起身走到夏玉華面前躬身行了一禮，說道：「夏小姐，今日妳治好了霜兒的病，本王不知道如何才能表達心中的感激，妳的這份恩情本王當真是無以為報。只可惜終究無法完成夏小姐當日的心願，還請妳能夠恕罪。」

見狀，夏玉華神色平靜，微微笑了笑說道：「王爺，您這一禮，民女受了，所以也沒什麼恕不恕罪的說法了。先前您已說得清楚明白了，是我自己願意救治的，自然不會怪您分毫。」

「夏小姐的胸襟本王當真佩服萬分，放眼天下，也唯有妳父親才能夠教導出妳這樣的女兒來！」西南王既敬佩又內疚地說道：「只不過，妳是霜兒的救命恩人，救命之恩重如山，妳若是什麼都不肯要、什麼都不肯收的話，本王這心裡真的是愧疚無比。夏小姐，妳再好好想想，還有什麼別的事本王能夠替妳做到的，只要妳說出來，這一次本王無論如何也會替妳達成的！」

夏玉華聽了，卻再次淡定地笑笑，搖了搖頭道：「王爺，民女衣食無憂，暫時也沒有旁的什麼需要幫助的地方，況且這一切都是民女自願的，您實在不必覺得有任何愧疚之處。」

說到這裡，夏玉華揹起了放在一旁的藥箱，而後再次朝著西南王夫婦說道：「王爺、王妃，民女離開家也有好些日子了，現在王妃的病已經無礙，民女是時候也該回去了。」

「對了……」正欲轉身，夏玉華似乎想到了什麼，停了下來，重新打開收好了的藥箱，從裡頭取出一張已經寫好的紙，遞給西南王妃道：「王妃，這個是給您的，剛才都差點忘記了。」

「這是什麼？」西南王妃接了過來，略帶疑惑地看向夏玉華。

夏玉華也沒多說，簡單解釋道：「這是一個對您有用的方子，等您身體調理好之後，按上面的方子服食一段時日的話，應該會有意外之喜。」

「意外之喜？這又是什麼意思？」西南王妃這下真是有些不明白了。

「這幾日在給王妃診治的時候，玉華倒是連帶檢查出了王妃久婚卻並未有孕的原因，因此順手便替您開了張方子。」又是簡單的一句回答，輕輕一句帶過了所有的一切，唯獨留下那抹鎮定而淡然的微笑。

此刻，夏玉華內心卻並不如表面上所表現出來的這般雲淡風輕及不在意，她知道這是自己最後一搏的機會，又豈會真的那般不在意呢？她承認自己此刻的虛偽，但是為了父親、為了夏家，她卻不得不這般做。

而顯然她提前準備的這一份「大禮」，果然再次帶來了意料之中的效果。西南王夫婦當即互看了一眼，眼神之中所透露出來的絕對不僅僅是激動與震驚，更多的則是一種說不出來的慚愧。

「夏小姐……」只是再說聲謝謝嗎？西南王覺得自己這會兒不知道說什麼才能表達出那份無比的感激，也不知道怎麼做才能償還這樣的恩情，因此話到嘴邊卻又嚥了下去。而西南王妃則是感動得連話都說不出來，目光之中隱隱有種濡濕的感覺。

「王爺、王妃，時候不早了，民女告辭了！」雖然到了這個時候，還沒有見到任何逆轉的跡象，不過夏玉華倒還是沈得住氣，依舊沒有多提任何不應該提及的字眼，一臉平靜的朝著這會兒更是震驚萬分的西南王夫婦，微微行了一禮，準備離開。

就在她轉身的一瞬間，西南王妃這才回過神來，很是激動的叫住了她。「夏小姐，請等等！」

這一刻，夏玉華心中也不由得咯噔了一聲，但是，她暗自深吸了口氣，提醒自己千萬要沈住氣，停下腳步，轉身看向西南王妃，平靜的問道：「王妃還有什麼吩咐嗎？」

西南王妃神情極其複雜，看了一眼夏玉華後，直接走到西南王身旁道：「王爺，這個時候您還能這般無動於衷嗎？我不懂朝政，不懂那些所謂的國家大事，但是正如昨晚我同您所說的一樣，我只想回報自己的恩人，只想讓她這樣的好人同樣也能夠得到好報！」

不等西南王回應，也不等夏玉華有什麼反應，西南王妃繼續朝著自己的夫君一臉嚴肅地說道：「王爺，玉華所做的一切你我皆看在眼中，若是咱們到現在還沒有半點表示的話，您不覺得會寒了人心嗎？這麼多年以來，我從沒開口求過王爺半件事，但是今日您說我任性也好，說我婦人之見不顧大局也罷，反正這一次，就當我求您了！您若是不想看到我這一輩子都活在內疚慚愧之中，您就答應我吧！」

「霜兒，我……」西南王原本就被夏玉華的所作所為給實實在在的打動了，而這會兒自己妻子所說的一番話更是讓他有種無地自容的感覺。

而夏玉華見到這情景，心中已經受到了莫大的鼓舞，她知道自己最後賭的這一把完完全全有戲了，而正因為如此，所以這會兒她才得再好好添上一把柴才行。

「王妃，玉華很感激您的厚愛，也十分感動您能夠如此替玉華著想。但是……」夏玉華接過了西南王有些開不了口的話道：「但是王爺之前已經與我說得極其明白了，並沒有任何隱瞞欺騙的行為，所以您大可不必如此，得之我幸，失之我命，有些事，或許本就不能強求，卻也沒必要再因此而讓您與王爺生出不必要的嫌隙來。」

她說得極其誠懇，見西南王妃似乎仍有話要說，卻故意不給其機會，轉而朝著西南王繼續說道：「王爺也不必為此為難，我們之間原本就是明言在先，所以並沒有任何愧疚之說。反倒是因為我的事，讓您與王妃為此而產生爭執，這一點讓我有些過意不去。」

「玉華，到現在妳還替我們說話，妳這讓我日後有何顏面示人呀！」西南王妃這回倒還真是打算堅持到底了，她邊說邊走到夏玉華身旁，拉著她道：「妳別走，這事妳也別理，反正我自然會給妳一個合理的交代！」

西南王妃這般激烈的舉止並沒有讓西南王太過意外，而且，這一次他其實也沒有打算反駁妻子，因為從頭到尾，特別是剛才，他實實在在的也被打動了。

他承認自己這一輩子都沒有做過任何違背原則的事，可是這一次，如同剛才王妃所責問的一般，到了這樣的時候，他還能夠只是這般心安理得的接受人家的好處，只是嘴上說著幾句感激的話便可以讓自己不去想太多嗎？

想到這些，西南王也沒有再猶豫，朝著準備離開的夏玉華說道：「夏小姐，妳先別急著離開西蜀吧，本王覺得咱們找時間坐下來，再好好商量一下妳先前所說之事會更好一些！」

「王爺……您的意思是，您願意幫我們？」夏玉華此刻激動不已的反應，並不是掩飾或假裝，而是實實在在發自內心，畢竟之前不論她心中作了多少的準備，卻始終無法能夠確定結果與答案，唯一能夠做的便是盡力、盡力，再盡力罷了。

「對！」西南王話不多，卻十分肯定的點了點頭，而後朝著夏玉華笑了笑，又將目光移向一旁的王妃，一副「這回如妳所願了吧」的神情，卻是滿滿的寵溺與釋然。

「謝謝！」半晌後，夏玉華終究也只是說出了這兩個字，喜悅而感激的看向西南王夫婦。她知道，有了西南王的相助，自己所要做的事便等於完成了一大半，而主控權亦完完全全的掌握到了自己的手中。

走出西南王府的那一瞬間，夏玉華覺得整個天空都變得格外的明亮。快了，一切都快了！嘴角的笑意自然而然的高高揚起，她所要做的事，沒有任何人能夠阻攔！

莫陽看到夏玉華的一瞬間，根本不必多問其他，單是從神情上便已經明白了一切，這個丫頭果然做到了，雖然以她的說法並不是十分的光明正大，卻實實在在是憑自己的真本事，並且也沒有半絲對不起他人的地方。

「成了！」夏玉華興奮地朝著莫陽笑著，簡單的兩個字道出了此刻心中所有的情緒。

「那就好！」莫陽也沒有多問具體的細節，此處並非說話之地，而且按照之前計劃好的，現在他們便得啟程往回趕路了。「上車吧，咱們回家！」

「好，回家！」聽到莫陽說的話，夏玉華的心情更是舒暢不已，她笑得格外的開朗，那樣輕快的笑容亦感染了莫陽與其他人。

莫陽什麼都沒有再說，只是微笑著摸了摸心上人腦後的青絲，而後伸手牽著她，將她送上了馬車，一行人很快便踏上了回程。這會兒天色尚早，而他們得趕在天黑之前能夠抵達下一處有客棧的地方落腳。

第二天午後，一行人順利過了西蜀邊關，進入了本國西北交界，在去程時住了一個晚上的小鎮子上休息片刻，用過簡單的膳食後便繼續趕路。

這一路上花費的時間以及在西蜀替西南王妃看病逗留的時間，他們已經整整離開京城半個月了，如果一切順利，回到京城最少還需要將近十天，所以當事情一有結果這才會馬不停蹄的往回趕。

一來，離開京城太久的話，難免會引起些不必要的麻煩，二來，在與西南王議定商量的時間前，夏玉華還必須抓緊時間先通知鄭默然事先動手掃除一些阻礙。

西北邊境的風光與京城附近的景致大不相同，那是一種大漠蒼茫之感。來的時候夏玉華心中還惦記著很多事，所以也沒那心情多去注意，如今回程則不一樣了。山間小道上也沒幾個人影，索性掀開簾子，一路邊欣賞獨具一格的景色，偶爾也同騎馬跟在一旁行走的莫陽閒聊幾句。

忽然，正說著話的莫陽也不知何故打住了話，轉而一臉凝重的朝四周看去，而松子也幾乎是在同一時刻放慢了些趕車的速度，整個人頓時變得異常警覺了起來。

「出了什麼事嗎？」夏玉華本就是個極其敏感之人，雖說並不知道到底發生了什麼事，但是卻馬上從莫陽與松子異常的反應中感覺到了危險的氣息。

「好像有些不妙，這條小道太過安靜了些。」莫陽亦是下意識的放慢了馬速，讓馬兒緊挨著馬車慢慢前行。「我感覺到了前方應該是有埋伏，可為何先行探路的鐵辰等人沒來示警？」

「不會吧，我怎麼一個人也沒看到？」香雪一聽，頓時有些緊張起來，邊緊緊的扶著夏玉華邊四處打量道：「這條小道原本就沒什麼人車吧？」

「公子，前方有殺氣！」松子沒有理會香雪的話，邊說邊自行將馬車停了下來，轉頭朝莫陽說道：「怎麼辦？對方好像人數不少，就在三十丈之外！」

正當他們的馬車停下之後，一群蒙面黑衣人快速的朝他們圍了過來，很快便將馬車圍了個水洩不通。不但擋住了他們的去路，同時亦切斷了他們的退路。

那夥黑衣人差不多三十多人，個個手持明晃晃的大刀，雖然蒙著臉看不清表情，可是那一雙雙透著殺氣的眼睛卻讓這個原本安靜的山間小道越發的籠罩了一層死寂的氣息。

「松子，照看好你家小姐！」莫陽邊說邊翻身下馬，大手一揚，瞬間便從馬背上取下一柄寶劍。

拔出劍的瞬間，劍鞘直接被甩出，往最前排中間那名貌似為首的黑衣人而去。黑衣人也不閃躲，輕笑一聲用劍一擋。

讓那些黑衣人意想不到的是，那劍鞘雖然被為首之人給挌開來，掉到了地上，不過黑衣人卻不由得倒退了兩步才站穩身子。

「好身手！沒想到像莫三公子這種含著金湯匙出生的人竟然還有如此厲害的身手！」為首的黑衣人雖說有些意外，但卻並沒太在意，畢竟那莫陽就算是再厲害也不可能打得過他們這麼多人。

第一〇三章

「過獎了，你們沒想到的事還多著呢！」莫陽倒是依舊鎮定不已，雖然形勢很不樂觀，但他卻沒有任何的慌亂。

聽到莫陽這般說，那為首之人不由得嘲笑了起來。「誇你一句，你還真當回事了，就算你再厲害又怎麼樣，就憑你們幾個人，今日是插翅也難飛了！」

這黑衣人說話的工夫，夏玉華卻是俐索的下了馬車。雖然還是頭一次遇到這樣的事情，不過她很快便恢復了鎮定，一來，有莫陽在身旁，不論發生了什麼，心中都會有一種特別的安全感，二來，她怎麼說也是武將之後，況且大場面也見過不少，只是這次稍微有些不同，那就是這些人都蒙著面，顯然比起那些直接闖入夏家的御林軍更加見不得人。

這樣的時候，她的腦子越發的清晰，一旦動起手來，馬車上反倒是最危險的地方，不利於躲藏與逃跑。看這樣子除非是天降奇兵，否則的話，他們幾人也就只能靠強行突圍逃命了。所以這會兒趕緊下車來作準備顯然才是最明智的做法。

「少說大話，有我松子在，由不得你們放肆！」松子平日不吭一聲的，這會兒倒是霸氣得很，直接上前一步，拔劍將夏玉華與香雪護在後頭，而後快速朝著一旁的莫陽小聲說道：「一會兒動手後，屬下儘快突破一道口子，到時公子帶上小姐與香雪先走！」

聽到後頭這句，莫陽不由得對松子多看了一眼，沒想到平日裡這個看似木訥的暗衛竟然頭腦也這般靈活。

「又來一個不知死活的！哈哈，你這小子，只怕還不知道跟你一道的另外幾個暗衛如今是什麼下場吧？」那黑衣人笑得很狂妄，大聲說道：「若是你們真這般厲害，這會兒還會連個報信的人都沒有嗎，還會中我們的埋伏嗎？放馬過來吧，今日我便讓你比他們幾個輸得更難看！」

聽到這話，松子的臉色十分難看，那幾個暗衛可都是他的好兄弟，先前自己所猜測的事果然發生了，一時間這心裡頭氣憤到了極點，不知道這夥人將他們怎麼著了。正欲出聲卻被後頭的夏玉華給拉住了。

「別衝動，鐵辰他們幾個應該還活著。」夏玉華小聲的提醒了松子一句，若是鐵辰跟其他幾個暗衛都死了的話，那麼此人便不會說「讓你輸得比他們幾個更難看」了。

說罷，夏玉華也不懼怕，直接上前兩步，朝著那夥人問道：「你們到底是什麼人？為何會在此埋伏刺殺我們？」

見夏玉華出面責問這夥人，莫陽倒也沒有阻止，只是不動聲色的朝她靠近了一些，將她護在自己最近的範圍之內，隨時都可以視情勢變化而帶她逃離。

「夏玉華，妳我本是無冤無仇，只不過有人想要妳的命罷了。」聽到夏玉華的話，那為首的黑衣人極其不屑地說道：「我們是什麼人並不重要，重要的是，今日便是妳的死期！」

似乎是覺得自己說得太多了，那為首的黑衣人便不再跟夏玉華等人囉嗦，一個揮手，那夥黑衣人便徑直朝夏玉華等人攻了過來。

松子見狀，立即上前迎擊，松子的武功顯然比那些人厲害得多，所以一時間那夥黑衣人倒還真是無法解決松子，也沒辦法這麼快過了松子這一關向夏玉華下手，更別說夏玉華身旁還有一個莫陽守著。

不過，連夏玉華都看得出來，這都只是暫時的，因為對方人數實在太多，若是只有松子與莫陽還好，多了她與香雪這兩個包袱，戰鬥力自然又不能相提並論了。

「莫大哥，怎麼辦？」趁著松子與對方打鬥之際，夏玉華小聲朝莫陽問道：「這麼打下去可不是辦法，他們人太多了。」

「別怕，一會兒松子會替我們打開一道口子，拖住這此人，我帶妳跟香雪先脫身。」莫陽邊說邊緊緊的拉住了夏玉華的手，又朝這會兒一臉緊張的香雪說道：「妳一會兒機靈點，跟著小姐身後跑便是！」

香雪平日裡雖說性子沈穩，可畢竟是一個女孩子，那裡見過這樣真刀真劍的場面，因此這會兒人都嚇得有些說不出話來，直到聽莫陽跟她說話，這才稍微回過神來，連連點了點頭。

夏玉華看了看一旁的馬匹，很快有了主意，朝著莫陽耳畔快速低語了幾句，莫陽一聽連連點了點頭，朝四周看了看，最後不動聲色的拉著夏玉華稍微往左邊靠近些。

選定好最為合適的有利位置之後，莫陽朝著正在與那夥黑衣人纏鬥的松子說道：「松子，西南方！」

松子一聽，當即便明白了莫陽的意思，大喝一聲，一躍而起，使出全身力氣，朝著那夥黑衣人西南方向直接劈了過去，如同要活生生的撕開一道口子一般。

那一劍，威力大得驚人，頓時讓那些黑衣人有些手忙腳亂，怕被松子給強行突圍成功，因此絕大多數黑衣人都一併往這個方向圍了過來，試圖阻止並齊力拿下松子。

如此一來，黑衣人大部分的人馬一下子都被松子給引了過去，就在這個時候，莫陽大手一揮，朝著身旁已經調整了相反方向的坐騎用力拍去。馬兒突然一受驚，頓時跟瘋了似的，直接朝著後方黑衣人最少的地方衝了過去。

那幾個圍著堵住退路的黑衣人沒料想到馬兒會衝過來，一時間便被馬兒給踢翻了摔倒在一旁，瞬間整個包圍圈便被扯開了一道缺口。

莫陽眼明手快，也早就意料到了這些，所以就在馬兒衝出去的一瞬間，拉著夏玉華直接跟在馬兒身後，在那個缺口形成的一瞬間衝了過去。

「香雪跟上！」夏玉華在被莫陽拉著往外跑的同時卻也不忘提醒身旁的香雪，而香雪這一次倒還算是清醒得很，馬上反應過來，撒腿便跟了上去。

說時遲那時快，三人很快便衝出了包圍，往先前來的方向直奔而去，就在那些黑衣人發現上當想掉頭去追時，松子一個躍身便撲到後面，首先便將幾個離夏玉華他們最近的、正爬起來想去追的黑衣人給砍倒在地。

其他的黑衣人自然馬上都朝著夏玉華逃跑的方向追了過去，不願眼看著即將完成的任務給破壞了。只不過松子這邊也不是吃素的，來一個攔一個，來兩個踢飛一雙。

相對於先前的狀況來說，這會兒松子顯得更加的游刃有餘，不必多餘的考慮，也不用擔心旁的，只需將這些人給拖住便可，儘量為小姐他們爭取脫身的時間。

一開始的確十分順利，莫陽帶著夏玉華快速的逃跑，眼看著身後那群被松子暫時拖住的黑衣人差不多要被他們完全甩掉之際，卻不曾想到更大的危機再次出現。

莫陽猛的停了下來，看著前方突然出現的另一批不知打哪裡冒出來的攔路黑衣人，瞬間面色凝重無比，握著玉華的那隻手越發的緊了，如同怕將人給弄丟了似的，下意識的便把玉華拉到了身後護住。

而夏玉華此刻亦跑得有些上氣不接下氣的，看著眼前突然再次從天而降擋住去路的這一批黑衣人，一時間都快有些愣住了。

看著那夥黑衣人嘲諷般的慢慢靠近，她不由得轉身往後看去，身後三十丈外的松子似乎也發現了他們這邊的處境，趕忙甩開先前那些黑衣人，正快速朝他們奔了過來。

「怎麼辦？」她不由得看向莫陽，一時間心裡頭真是沒有了主意，若說先前還有一拚的機會，那麼這會兒，面對這兩夥人的夾擊，他們可算是插翅也難飛了。

莫陽自然聽出了夏玉華語氣中的無奈，這會兒工夫，說實話他亦想不出什麼辦法來，可是卻依舊安慰道：「玉華別擔心，不論如何，我都會在妳身旁！」

聽到這句話，夏玉華心中感到一絲莫名的心安，雖然此刻的處境已經可以說是陷入絕境了，可是莫陽緊緊拉著她的手，卻給了她說不出來的勇氣與信念。

「對不起，都是我連累了你！」夏玉華這會兒倒也懶得理會前後方逐漸向他們靠攏的殺手，滿是無奈的朝莫陽輕聲說著。

「傻丫頭，咱們之間還用得著說連累這樣的話嗎？」莫陽摸了摸夏玉華的臉頰，寵溺而堅定地說道：「別洩氣，不到最後一步誰都無法預料結局，說不定咱們運氣不至於差到這個地步呢？」

「莫三公子還真是天生樂觀呀，都到了這個時候還有這閒情逸致哄女人。我這有沒有看錯呀，你當真是那個眾人嘴裡所說的清冷的莫三公子嗎？哈哈哈，若不是親眼所見，誰敢相信呀？」再次擋道的那一夥黑衣人中，突然響起了一道有些陰陽怪氣的聲音。

莫陽與夏玉華不由得朝那道聲音傳來的方向看去，只見前方幾名黑衣人很快讓開一條路來，緊接著一個同樣蒙著面，卻是穿著一身朱紅色長袍的中年人走了出來。

很顯然，此人才是這兩夥黑衣人真正的首領，雖然充其量亦不過是個爪牙，並非真正的幕後之人。

而聽他說話的語氣，以及對莫陽的熟悉程度，夏玉華心中突然閃過一線靈光，也許，她已經知道這個幕後之人是誰了。

「樂觀、清冷與否卻是不勞你來評論。」莫陽眉頭微皺，顯然也與夏玉華一般對這說話之人的身分有了一定的猜測，只不過這會兒這些似乎並不重要，雖然他剛才安慰鼓勵著玉華，但是心中卻不得不承認，這一次，他們當真沒有多少脫身的機會。

可即便真的要死在這裡又如何，最後能夠與玉華在一起，他也覺得心滿意足了！

「好好好，莫家三公子不屑於跟我這樣的人說道也是再正常不過的事，無所謂了，反正你們幾個馬上都要死了，我倒是沒必要跟個死人計較什麼，呵呵……」

那紅衣蒙面人顯得很興奮，伸著蘭花指又指向夏玉華繼續說道：「還有妳，夏小姐，妳好好一個女兒家的，學點什麼不好呢？繡繡花、彈彈琴什麼的不是很好嗎？偏生要學什麼男人學的醫術，嘖嘖嘖，當真是沒事給自己找麻煩呀！」

這話一出，夏玉華心中更是如明鏡般了，這會兒工夫，她反倒什麼都不想了，衝著那說話不男不女，還習慣性的翹著蘭花指的紅衣蒙面人說道：「若是行醫治病都能夠成為被你們追殺的理由，那我還有什麼好說的呢？莫須有的理由也太過牽強了吧？」

「莫須有？好吧，就算是莫須有又如何？總之今日夏小姐妳就別想再活著回去了，不過妳放心，我可不是那麼冷血無情之人，絕對不會讓妳一人孤孤單單的踏上黃泉路。有他們幾個，特別是莫三公子跟妳作陪，這也算是對得住妳了吧？」

紅衣蒙面人說罷，大聲笑了起來，那神情極盡囂張，讓人不由得恨得牙癢癢。「來人，把他們幾人全都給我解決掉，一個不留！」

「是！」

幾十名黑衣人頓時齊聲領命，一時間，瀰漫的殺氣撲面而來，似巨浪一般瞬間便可以將人吞沒掉。

這一刻，莫陽什麼也沒說，只是一隻手緊緊的拉住夏玉華，而另一隻手則提著寶劍隨時準備作最後的一搏。而松子也下意識的擋在夏玉華與香雪前面，不發一言，手中的劍已經作好了最後的準備。

「殺！」一時間，一聲巨吼響徹山谷，而讓所有人意外不已的卻是緊隨而來的一陣如下雨般的箭矢從山谷兩旁飛射而來。

「啊！」一聲聲慘叫聲頓時此起彼落，只不過這些慘叫聲卻都是從那些黑衣人嘴裡發出來的，而且那些箭矢如同長了眼睛似的，沒有一枝射到夏玉華等人。

「怎麼回事？」看到眼前的情景，夏玉華頓時驚喜不已，而莫陽亦是很快反應了過來，往四周看了看，顯然是明白了什麼。

「看來老天爺當真不想讓我們如此被困而死！」他笑著朝夏玉華說道：「有人來救我們了！」

山谷兩旁很快出現了大批軍士，不斷的朝著那夥黑衣人射擊，見情勢不妙，那紅衣蒙面人倒是聰明得很，趕緊下令撤退。沒一會兒工夫，除了一部分已被射死的黑衣人屍體還留在原處以外，其他蒙面人全部逃命而去。

「是東方叔叔！」看到此刻從山坡上下來的那些人，夏玉華驚喜萬分的認出了走在最前頭的那個人，她興奮不已地朝著莫陽說道：「是東方叔叔帶人來救我們了！」

對呀！這裡可是西北邊境，鎮守在這裡的二十萬大軍可都是東方叔叔他們所率領的，因此這會兒看到東方叔叔，夏玉華是既驚喜卻又不算太過意外。至於東方將軍為何會知道他們遇險，又怎麼會及時趕到救援卻還並不清楚。

「玉華，妳這丫頭沒受傷吧？」說話的工夫，東方將軍很快便跑到了夏玉華面前，邊問邊急切地將夏玉華從頭到腳的打量了一遍。

「沒事沒事，我好著呢！多虧東方叔叔及時帶人趕到。」夏玉華連連搖著頭，此刻倒真有種劫後餘生的感覺。

見夏玉華果真安然無恙，東方將軍這才放下心來，還好來得及時，要是再晚一步，他都不知道要如何面對大哥了。

「這位就是我們未來的姑爺莫三公子吧？」東方將軍將視線移到了莫陽身上，邊打量邊不住的點頭稱讚道：「嗯，果真一表人才，還是玉華有眼光呀！」

聽東方將軍以姑爺相稱，莫陽倒是大方不已，跟著夏玉華稱呼道：「多謝東方叔叔誇讚，在下正是莫陽。」

「嗯嗯，好樣的，我喜歡、我喜歡！」東方將軍爽快的拍了拍莫陽的肩膀，眼神裡自然流露出那種長輩看待晚輩的滿意之情。

看到這兩人熟稔地你一句我一句的，夏玉華倒是笑著打斷道：「東方叔叔，還是先說正事吧，您怎麼知道我們在這裡遇到危險了？」

第一〇四章

聽到夏玉華的問話，東方將軍這才將注意力從莫陽身上暫時轉移開來，這事情說起來還真是有些讓人覺得害怕，若不是當時他正好在軍營的話，只怕也沒這麼快能夠帶人趕過來，而照剛才所發生的情況來看，哪怕是再晚一刻鐘，這會兒玉華他們已是凶多吉少了。

原來，被夏玉華提前派出在前邊探路的幾名暗衛的確是發現了這夥黑衣人的行蹤，只不過當時並不太確定這些人是否要對自家小姐動手。正欲折返前去通報之際，卻被那些人發現而攔了下來。

鐵辰幾人雖然武藝都在這夥黑衣人之上，但是哪裡抵得住這麼多人的圍攻呢，除了鐵辰，其他兩人都受了傷，其中還有一人傷勢很嚴重。而那一大夥黑衣人又將他們退回去報信的路給堵住，情急之下，鐵辰還算十分機靈，索性直接帶著幾人往另外的地方突圍而去。

那夥黑衣人最終的目的便是埋伏追殺夏玉華，所以倒沒有再花費太大的精力去追鐵辰幾人，反正在他們看來，只要堵住了鐵辰等人折返回去給夏玉華通風報信的路便可以了。只不過他們卻沒料到，鐵辰幾人竟然會跑去西北軍營求援。

對於這一點，這夥人倒還真是疏忽了，也正是因為他們的疏忽，所以才給了夏玉華一次生還的機會。雖說如今夏冬慶早就已經沒有兵權，但是西北軍目前一些主要的將領卻都是夏冬慶最為親密的同袍兄弟，同時私下也依舊視其為真正的西北大統帥，始終還是大將軍王。所以，看到鐵辰幾人負傷跑到軍中求援，東方將軍二話不說，當下便親自帶兵急行軍地前往相救。好在總算是及時趕到了，這才救了夏玉華一行人的性命。

聽完東方將軍的說明，夏玉華這才明白過來，原來是鐵辰他們機智英勇，這才救了他們的性命。

剛才的「戰場」已經清理完畢，而且天色也不算早了，東方將軍這會兒自然是要帶玉華他們先行回去再說。而那夥黑衣人顯然不會這般輕易放棄，所以他打算明日直接派兵一路護送玉華幾人回京。

看了看天色，夏玉華也沒有多說什麼，點了點頭，一行人便跟著東方將軍先行回他的住處安置一個晚上，而既然正好碰上了，便索性將一些事情先跟東方叔叔私底下打個招呼。

東方將軍並沒有帶玉華等人回軍營，畢竟那種地方女兒家出入也不大方便，因此直接將一行人帶回了他在軍營外頭的住處。休息片刻並用過晚膳之後，這才叫了玉華與莫陽兩人進他的書房閒聊了起來。

聽東方叔叔說明日要派兵一路護送他們回去，夏玉華當即覺得不妥，如此一來未免太過張揚，對她或對父親，還是對東方叔叔都沒有半點的好處。

所以她自然不贊同這個方法，但是考慮到那些黑衣人的確還會再次出手，所以幾個人商量之後，最終還是選擇了莫陽所說的折衷方法，從東方將軍手下挑出幾十名精兵扮成普通百姓，分批暗中護送即可。如此一來既能夠保障安全，同時也不會太過張揚，引人注目。

「這事倒還好商量，不過玉華，究竟是什麼人想要殺妳呢？」東方將軍很擔心地說道：「這個幕後之人一定得找出來才行，否則的話他在暗妳在明，即使到了京城，這安全怕也很難有所保障。」

「我想我已經知道這幕後之人是誰了。」夏玉華想了想後，徑直朝莫陽看去。「莫大哥，你是不是也已經猜到了？」

莫陽笑著點了點頭道：「那個紅衣人一出現，我便有了個大概的猜想，後來聽他說的那幾句話，倒是一下子排除掉了其他幾人。」

「我也是，本來還不能肯定的，多虧他最後說的那兩句話，想來他也是無心而說的，若是讓他主子知道的話，會恨不得將他那多嘴的舌頭給拔掉才是。」夏玉華不由得笑了起來，俏皮的模樣終於顯露出難得的輕鬆。

而東方將軍這會兒自是完全聽不明白，眼看玉華與莫陽兩人你一句我一句的說得那般默契，可明明連個名字都沒道出來呀，他們怎麼知道說的就是同一人呢？

「你們所說的幕後之人到底是誰呀？我怎麼就聽不明白呢？」東方將軍也是軍人的直性子，不明白立馬就開口發問，否則憋在心裡頭太難受。

「太子！」莫陽見狀，便沒有多繞圈子，直接將自己的答案說了出來，而後朝著夏玉華問道：「玉華所想的應該也是他吧？」

「嗯，沒錯！」夏玉華肯定的笑了笑，暗道果然還是莫大哥最了解她的想法，同時也一眼便看透了事情的本質。

而東方將軍聽到這個答案，顯然意外不已，不太敢相信地反問道：「太子？不會吧？妳與太子之間可沒有半點的利害關係，他為何要派人取妳性命呢？」

「東方叔叔，我與太子之間雖然並沒有直接的利害關係，可是您想想，如今皇上的身體只有我能夠醫治，若是我死了的話，皇上的性命還能保住嗎？」

聽到這話，東方將軍倒是恍然大悟了，他就算再笨，卻也想像得到，皇上一旦突然離世，繼位的肯定是太子了，所以從這一點來說，太子想要取玉華性命也不是說不通。雖說太子是名正言順的繼位者，可是近一、兩年來，對於太子繼位的阻礙似乎越來越多，特別是最近，朝堂出了七皇子事件，同時那個二皇子亦是聲勢越來越大，嚴重的威脅到了太子的地位。

一切都釐清之後，東方將軍不由得倒抽了一口氣，如此的話，那麼玉華豈不是太過危險了？就算這一路上太子派出的人無法得手，但是回到京城之後怕是更加凶險。「那可如何是好？太子可不是一般之人，他若是盯上了妳，哪裡肯輕易罷休？」

夏玉華微微嘆了口氣，一時間也沒有更好的辦法。反倒是莫陽，低著頭不知道在想著什麼，神色之間隱隱透露著幾分興奮。

看到莫陽的樣子，夏玉華不由得問道：「莫大哥，你是不是想到什麼好辦法了？」而東方將軍亦趕緊朝莫陽看去，很是期待不已。

莫陽聽了夏玉華的話，這才抬眼看向他們，一臉從容地說道：「我想到了個一石二鳥的方法，不但可以解除太子對妳的威脅，而且可以順便送五皇子一份大禮，讓他欠下我一個大人情，當然，也可以算是一個把柄！」

「五皇子？這怎麼又扯進五皇子來了呢？」夏玉華還沒來得及出聲，東方將軍更是想不明白了，雖然他也清楚夏家以及他們這些夏家軍與五皇子之間所形成的一些秘密關聯，但是莫陽為什麼要特意拿捏五皇子的把柄呢？

東方將軍想不明白，不過夏玉華卻是顯得興奮不已，一邊示意東方叔叔不必著急，一邊詢問莫陽到底想怎麼做，如果真能達成這樣的效果，自然是最好不過，畢竟鄭默然現在或者以後的身分都將不同一般，所以他們也斷不可沒有這防人之心。

莫陽很快便將自己的計劃說了出來，而這一切等他回京後自會馬上親自處理，不過他還得跟東方將軍借幾樣東西用用。

聽完莫陽的計劃，夏玉華與東方將軍都覺得的確不錯，果然不失為一石二鳥之計，莫陽要借的那幾樣東西，東方將軍更是二話不說便應了下來。至於莫陽與五皇子之間的那些事，東方倒也是個聰明人，很快便明白了過來，不再多問什麼。

「玉華，這事妳放心，叔叔分得清輕重，也知道這事對於大哥及夏家是何等的重要。不但如此，對於我們幾個兄弟來說也都是頭等大事，所以我們一定會配合好，定會做得天衣無縫！」東方將軍拍著胸膛保證，這一刻，他甚至都聽到了自己內心深處那份無與倫比的激動與自豪。

他們這些人都是跟著大哥出生入死的，其實早就算得上是真正的夏家軍了，而這些年大哥所受到的不公平對待，以及他們同樣遭受到明裡暗裡的打壓，這讓軍中之人個個都極不服氣。若不是大哥太過忠心，他們早就想反了。

這一回，玉華既然策劃了這麼好的辦法能夠讓大哥重新翻身，讓夏家再次回到應有的地位上，讓他們這些人也能夠真正再次揚眉吐氣，他們又怎麼可能不會好好配合呢？

至於那個五皇子雖說暫時還看不出太多，但是最少比現在的皇帝老兒要強得多，再加上玉華與莫陽也提前作了準備，努力平衡彼此之間的關係，想來若繼位為帝，對於大哥、夏家，以及他們這些人來說都將會更好。

見事情都安排得差不多了，夏玉華也沒有再多說其他，與東方將軍道過安後，便準備先行回客房早些休息。今日這麼一折騰，也都很累了，再加上明日還得早起啟程，所以自是不宜太晚睡。

第二天一大早，準備妥當並與東方將軍告別之後，夏玉華一行人再次踏上了回京之路。

這一次路途中總算是再無旁的風波，也許是因為那些人知道行動失敗，夏玉華這邊一定有了防備，也許是因為一直找不到合適的下手機會，總之明裡暗裡都沒再生出旁的事端來。

十日之後，一行人順利回到京城。

將夏玉華親自送回家，又囑咐松子與鐵辰加強家中特別是玉華的安全護衛之後，莫陽也沒有再多逗留，先行回去了。

對於莫陽來說，第一時間自然是得趕緊去解決太子一事，否則的話玉華遲早還會有危險。

莫陽走後，夏玉華跟父親、阮氏還有成孝一起好好的聊了一會兒，小別重逢，一家人都顯得開心不已。這些日子阮氏雖然並不知道玉華具體出門做什麼，但從夏冬慶的神情以及擔心的狀況來看便知道肯定不簡單，而如今平平安安的回來了，自然也跟著放心了不少。

等阮氏與成孝離開之後，夏冬慶很快便詢問起玉華的這次西蜀之行，而夏玉華也沒有絲毫隱瞞，一五一十的將所有事情都跟父親說了一遍，包括成功說服西南王以及回來途中所遇到的那次伏擊。

聽完一切，夏冬慶既為女兒感到驕傲，卻也同時為女兒的安危感到擔心。雖然玉華說了莫陽已經去著手解決太子一事，但他還是有些放心不下。

「不行，我還是得重新布置些人手過來護妳周全，在太子那邊的威脅沒有完全得到解決之前，為父定不能讓妳再冒這樣的險。」夏冬慶很快便作出了決定，這個時候，自己若是再不做點什麼的話，那麼他這個父親真的是白當了。

「爹爹，還是暫時不要驚動黃叔叔那邊為妙，一旦讓皇上察覺到的話，只怕會讓我們功虧一簣的，對爹爹的安危以及夏家都不是好事。」夏玉華首先想到的便是這個，皇帝怎麼可能容忍一個沒有兵權的人還有如此大的能耐呢？

夏冬慶想了想，點點頭道：「妳設想得很周全，不過這一次爹爹並沒有打算動用妳黃叔叔這邊的人手。」

「那爹爹到底是什麼意思？」夏玉華一聽倒是有些不太明白了，放眼京城，除了黃叔叔以外，父親應該沒有旁的什麼值得信任的人，更何況此人還得能夠幫得上這個忙才行。

「傻丫頭，這幾年妳一直為了父親、為了夏家做了那麼多，難道妳覺得爹爹自己當真就一點準備也沒有嗎？我的寶貝女兒尚且如此努力，爹爹又怎麼能夠只是坐享其成呢？」夏冬慶笑了笑道：「放心吧，在莫陽沒有徹底解決太子之事前，妳的安全就交給爹爹了。還有，接下來五皇子那邊的事妳也不必再事事親為，一切都讓爹爹扛起這些原本便應該屬於我的責任吧！」

這個女兒呀，為他還有這個家承擔了太多的責任，夏冬慶都覺得當真是無地自容，如今正如玉華所言，整盤棋的棋局已經完全逆轉，主控權到了他們手中，那麼接下來就讓他來擔任這下棋之人吧。

「好，女兒都聽爹爹的！」夏玉華甜甜一笑，心中無比的幸福，她所能夠做的一切本就是為了父親的重新崛起，而顯然這個時候也差不多到了父親上場的時候了。「不過太子一事，按莫陽的說法，女兒還得出個面才行，而且在西南王那邊還沒有正式傳來消息之前，爹爹也不宜公然出面，接下來的一些事情還是得小心一些，暗中進行方可。」

「玉兒放心，爹爹自然明白這些，定會謹慎行事，不會影響到妳好不容易扭轉的局勢。」夏冬慶拍了拍女兒的肩膀，用一種十分自豪的目光看著她。「我的女兒果真了不得，莫陽那小子還真是有眼光，更有福氣！」

「爹爹，孩子都是自家的好，您私底下誇誇女兒就行了，當著外人可就別總這般誇了。」

「怕什麼，爹爹說的都是實話。」夏冬慶可覺得自己一點也不誇大，笑著說道：「玉兒，距離妳與莫陽的大婚只剩兩個多月了，接下來的日子妳自己也得好好上上心，準備準備了。」

夏冬慶的話似乎提醒了夏玉華，原來，離她與莫陽成親的日子只剩兩個多月了。當許多事情都已經打點得差不多之後，她倒是也得開始好好用心準備準備自己的終身大事了。

接下來的日子過得特別的快，而短短一個月的時間裡亦發生了一連串的大小事，整個京城再次沸騰了起來，朝廷局勢也變得越發的緊張弔詭。

最開始，是病了好多年的五皇子竟然被夏家大小姐給完全治好了，這著實引起了不少的爭議。想不到原本一直由神醫歐陽先生診治都沒有完全治好，而自從夏玉華接手後沒多久的時間，竟然將那麼多年的頑疾給徹底的治癒了。

再聯想到以往坊間所流傳的關於夏玉華治好的諸多疑難雜症，眾人紛紛對此女的醫術再次深感敬佩。雖然這位女神醫極力表明，能夠完全治好五皇子的痼疾完全是先前歐陽先生治療所積累下的底子，但是不得不說，百姓對於這個女神醫的醫術極為讚揚。

不少人再次捧著昂貴的診金親自上門求診，或者想方設法攀關係想請如今京城最厲害的女大夫出診，卻也再一次的被婉言拒絕。夏玉華依舊堅守著先前的原則，只為那些窮苦百姓以及真正疑難雜症的病患診治，這一點與以往沒有半絲的區別。如此一來卻更加受到了百姓的尊敬及更多人的認同。

然而，在女神醫的傳聞還沒有開始降溫之際，夏家很快又再次成為眾人關注的焦點。早已經被貶為庶民的夏家卻在某個夜晚被一群蒙面殺手企圖闖入襲擊，這讓所有的人都震驚不已。

雖然夏家如今已經只是平常百姓人家，但是在許多人心中卻還是有著無法替代的地位。所幸的是，那夥殺手並沒有成功，而夏家人也沒有受到任何的傷害。

許是夏家運氣好或者命不該絕，當時正好有京城專門負責巡邏的守衛軍經過，及時阻止了那夥殺手的圖謀不軌，這才讓夏家躲過一劫。不過當眾人還沒來得及討論出結果，完全沒有弄清楚到底是何人要對夏家不利，以及為何要對夏家不利之際時，卻再次傳出了另外一個更讓人感興趣的消息。

也不知道這消息到底是何人放出來的，說太子與二皇子為了某件事起了爭執，最後竟然當著皇上與文武百官面前，在朝堂上撕破了臉面，還險些動手打了起來，完完全全的丟盡了皇家顏面。皇上氣得不行，當場便將兩人怒斥了一頓，還分別罰了兩人一年的俸銀，並且下令將兩人禁足，各自閉門思過。

這麼一鬧騰自然是滿城風雨，小老百姓也弄不清這其中具體的前因後果，但是多多少少也看得出一些風向，最少無論是對太子還是對二皇子而言，這可都不是一件好事。當然，這其中是陰謀也好、陽謀也罷，都不是他們這些小老百姓所能夠多加揣測的，唯一能做的便是靜觀太子與二皇子後續如何扭轉劣勢，消除這一件事對他們各自的影響了。

但是，事情的發展往往出人意料，正所謂一波未平，一波又起。太子與二皇子當眾翻臉被懲處一事才剛剛成為茶餘飯後的話題之際，一個更大的滔天巨浪卻再次席捲而來，讓所有人幾乎有些不敢置信，也使得整個京城的氣氛變得越發的詭異了。

太子還未從發生沒多久的事件中恢復元氣，幾日之後便再次出人意料的被皇上親派的御林軍從東宮抓走，關押了起來。

不少人都不敢明目張膽的議論這件驚天消息，只得在私底下無比好奇的議論著，所有的人都不知道這次到底是怎麼回事，也不知道最後會產生多大的影響，只是明顯感覺到朝堂甚至於整個皇室都將掀起一場暴風雨。

而夏家卻並沒有太過在意四處散播的各種小道消息，因為這一切本就在夏玉華的掌控中。今日原本想去一趟醫館那邊瞧瞧，不過還沒來得及出門，卻被匆匆忙忙趕來找她的管家攔住了。

「小姐，宮裡頭派人來傳皇上口諭，要請您即刻進宮一趟。」管家連忙稟告著。「來傳口諭的公公這會兒正在前廳候著呢，老爺不在，所以小的便直接過來稟告了。」

「進宮？」夏玉華想了想，這會兒也還沒到要替皇帝診治的日期，因此肯定不是為治病之事，想必應該是與太子一事有關了。

先前倒也知道應該離事發不遠了，卻沒想到皇上的動作會這般快，看來這所謂的親情在皇室當真根本算不得什麼呀！

「讓他等會兒吧，說我換身衣裳就去。」見狀夏玉華也沒多想，吩咐管家先到前廳回句話就行了。

重新回到屋子裡頭，她也沒有真的換衣裳，只是悄悄朝著香雪吩咐了幾句，示意一會兒讓香雪跟著進宮，按她所說的作好準備伺機行動便是。香雪本就聰明伶俐，聽完很快便點頭表示自己明白了。

見狀，夏玉華也沒有再多說什麼，休息了片刻這才帶著香雪來到前廳，跟著那宮裡過來傳召的太監一併進宮去了。

再次入宮，夏玉華並不感到陌生，這個地方她已經來了許多次，雖然每次來都有不同的心境與際遇，但是這個地方對於她來說都是個極其讓人覺得沈悶而無趣的地方。

一座座的宮殿看似富麗堂皇，然而卻如同一個個的金絲雀籠，哪怕是皇帝，也是無異於被禁錮其中。有的時候，她甚至於有些同情那些爭先恐後著想要往裡跳的人，不論他們的目的是什麼，不論是否真心願意，哪怕最終得到了這天下至高的權力與富貴，其實也不過是成為權力與富貴的犧牲品罷了。

一路行來順暢無比，更不會遇到以往的種種麻煩，太監十分俐索的將她直接帶到了御書房，通報過後便自動的退了出去。而皇帝一副什麼事都沒做，就是在那裡專門等她來的樣子，見到夏玉華來了之後，甚至於連身旁最為得力與信任的劉公公也暫時讓其退了下去。

御書房裡只剩下夏玉華與皇帝兩人，而一場看似沒有煙硝實則危機重重的對話亦正式展開。

「皇上現在身子看上去應該沒什麼問題才對，不知今日派人召民女進宮所為何事？」夏玉華微微行了一禮，旁的多餘之詞也不說，反正她與這皇帝之間也算是彼此熟悉得很了，莫說此刻並沒有什麼旁人在，就算有一大群人在場，她也沒必要多替此人顧到什麼顏面。

而皇帝對於夏玉華的這股傲氣與囂張也不知道是習慣了呢，還是因為畢竟自己的一條命還得靠她，所以自然不會像上一次那般氣得半死。

「朕今日傳妳進宮的確是有其他的事，聽說妳前些日子與妳的未婚夫一併去了一趟西北邊境，可有此事？」皇帝徑直問道，情報上說莫陽是去西北那邊處理生意上的事，而夏玉華順道跟著一併去轉了一圈，不過在皇上看來應該並不是如此簡單。

夏玉華點了點頭，笑著說道：「沒錯，不但去了西北邊境，還順道去了一趟西蜀來著。怎麼，皇上對民女的行蹤如此感興趣嗎？」

關於此次出行的理由，莫陽早就光明正大的對外宣稱了，至於皇帝信與不信又是另外一回事，這會兒夏玉華索性將西蜀之行也一併主動拋了出來。

「聽說妳還替西南王的王妃治好了病？」皇帝也不理會夏玉華的反問，繼續提出問題。

夏玉華也不否認，直接的承認道：「是呀，對於那些越是難治的病，民女越是有興趣，況且我朝現如今與西蜀早就簽定了協議，想必我替西南王的王妃治個病應該沒有違反任何一條律法吧？」

對於皇上知道了這些，夏玉華一點也不覺得奇怪，畢竟這事也發生了一段日子，加上她也沒有刻意隱瞞什麼，皇上的耳目就算是再不靈光也應該得到風聲了。

「順便說一下，民女不但救了西南王的王妃，還替他們那裡的百姓治好了一種病症，身為醫者，行醫救命，應該沒什麼不妥吧？」她平靜的反問了一句，而後說道：「皇上到底想問什麼不妨直說，民女也不是那種喜歡拐彎抹角的人，知道的話一定會如實相告。」

從剛才的談話之中，夏玉華完全可以斷定皇帝並不知道她與西南王私底下交易之事，否則的話也不可能是這樣的詢問方式了。雖然皇帝得顧及自己的小命還需要她的治療，可是相比於整個江山來說，在此人眼中應該更為重要吧！

見夏玉華如此平靜而坦然，皇帝倒也沒有再往旁的方面多想，又聽夏玉華如此直接的反問，便不再試探其他，轉而問道：「朕聽說妳回來的途中，曾被一夥蒙面人所追殺，妳可知到底是何人要殺妳？」

第一〇五章

見皇上總算是將話題引到這上面來了，夏玉華心中更是篤定了，而這樣的問題是進宮之前便料到的，所以也是一早便想好了如何回覆最恰當，既不會引起皇帝的懷疑，同時又能夠順利的給太子加上那最後的一根稻草。

因此，她自然沒有一開口便道出太子，哪怕她明知這本就是真相。可事實這個東西往往並不如人們眼中看到的這般簡單，特別是對於一個猜疑心極重的人來說，哪怕是事實卻也得有技巧的去讓他自己慢慢的推敲出來，最終才會相信。

因為對於像皇帝這樣的人來說，最相信的永遠是自己，哪怕是自己的推測也比從別人嘴裡聽到的真相要來得更容易接受。

「皇上如此關心民女，民女當真感激無比。只不過，雖然心中也對那個莫名其妙想追殺我的人十分痛恨，卻始終想像不出到底是什麼人這般想要我的命。」夏玉華一副頗為不解的樣子說道：「民女實在想不出，自己的存在到底妨礙了誰，竟然費那麼大的周折要取民女性命。好在民女命不該絕，當真是老天爺保佑了。」

皇帝聽了夏玉華的話，也沒有急著再問什麼，沈默了片刻後這才說道：「妳如此聰慧，不可能完全想不到是何人所為吧？如果朕沒說錯的話，前些日子，企圖夜襲夏家的那夥人正是在妳回京城的路上伏擊妳的人吧，為的也是取妳性命。難道妳真的一點都不擔心他們會再次捲土重來？」

「皇上所說沒錯，民女也覺得前些日子企圖襲擊夏家的那夥人便是在西北邊境伏擊民女的人，民女也很擔心自己的安危，畢竟誰能夠保證每一次都能夠那般幸運呢？但是這種事又不能夠隨便猜測，特別是在皇上面前，沒有證據更是不能夠亂說。」

夏玉華笑了笑，繼續說道：「更何況，說句不好聽的話，民女自覺除了皇上以外，似乎並沒有得罪過其他人，更不可能恨到非取我性命的地步吧。皇上英明，若是已經知道此事究竟為何人所做的話，不妨提醒一下民女，這樣民女也能夠做好防備，不至於被人害得如此不明不白的。」

聽到夏玉華這般說，皇帝一時間倒也不知道該說什麼。他總覺得眼前這個女子應該已經知道了些內情，只不過卻沒有實話實說罷了。可是，如果夏玉華真的知道了要殺她的幕後真凶是誰的話，此刻又怎麼會替其掩飾，刻意不說呢？

皇帝這會兒心中暗自揣測了起來，在他看來，以夏玉華這種天不怕地不怕的性格，若是真知道了要殺她的幕後真凶是誰，肯定不會有什麼顧忌的。畢竟這個女子連他這個皇帝都不曾有過半絲的怯意，又怎麼可能會在意其他人呢？更何況若她真知道的話，也應該清楚目前無論是否說出來，都不會對她有什麼不好的影響，所以更沒有理由瞞著才對。

難不成她是真的不知道，真的沒有想到嗎？皇帝轉念一想，這也是不無可能。雖然這女子相當聰明，但是單憑看到一夥蒙面人追殺她，就能夠猜出幕後真凶是誰的話，難度確實高了一些。而他若不是因為湊巧得知了一些細節的話，怕是也不可能會想到這幕後真凶竟會是那個混帳東西，更無法相信整個事件其實真正所要針對的人根本就是他這個皇帝！

想到這些，皇帝神情頓時顯得有些難看起來，只不過現在他還有著最後一絲的不忍，試圖再查清楚一些，也再確認一下，畢竟此事非同一般，還得看看有沒有旁的什麼人從中動過手腳，或者有漁翁得利之嫌。

「既然妳不知道，朕自然也就相信妳所說的話，只不過，妳再仔細回想一下，看看有沒有什麼有用處的線索，朕倒是對這事極感興趣，想要替妳找出這幕後真凶來。」

片刻之後，皇帝恢復了些常色，對著夏玉華說道：「朕知道妳是聰明人，所以也不瞞妳，若不是因為日後還得靠妳醫治，這種事朕是不可能插手的。」

知道夏玉華也不是愚笨之人，所以皇帝也沒有必要說些什麼冠冕堂皇的理由，索性明著說了。

想起以前夏玉華的種種，想起自己堂堂天子之尊還是頭一回栽到這個女子手中，他當真是氣不打一處來。不過他畢竟還是知道眼前的情勢不利於自己，因此也不急於一時，暗自深呼吸了一下，先行將這不經意間升起的怒火給壓了下來。

而聽到這些話，夏玉華倒是十分大度的笑了笑，一副原來如此的神情，而後也沒有再說什麼讓其難堪的話。畢竟還是皇帝，這會兒並沒有對她有什麼不妥之處，所以她也沒必要在這種時候再逞口舌之快。

「有沒有用處我還真是無法判斷，畢竟我一個女兒家對這些東西也不太熟悉。不過……」夏玉華想了想，露出一副回想的神情，而後才說道：「不過那夥黑衣人之中，有個領頭的倒是讓人印象深刻。也不知道有沒有什麼用處。」

「但說無妨。」皇帝略微點了點頭，示意夏玉華直說便是，有沒有用處他自會判斷，反正他也只是想要再次印證某些想法而已。

見狀，夏玉華也沒有再遲疑，將那個紅衣蒙面人的特徵全都說了出來，陰陽怪氣的語調，時不時習慣成自然勾出的蘭花指，還有最後所說的那幾句頗有針對性的話，特別是關鍵性的那幾句「女兒家的學點什麼不好呢……偏生要學醫……給自己找麻煩」之類的，通通都說了出來。邊說她邊不動聲色的看向皇帝，果然見其神情顯得陰沈不已，特別是聽到後頭那幾句話，更是臉色難看到了極點。根據夏玉華的描述，那個紅衣人是誰他也已經知道了，真沒想到這個畜生竟然比之前想像的還要可惡，哪裡是什麼一念之差，分明就是成天想著讓他早些死吧！

罷了罷了，如今可是什麼都一清二楚，由不得那個畜生抵賴了，而他也實在沒有必要再替那個畜生考慮再三，找什麼藉口說服自己了！

「來人！」皇帝也不想再求證什麼，別說是到了現在，就算沒有召夏玉華進宮，先前那些證據也足夠讓那個畜生無法抵賴了。

聽到皇帝的召喚，總管太監很快便走了進來，皇帝冷著臉看了過去，似乎在等那太監回稟些什麼，只見那太監上前在皇帝耳畔嘀咕了幾句，而皇帝的神情是越發的惱火不已，若不是這會兒夏玉華還在，只怕早就拍案而起了。

夏玉華見狀，心如明鏡般通透，想來，香雪那邊剛才也應該有被問及到了什麼，所以那太監才會回稟，估摸著等她一走，皇上肯定就會派人去找那名紅衣人，而那人一點都不難找，無非就是東宮裡的某個心腹太監罷了。

她不得不說，莫陽的計策當真是好，一步步的鋪墊，一步步的讓太子在皇帝心目中的印象無法翻身。其實想一想，與其說是莫陽的計策好，不如說是權力這東西蒙蔽了這些人的眼睛，讓他們變得比任何人都要自私自利。而擊敗他們的不是別人，正是他們自己。

忍著一肚子的怒火，皇帝命人將夏玉華送出宮去，於他而言，這會兒當真再沒有必要拖下去了，應該解決的還是早些解決吧！

出宮之後，回到家中，夏玉華這才跟香雪問起在宮裡發生的事，香雪一臉興奮，直道小姐果真料事如神，從小姐被帶去御書房後沒多久，便有宮人過來跟她「攀談」，談話間有意無意的詢問在西北邊境遇襲之事，且問得極其高明又隱晦，而她則按照小姐進宮前所交代的那般去回答，想來肯定沒有引起那人的懷疑。

聽到這些，夏玉華滿意的點了點頭，也沒有再問什麼，只囑咐香雪當作什麼事也沒發生一般便可，日後不要再提這些。他們這邊的事都已經做完了，想來皇上那邊也已經作出了最後的決定，接下來只需靜觀其變罷了。

三天之後，宮中傳出消息，太子被廢！

這消息太出乎意料，頓時讓天下人都為之震驚，也可說是這一段時間內最讓人不可思議的事情了。誰都知道太子的身分意味著什麼，而廢太子又是何等大事。縱觀古今，雖說也有類似的事情發生，但是在我朝，這還是頭一回。

太子是先皇后嫡出之子，也是血統最純正的繼位者，而自從先皇后去世後，皇上也一直對太子十分疼惜。如今不知道怎麼回事，說廢就突然給廢了。先前雖傳出了太子與二皇子不和鬧事一事，可按理說也不至於因此而廢太子吧，看來這事應該與前幾日太子突然被皇上抓起來關押一事有關了。

不但是百姓震驚，朝堂上也差點被掀了個底朝天，那些擁護太子的官員一時間簡直不知所措，這消息來得太過突然，他們還在商量著如何替太子求情，請皇上放了被關押的太子時，廢太子一事卻成了板上釘釘。這麼一來，太子失勢，他們這些向來擁護與追隨的臣子也都各自擔憂起自己的命運來。

好在皇上並沒有對這一夥人進行什麼清理與打壓，只是暗中除去了一些與此事有關的幾個官員，並且做得不露痕跡，因此廢太子一事的餘波倒是很快平息了下來，朝中各臣也沒有再因此而人心惶惶。

從表面上看來，目前的情勢是太子被廢，七皇子則早已失勢，各皇子之中如今最有影響力的自然當數二皇子了。特別是前些日子二皇子因與前太子起爭執一事被罰，此刻反倒成了讓他人氣上升的一個事件。

不少人都覺得未來儲君非二皇子莫屬，因此紛紛表態巴結討好。至於那個身體已經痊癒的五皇子，似乎並沒有太過引起朝臣的注意，與二皇子此刻的光環相比，顯得沒沒無聞。

「如今二皇子風光無限，五皇子依舊不必擔心皇上會對您想得太多了，將二皇子拉到臺前做最後的保護，而過不了多久便會讓所有的人都真正知道什麼叫做深謀遠慮。」此刻的城郊別院內，夏冬慶正與鄭默然對坐著下棋，這已不是他們頭一次在此見面了，正如之前跟自己女兒所說的，接下來的這盤棋他得親自來下。

「夏將軍棋藝如此精湛實在讓人意外，我若是沒記錯的話將軍曾說過不懂棋藝的。」鄭默然放下手中的白子，心思自然也並沒有全放在下棋之上。

夏冬慶笑了笑道：「以前只懂行軍打仗，哪有閒工夫玩這些，後來這幾年成天沒事幹，不玩這些又還能玩什麼呢？」

鄭默然聽了，搖了搖頭笑著說道：「恐怕將軍也沒多久的工夫能夠有這般閒情了，如今朝中之事大致安排妥當，西北那邊也差不多是時候起風了。」

「五皇子請放心，那邊已經起風了，過不了多久便會吹到這裡來，不過咱們也不必著急，還是偷個閒，有些事先讓別人去忙活吧！」夏冬慶一臉自信的放下手中的黑子，鏗鏘有力地說道：「此風一到，末將願護五皇子一路上青雲！」

兩人邊下邊聊，一盤棋下來倒是將所有事情都論說得差不多了。夏冬慶臨走之際，鄭默然叫住了他，從身後候著的侍從手中取過一個錦盒，親自遞給夏冬慶道：「煩勞夏將軍將這個東西轉交給玉華。」

看到那個錦盒，夏冬慶卻是沈默了一下，沒有馬上接過，而是看向鄭默然道：「五皇子，您這是什麼意思？」

夏冬慶也不傻，早就看出來眼前這個五皇子對自己女兒的心思，可是自己女兒喜歡的是莫陽，而且兩人很快便要成親了，這個時候肯定不想再生出什麼旁的事端來。

見夏冬慶第一反應便問他是什麼意思，而且也沒有伸手接過自己遞出的錦盒，鄭默然自然也猜到了夏冬慶在擔心些什麼，雖然心中有種說不出來的失落感，不過卻並沒有表現出來，只是微微一笑，露出一副不必擔心的樣子，示意夏冬慶別想太多。

「夏將軍別誤會，我並沒有什麼其他的意思，只不過知道過些日子便是玉華大婚之日，所以特意備了一份薄禮，請將軍代為轉達祝福之意。」鄭默然說得十分的雲淡風輕。「不過是一份賀禮而已，將軍不必想太多。」

聽到鄭默然的話，夏冬慶倒是沒有再多想，點了點頭，替玉華道過謝之後，這才接了過來。

離夏玉華大喜日子還不到一個月的時候，阮氏終於給夏家生了個白白胖胖的小子，這可讓原本便喜氣洋洋的夏家更是好事成雙。

「姊姊，弟弟要叫什麼名字呀？」看了那剛出生的小傢伙後，夏成孝顯然還是很興奮，既不能影響娘親休息，只好一個勁兒纏著夏玉華開心的問著。

夏玉華笑了笑道：「這個現在還不知道呢，娘剛剛生了孩子，事情正多著，過幾天爹爹有空了，肯定會給弟弟取一個好名字的。」

「嗯，姊姊說得對，以後成孝是哥哥了，我會好好照顧弟弟，也會好好照顧姊姊的！」夏成孝一臉的自信，日益成熟的臉孔帶著一股特有的豪情。

別看他平日裡並不多理家裡的事，可是他心中清楚得很，姊姊為他們這個家付出了許許多多，所以日後他一定得好好的照顧姊姊。他是夏家長子，日後姊姊嫁人了，那麼他便是姊姊最強而有力的娘家人，他不會讓任何人欺負姊姊的！

聽到成孝的話，夏玉華舒心一笑，點著頭滿是真心的說道：「成孝果真長大了，姊姊很開心能夠有你這麼好的弟弟！」

一時間，姊弟倆相視一笑，濃濃的親情溫暖無比。

將成孝送回他的屋裡後，夏玉華帶著香雪正欲回房，忽然看到鳳兒高高興興的走了過來通報：「小姐、小姐，姑爺來了！」

一聲姑爺頓時讓夏玉華不由得笑了笑，倒也沒說鳳兒什麼，只是暗道怎麼來得這般巧，而後便問道：「人呢？」

見小姐沒數說自己，鳳兒嘻嘻一笑，繼續說道：「姑爺今日本是來給老爺送婚宴時的宴客名單，不過聽說夫人剛剛生下小少爺，老爺這會兒還在房中陪夫人，所以不便打擾，便讓奴婢直接來告知小姐了。」

「話這般多，我是問妳，他現在人在哪裡。」夏玉華搖了搖頭，朝著鳳兒說道：「算了，妳呀一說起話來就沒個停，先帶我們過去吧。」

「不必了，我自行來了。」莫陽的聲音突然從一旁響起，而隨著聲音剛落，人便已經走到了夏玉華面前。

看到莫陽，夏玉華不由得笑了起來，從西蜀回來後，兩人也好一段時間沒有再見面了，這會兒看著那張讓她思念不已的面孔，心中自是歡喜。「莫大哥，你來了！」

「一進門便聽說了夏家的大喜事，本想當面去道喜的，不過這會兒似乎有些不太方便，所以便想著我們大婚的一些小事還是先來找妳商量。」莫陽看著玉華，眼中閃過滿滿的喜悅，都說一日不見如隔三秋，這話可是一點也不假，這麼久沒見到玉華，他都覺得如同過了一輩子似的。

原本今日這一趟並不需要他親自來的，可是為了找個理由見玉華一面，他自然是沒放過這麼好的機會，搶著當起跑腿來了。

兩人就這麼傻傻的互相對視著，一時間險些忘了旁邊的鳳兒與香雪，好在這兩個丫頭還算懂事，只是稍微提醒了一下，便很快轉過頭去沒有多出聲。

「別站在這裡了，去屋裡坐著再說吧。」夏玉華聽到香雪的輕咳，這才醒悟了過來，不由得臉一紅，趕緊轉移注意力說著，讓自己顯得不再那般尷尬。

說罷，她扭頭便走了，反正莫陽肯定會跟上來的，倒是沒必要當著這兩個丫頭的面再多說什麼。鳳兒與香雪見狀，不由得對看一眼，暗自偷笑著，沒想到自家小姐也會有如此嬌羞的時候。

而莫陽也沒再多說，點了點頭，欣然一笑地跟了上去。

說來，莫陽還是頭一次進夏玉華的閨房，進去一看，果真是讓他意外不已。雖說以前也曾聽妹子說過玉華的閨房不太像閨房，不過這親眼看見時卻還是實實在在的感到驚訝。

這哪像是女兒家住的屋子呀，一整個就是書房跟藥房差不多，先前他還想著是不是要按玉華的習慣來裝修他們日後的新房，現在想想倒是慶幸沒有這般做。看來日後還是得讓這丫頭好好的享受溫馨旖旎的生活，而不是成天縮在枯燥的書與藥的世界。

鳳兒與香雪倒是識趣，奉上茶後，便都悄悄自行退了下去，將空間留給了許多天不曾見面的這兩人。

「莫大哥，你是不是也覺得我這屋子布置得有些怪怪的？」見莫陽一副好奇的樣子打量著自己的屋子，夏玉華笑著問道。

莫陽倒是不掩飾自己的心思，點了點頭道：「是有一點，不過也不算怪吧，我可以四處看看嗎？」

「當然可以。」夏玉華見莫陽想多看看自己屋子的布置，自然沒有拒絕，反正整體這樣也被他看到了，旁的什麼細部更是沒什麼好擔心的了。

得到夏主華的首肯，莫陽站起身來，而夏玉華自然也跟著起身陪同。

莫陽很快便走到書架一旁，朝裡頭看了看，果然絕大部分都是些醫書，還有少數的遊記之類的雜書，滿滿兩大書櫃全都裝滿了，而那些書好多都是十分少有的珍藏本，整理得很好，想來玉華定是十分愛惜的。

「這些書妳看過多少了？」他側目看向一旁的玉華，問道：「平日在家妳不會成天都是在看書吧？」

「看過不少了，在家沒什麼事的話一般都是看書的。」夏玉華笑了笑道：「大部分都是些醫書，不過卻也不覺得枯燥，已經習慣了看書，有時不看看書，心裡還會像有什麼事沒做一般。

「你看，這些是我父親替我蒐集的，這些是我自己找全的，還有這些……」夏玉華一提到這些醫書，兩眼頓時變得晶亮了，興致勃勃地指著各類書籍向莫陽一一介紹。「還有這些，是歐陽先生留給我的，這邊都是些珍本，以前……」

正說著，夏玉華突然覺得有些不太對勁，將視線從書本上收回側目一看，這才發現自己與莫陽不知不覺間竟然靠得那般近，近到可以感覺到莫陽呼吸的氣息一陣陣的撲面而來。

她頓時停了下來，不再說話，下意識的覺得莫陽的眼神變得不太一樣，心中感到有些尷尬，便不由得抬腳想稍往後挪，拉開兩人之間的距離。

可是，莫陽似乎明白她的心思一般，微微一笑，直接伸手摟住了她的腰，沒讓她成功的避開來。

「傻丫頭，難道除了看書以外，妳就沒有別的什麼在意的事了嗎？」莫陽笑得異常的溫柔，那寵溺而愛戀的目光看得人都快要醉了，直勾勾的盯著玉華，如同哄著嬰孩一般喃聲問道：「這麼久沒見，想我嗎？」

夏玉華猛的被莫陽這麼一摟，一時間不禁小臉通紅，又聽到最後那句「想我嗎」時，更是連耳根子都不由得紅了起來。

見夏玉華不出聲，臉紅得跟煮熟的大蝦似的，莫陽滿足的嘆了口氣，伸出一隻手撫上那張讓他朝思暮想的臉孔，幽幽地說道：「我好想妳……好想妳……想得恨不得天天都能來見妳……」

聽到莫陽毫不掩飾的真情流露，夏玉華心中酥酥麻麻的，跟喝了酒似的，竟然有些醉了。其實，她也想他呀，只要自己一空下來，腦海中便會冒出莫陽的音容笑貌，那樣的美好，那樣的打動人心。

「我也好想你……」這一刻，她不再管束自己的大腦，任其順著心意沈醉在這一刻，這溫暖的懷抱、醉人的笑容，還有讓她動心的言語，抬眼對上那道讓人迷戀的目光，她依著內心所想，訴說自己同樣也好想他。

看著玉華紅唇輕啟，聽到她那柔情似水的回應，說著同樣也好想他，莫陽心中越發的激動無比。這一刻，他離她那般的近，近到只需微微一低頭便觸及她那誘人的甜蜜。

莫陽只覺得腦袋暈陶陶的，人有些不太受控制起來，他的呼吸不由自主的加重，心跳也越發的激烈不已。

第一〇六章

這一刻，莫陽聞到了玉華身上獨有的女兒香，還帶著少許清新的藥香，嗅入鼻中卻是那般的沁人心脾。那股幽幽的體香同時亦勾起了他身體內最本能的反應，而眼前那微微張合的紅唇更似帶著魔力一般讓他無法自制。

他下意識的挪近了身體，試探般小心翼翼地朝著那誘人的櫻唇靠過去，明明那麼近的距離，可他的行動卻是緩慢無比。他聽到了自己如同雷鳴般的心跳聲，不確定如果這樣親吻下去，懷中之人會有什麼樣的反應，可是他就是無法控制自己，就是那麼不受控制地一點一點的靠了過去。

而此刻，夏玉華亦緊張得無法形容，她並不是真的一無所知的傻丫頭，這會兒工夫自然明白莫陽想要做什麼，同時也看得出他的那種珍視與小心翼翼。可是雖然緊張，她卻無法不承認內心也是十分期待著接下來所要發生的事情。她不想欺騙自己，這一刻只想順著自己的心。

看著莫陽越靠越近的臉龐，她下意識的閉上了眼睛，努力想要保持鎮定，可那不停顫抖的睫毛卻毫無疑問的洩漏出此刻她心中的緊張與期盼。那一吻如同等待了許久一般，即將揭開神秘的面紗。

看到玉華這會兒並沒有逃開的意思，反倒是下意識的閉上了眼睛，莫陽心中更是激動得無法形容，這樣的默許讓他拋開了腦海中最後的一絲遲疑，如火般的慾望催化下，終於俯身吻上了玉華。

四唇相貼的瞬間，一種說不出來的柔軟與甜蜜頓時讓莫陽興奮無比。他輕輕的親吻著，如同怕驚嚇到了玉華一般，品嚐著那份最原始而甜蜜的醇香。原本，他只是想淺嘗輒止，可是這一會兒他整個人卻如同著了魔似的，根本就停不下來。

他不由自主的加深了這個吻，摟著玉華的手也加大了些力道，將懷中的人兒抱得更緊。他忘情的吮吸著櫻唇上的芬芳與香甜，卻發現自己似乎想要的更多。

夏玉華亦完完全全的沈浸在這個溫柔如蜜的親吻中，她覺得自己的心都快蹦出來似的，那種快樂與甜蜜無可比擬。漸漸的，她似乎感覺到親吻她的人越發的「霸道」了起來，她覺得自己有些呼吸不過來了，本能的往後縮了縮，想要結束這個吻。

但莫陽卻沒有讓她如願，反而將她抱得更緊了些，她不由得輕嗯了一聲，想出聲稍微「抗議」一下，可是剛一張嘴，沒想到反倒是讓那傢伙給尋到了機會。

莫陽舌尖快速一頂，趁著玉兒張口的瞬間直接探入到她的口中縱情的吮吸，唇齒糾纏著，索要著更多的美好與芬芳。

如此激烈的親吻讓夏玉華頓時全身酥麻無比，整個人幾乎失去了思考能力，跟散了骨頭似的軟癱下來，若不是被莫陽緊緊的抱在懷中，這會兒只怕是連站都站不穩了。

她根本不知如何是好，一顆心幾乎都快停止了跳動，只得雙手無助的掛在莫陽肩膀之上，下意識的回應著，被親得暈乎乎的時候亦不由自主的嬌吟了起來。

聽到那一聲嬌吟，感覺到了玉華的回應，莫陽如同被雷電擊中一般，渾身上下簡直像被點著了火一般興奮異常，再一次的加深著這個吻，貪婪的吮吸著那份獨屬於自己的最美的醇香。

他的一隻手不由自主的覆上了玉華胸前的柔軟，透過薄薄的衣料情不自禁的撫摸了起來，心中的慾望亦不知不覺中洶湧澎湃。他甚至還沒意識到自己此刻正在做些什麼，只知道腦海中有個聲音在告訴他，想要更多更多……

從最開始溫柔的撫摸慢慢變成了來回的摩挲，那樣的愛撫讓夏玉華忍不住顫抖了起來，而這一刻，她的腦海瞬間清醒了過來，這才意識到他們現在所做的事情已經遠遠越過了此時兩人身分可以去做的底線，若是再不停下來而繼續下去的話，一定會做出那些不應該發生的事情來。

「不……不要這樣，莫大哥……」她很是艱難的推了一下莫陽，雖然並沒有完全從他的懷中掙脫，不過卻總算是將兩人暫時給分開來。

莫陽被夏玉華這麼一推開，頓時也清醒了不少，他定定的望著滿面緋紅的玉華，這會兒才發現自己下身已經堅硬無比，那樣強烈的慾望險些讓他沒把持住而就這般要了玉華。

他重重的喘著氣，好半天才勉強找回了自己的聲音。

「玉兒，我……」莫陽這會兒的聲音還略顯沙啞，氣息也有些不太平緩，顯然一下子還沒完全從剛才的激情中恢復過來，不過好在理智已經恢復了，雖說很不捨卻還是很快放開了手，省得又做出什麼過火的事情來。「對不起……剛才……剛才是我太……」

手中似乎還殘留著那份獨特的柔軟，唇齒之間也依稀還帶著玉兒那醉人的甘甜，可是莫陽卻知道，現在還不是時候，為了玉兒，他必須得克制忍耐才行。等到洞房花燭夜之際，那才是他們真正心靈與身體都完完全全水乳交融的激情之夜。

「別說對不起……」夏玉華紅著臉，心中自然也知道剛才莫陽不過是情不自禁罷了，她伸手捂住了莫陽的唇，示意他不必再說那些。「你沒有做錯什麼，我也沒有怪你的意思。」

她的指尖觸及到他的雙唇，讓莫陽不由得又是一陣愉悅，他輕輕握著那隻手，滿臉寵溺的微笑，朝著玉華柔聲說道：「妳不怪我就好，放心，我不會再這般衝動了，一定會耐心的等著咱們的新婚之夜到來。」

這一下，夏玉華原本稍微平復了些的神情又再次熾熱了起來，新婚之夜會做些什麼她哪裡可能不知道，莫陽如此直接的明示讓她恨不得找個洞鑽進去算了，偏生這傢伙還一臉正經的樣子說著，更是讓她羞得無地自容。

「傻丫頭……」見狀，莫陽不由得笑了起來，伸手撫了撫玉華的頭低垂時散落下來的髮絲，逗著她道：「咱們都快成夫妻了，妳竟還如此的不好意思，看來我家娘子果真是天生的臉皮薄呀！」

一聲娘子，讓夏玉華心中一甜，這會兒哪裡聽不出莫陽是故意逗她，不由得抬手朝著他胸前捶去，嬌斥道：「誰是你家娘子，再說就不理你了！」

看到玉華此刻小女兒嬌態畢露，莫陽更是笑開懷，一字一句擺出一副認真的神情說道：「妳就是我家娘子呀？過些天咱們可就要成親入洞房了，妳可不許反悔，反正我這一輩子就賴定妳一人！」

一輩子就賴定妳一人，這句話直接撞到了夏玉華的心坎上，讓她覺得那般的溫暖而滿足，一輩子能夠與莫陽在一起，對於她來說簡直就是老天爺給予她最大的賞賜，得夫如此，還有什麼不滿足的呢？

「對了，你先前不是說帶了婚宴的宴客名單來的嗎？」夏玉華也靈敏，這樣的事越說越是尷尬，索性直接轉移話題，不去提便是。

看著玉華滿面緋紅，一臉羞澀卻又帶著並不掩飾的喜悅，莫陽心中是說不出來的滿足，見這丫頭機靈的轉移了話題，自然也不會再去拆她的臺，點了點頭道：「對，名單本就是想拿過來給你們過目一下，看看有沒有什麼需要增修的地方。還是坐下慢慢說吧。」

莫陽這會兒卻已經恢復了正常，拉著夏玉華的手往一旁的椅子坐下。而夏玉華也沒有刻意的迴避，甜甜的笑了笑，任由莫陽牽著自己走去坐下來。

臉上的紅暈比起先前消褪了不少，夏玉華也不再太過彆扭，喝了一口莫陽遞過來的茶，只覺得今日的茶不知道怎麼這般的香甜。

宴客名單其實並沒有什麼真正的問題，夏玉華只是稍微看了一下，根本沒有多加細看。莫家這樣的人家任何事都有專門的人負責，層層檢查審核怎麼可能會有什麼遺漏。之所以要拿過來給夏家人過目，無非也是一種禮節，表達對於親家的重視與尊敬。

兩人稍微說道了一下，便沒有再多聊這事，反倒是說起了夏家新添貴子的事，莫陽問起滿月酒的事，想來怎麼著也得好好慶祝一番才對，畢竟夏家子嗣本就不多，夏冬慶這個年紀新得一子，更是不易。

不過夏玉華先前已經聽父親提到此事，父親的意思是旁的不說，最主要的是怕時間上安排不過來。所以一開始打算的便是等她大婚之後，不擺滿月酒，直接替孩子做百日宴（注）便行了。

總之，對於夏家人來說，擺多大的盛宴倒無所謂，一家人能夠平平安安、開開心心的生活才是最重要的。

夏家小少爺出生第五天，也就是離夏玉華的婚事不過十多日之際，朝廷再次傳來了一個大消息——西北戰火重燃，西南王集結二十萬大軍，大舉壓境，意欲入侵。西北戰事告急，皇帝這會兒正頭疼不已。

幾年前為了削減夏冬慶的勢力，所以皇帝想著辦法縮減了西北大軍的編制，雖說名義上這會兒還保持著二十萬大軍的說法，不過實際上真正的人數遠低於二十萬，而且據邊境將領所彙報，因為少了昔日大將軍王的率領，軍營裡士氣不振，戰鬥力遠不如從前。這幾年跟其他外族的幾場零星衝突下來，西北駐軍明顯有些力不從心，場場都以和解結束。

雖說西北絕大部分將領都曾是夏冬慶的舊部屬，但如今的主帥卻是皇帝特意派過去的心腹，忠心耿耿卻並無真正的指揮才能，而眼下朝中一時半刻也找不出合適的人選救急，西北局勢如同陷入了一觸即發的險境。

皇帝亦知道西南王本就是能征善戰之人，當年若不是因為有夏冬慶，他們未必能夠打得贏，更何況如今西南王集結二十萬兵力整軍而來，其野心路人皆知。西北為國之門戶，一旦有什麼閃失，那麼整個江山都將岌岌可危。

朝堂之上，有人提議重新起用昔日的大將軍王，因為眾人都知道，唯有夏冬慶才是西南王的剋星，而此次西蜀不遵守協議，毀約進犯，就是看準了大將軍王已不在位這一點，所以才會如此大膽挑釁。但同時也有不少人反對再次起用夏冬慶，不信泱泱大國竟無一人可以取代。

皇帝心中自然也是不願重新起用夏冬慶的，畢竟好不容易才釋其兵權，若是再起用的話，日後可是很難再有牽制的機會，而且要開這個口，對他這個皇帝來說也算是丟臉丟到家了。可是不起用的話，短時間內他真能夠找到那個足以代替夏冬慶，迅速凝聚西北軍的軍心，力挽狂瀾之人嗎？畢竟打仗可不是開玩笑，戰爭瞬息萬變，一旦西北被攻破，那麼整個

注：百日宴，在嬰兒出生的第一百天所舉行的慶祝儀式，祝其福澤長壽。又稱百歲、百晬。

江山將無可防守，一切都將危矣！

就在皇帝憂心猶豫之際，夏家卻異常的風平浪靜，夏冬慶如同毫不知情一般依舊過著平常的日子。有空逗逗剛出生的孩子，再者關注一下幾天後女兒出嫁的喜事，任由各種傳言先自行散播一段時日再說。

他太了解這個皇帝了，等過些日子西北急報再多幾封之際，一切自然便水到渠成。到那個時候玉兒的婚事已經辦完了，小兒子也滿月了，正好能夠放心的去做旁的大事。

而這幾日，聽聞朝堂有可能重新起用大將軍王，夏家也變得熱鬧了起來，不少人開始登門想提前過來攀關係，夏冬慶索性閉門謝客，誰都不見，正好玉兒過幾天便要出嫁，不便打擾也是一個頗為適當的理由。

而夏玉華這些日子雖然很少出門，卻也聽聞了這些流言蜚語，算算時間，西南王那邊還真是十分準時，而且這回可是下了老本，竟然真的集結了二十萬大軍陪她演這麼一齣。若不是東方叔叔密信告知一切皆安，她說不定還真會誤以為西南王是乘機假戲真做了。

朝堂上的爭論她也清楚得很，說白了都是各方利益的相互權衡與較量，那些提議重新起用父親之人絕大部分都是暗中支持鄭默然的，而皇上哪怕明知西北告急，明知處境危險，卻也不可能這麼快便下得了決心。畢竟重新起用父親的話，不但代表著兵權再一次的落入他人之手，同時也推翻了先前自己所做的一切努力。

對於一個心高氣傲的帝王來說，這樣的失敗幾乎代表著一種自我否定，不到最後一刻，不到確定完全沒有旁的出路，他又怎麼可能下此決心呢？

不過，夏玉華一點也不著急，皇上妥協是遲早的事，最遲下個月底絕對會來求父親出馬了。所以與父親一樣，她也沒有太過在意這些事情，安安心心的等著做她的新嫁娘。

第一〇七章

大婚這天，四更天剛過，夏玉華便被香雪叫醒了，洗漱完畢之後，先簡單的吃過一些東西，便開始了繁瑣的更衣梳妝打扮。

阮氏親自坐鎮，三、四個有經驗的婢女在一旁按部就班的開始幫夏玉華打點起來。屋子裡頓時人來人往的，不過並沒有出現什麼慌亂的狀況。每個人臉上都掛著開心的笑容，因為今日是她們的大小姐出嫁的日子。

夏玉華顯然被那些觸目所及的大紅弄得有些暈暈乎乎的，索性什麼都不去想，由著那些人想怎麼做，她都聽話的配合著，而所幸這一日除了必須由她親自當新娘以外，其他什麼都不必擔心，下一步要做什麼，耳旁總會有人小聲的提前告知。

當紅蓋頭正式蓋到她的頭上之際，這場婚禮也就正式拉開了序幕。

這場莫夏兩家的聯姻，並沒有操辦得太過隆重，場面完全比不上菲兒出嫁時那般大的排場與熱鬧。莫家似乎也察覺到了夏家可能隨時都有機會重新崛起，再加上夏冬慶也提前說過了不想太過鋪張，因此商量過後決定將迎娶的儀式與排場弄得比較低調。

別說無法與當初菲兒出嫁時十里嫁妝那樣的場面相比，就算是京城裡任何權貴或者大家族的婚事也都無法相比。但是，排場不夠隆重並不代表莫家不重視這門婚事，更不代表夏玉華不受莫家人所喜愛。

人們在迎親隊伍的最前排，除了看到騎著高頭大馬，一臉喜氣的新郎官莫三公子以外，竟然還意外的看到了莫家現任的主事者莫老先生。長輩陪同迎親，這還真是頭一回，特別是這個長者還是莫家身分最高的，一時間眾人紛紛議論起來，嘖嘖驚嘆著原來莫家人是如此看重這個孫媳婦。

如此一來，再也無人非議莫家迎親的排場了，也沒人會說夏家不受莫家待見的話了，大家都興奮不已的爭相走告，說是莫老先生親自壓軸迎親！

鑼鼓炮竹齊鳴，賀喜聲，聲聲不斷，直到最後，圍觀看熱鬧的百姓這才發現，花轎並沒有抬進莫家大宅，而是去了莫家在京城中最大又最精緻的一處別院，婚禮禮堂設於此，新房亦設於此，也就是說日後莫三公子與夏氏之女將不與族人住在一起，而是單獨居於此處！

如果僅僅只是看到這些的話，也許又會有人產生新的疑惑，會擔心莫家對夏玉華的認同感，但是當他們知道今日莫家所有有頭有臉的長輩全都一個不少的出現在禮堂迎接新娘，共慶今日的大婚之喜時，眾人這才恍然大悟，原來這個夏氏之女竟然得到了莫家如此特殊而重視的對待！

與此同時，夏玉華卻對外界的事情一點都不知曉，除了盈耳的恭賀聲之外，她似乎有點弄不清狀況，總覺得一整天都像飄浮在雲端似的。

直到拜過堂，送入洞房之際，這才突然意識到耳旁漸漸變得清靜了。大紅的蓋頭擋住了她的視線，不過莫陽溫暖的手卻讓她安心不已。

「妳先坐一會兒，等我回來。」莫陽的聲音在她的耳畔響起，溫溫柔柔的。「餓了的話讓香雪先弄點東西給妳吃，我會儘快回來的，等我！」

最後兩個字更是讓她有種昏沈沈的感覺，那一刻她覺得自己彷彿有些醉了。紅蓋頭下的嘴角並沒有出聲，只是不由得露出了笑容，她知道莫陽看不到，可是卻一定感受得到。

此刻莫陽不得不先行離開，他還得去宴席上一一做些必要的應酬，即便這會兒根本不想再離開卻也只得暫時忍住。

出門之際，他順便將喜房裡其他的奴婢都遣了出去，只留下鳳兒與香雪兩人，如此也方便這兩個丫頭給玉兒餵些吃的喝的，或者解決一下旁的什麼需求。這麼一天下來，玉兒估摸著早就餓壞也累壞了，他自然是希望玉兒能夠乘機稍微放鬆一些，讓身子舒服一點。

待門關上之後，香雪連忙朝夏玉華說道：「小姐，這會兒除了奴婢與鳳兒以外，沒有旁的外人了，妳可以稍微放鬆一下。」

聽到香雪的話，夏玉華不由得重重的吁了口氣，雖說這會兒自是不會去動那方紅蓋頭，不過卻伸手讓鳳兒扶著挪到一旁的椅子上坐了下來，香雪在椅背上放了個軟軟的靠墊，好讓自家小姐可以坐得舒服一些。

而後，兩個丫頭趕緊遞了杯溫度適宜的茶給小姐喝，這一天下來，小姐這會兒還不知道渴成什麼樣子。結果茶水遞過去，夏玉華拿到蓋頭底下幾口便喝了個精光，而後又讓香雪添了一杯，一連滿滿兩杯下肚喉嚨這才舒服了些。

見小姐已經解渴了，兩個丫頭又挑了些容易餵食的食物讓夏玉華慢慢吃下，一陣吃飽喝足之後，又起身解決了一下內急情況，而後夏玉華這才舒舒服服的靠在柔軟的靠墊上滿意的鬆了口氣。

兩個丫頭見狀，不由得偷偷笑了，這成親還真不是那麼簡單的事，外頭人看著熱鬧，真正自個兒坐在這裡試試就知道，這一整天下來可是累得不行。小姐這都已經算是很好的了，姑爺細心又體貼，知道提前把外人給喚出去，讓小姐自由自在的吃喝拉撒舒服一下，換成旁人，這會兒還得當著喜娘及其他婢女的面，裝得跟木頭似的規規矩矩的坐直在床邊上等著，腰都不敢多彎一下，更別說這般自由活動還隨意靠坐休息了。

「小姐，姑爺對妳可真好！」鳳兒由衷的稱讚著，臉上的神情喜氣洋洋的。她一邊幫小姐按捏著肩膀一邊說道：「妳好好休息一下，姑爺肯定不會去太久，一會兒就會回來的。」

香雪則半蹲著替夏玉華捶腿，聽到鳳兒說的話，卻是笑笑說道：「何止呀，不僅是姑爺對小姐好，整個莫家那可都是格外重視咱們家小姐的。小姐，妳一定還不知道吧，今日莫老先生親自陪同姑爺一併前去迎的親，莫老先生出馬替孫子迎親這可是頭一回，不但如此，這會兒別院裡頭莫家上上下下但凡是有頭臉的人全都來了，這場面可比那些奢華排場來得重要得多，說明了莫家對這門婚事可是極其看重的！」

香雪的話帶著一種說不出來的自豪與開心，這麼多年以來，京城裡哪個名門閨秀出嫁能夠得到像她家小姐這般受重視的對待呢？光排場大有什麼用？香雪心中清楚得很，那些不過是最虛假的表面，而且弄得太過頭反倒是對夏家與莫家都不好，如今這樣的安排才是最為實際的。

聽到這些，夏玉華也大感意外，莫陽從沒向她透露過爺爺會一併前去迎親，如此看來，爺爺這麼做還真的完完全全是為了她呀。她知道因為莫家曾有過不成文的規矩，不與權貴聯姻，而莫老先生估摸這會兒也已經猜得到夏家翻身指日可待，所以他也清楚這條規矩在不久以後將會被這門婚事給破壞了。

正因為如此，所以莫家與夏家一致決議在婚事上儘量低調，不要讓人覺得奢華而張揚。其實這也正是她所希望的，自己的婚事自己開心就行了，沒必要非得弄得太過隆重。

然而，老太爺與莫陽一定是覺得如此一來，這樣低調的婚禮有點委屈了她，又怕她嫁進來後因此而受到莫家其他人的輕視，所以才會採用陪同迎親的方法，用實際行動告訴所有人，莫家對於她這個孫媳婦的重視程度。

身旁兩個丫頭不時興奮的述說著，而夏玉華只是靜靜的聽著、想著、感受著。她似乎陷入了自己的世界，腦海中不斷的閃現重生到現在的一個又一個畫面。

也許，上一世她的確是不幸的，不論是自身還是旁的什麼原因造成，可這一世，她卻是無比的幸運，無比的幸福。

半晌之後，兩個丫頭見自家小姐竟然一聲都沒吭，不由得相互對望一眼，也不知道是不是太累而睡著了。香雪起身拿了條小毛毯正準備替其蓋上，卻聽小姐這會兒終於出聲了：

「不用了，我沒睡著呢。」

正說著，外頭突然響起了喜娘的通報聲，是莫陽回來了。

喜娘喜孜孜的又說了一大串的吉祥話，而後這才讓莫陽與夏玉華兩人一併喝起交杯酒來。莫陽顯然已經在外頭喝了不少的酒，不過對於他的酒量來說，最多也就是讓他更為興奮罷了。

喝過交杯酒，行過各種禮俗的規矩之後，喜娘這才帶著其他人先行退了下去。而香雪與鳳兒兩個丫頭也趕緊替小姐除去鳳冠霞帔，稍微梳洗了一下之後，也馬上退了下去並關上了喜房的門。

一時間，偌大的房間裡頭只剩下莫陽與夏玉華兩人，也不知道怎麼回事，這一會兒沒別人了，夏玉華反倒是有些怔了，站在那裡愣愣地盯著莫陽看，似乎連話都不知道如何說。

看到這小嬌娘如此神情，莫陽忍不住笑了起來，他上前一步，親暱地伸出手將她攬入懷中，而後目光細細掃過她臉上的每一寸肌膚，柔聲問道：「餓嗎？要不要先吃點東西？」

「不餓了，剛剛你走後，已經吃飽了。」夏玉華這會兒卻是有些不太敢看莫陽，微低著頭老實回答著。

「渴嗎？」莫陽撫了撫她腦後的青絲，再次問道。

「不渴了，喝過茶了。」夏玉華微微搖了搖頭，聲音小得聽不太清楚。

「那妳還有旁的什麼事要做嗎？」莫陽再次問道，聲音裡的笑意越發明顯了。

夏玉華聽了，心中卻是越發的疑惑起來，這個時候莫陽怎麼總問她這些問題呢？先前他出去時她乘機將吃喝拉撒都已經解決妥當了呀，他應該也知道才對，怎麼這會兒又一項一項的問呢？

「沒什麼事呀？」微微抬起了頭，她不由得眨了眨眼睛看向莫陽，正準備問他到底怎麼了時，卻突然看到莫陽壞壞的一笑，而後只覺得身子猛的一輕，整個人被打橫抱了起來。

「既然妳沒什麼事要忙了，那現在咱們一起來忙正事吧！」莫陽笑著一把抱起懷中的人兒往喜床走去。

「哎喲，下頭什麼東西呀？」夏玉華又不是傻子，自然明白接下來會發生什麼事，可是剛一被莫陽放到床上，她卻不由得輕喊了起來，覺得自己整個背部被什麼東西給刺得難受不已。

聽了夏玉華的輕喊，莫陽很快又將她抱了起來，而後掀開被子一看，只見床上竟然鋪滿了花生、紅棗、桂圓、蓮子這些東西，一時間兩人不由得相視一笑，這幾樣東西代表著早生貴子，他們又怎麼會不知道呢？

莫陽很快將床上的這些東西收了起來放好，而後再次將玉華放到床上，一臉壞笑地說道：「玉兒，為夫一定會賣力些，以便早生貴子。」

夏玉華臉上頓時唰的一下就變紅了，不過這一次她不再那般羞澀，突然也跟著壞壞一笑，而後伸手勾住莫陽的脖子，主動湊了上去吻他的唇。

她的動作生澀不已，不過對於此刻的莫陽來說卻如同中了媚藥似的，體內的慾望瞬間爆發了出來，似狂風驟雨一般強烈。

玉兒輕柔而生澀的吻撩撥著莫陽渾身每一處的神經，讓他嘗到了一種從未有過的興奮與激動，只不過那樣的吻實在太過磨人，讓他本就如等候了千年之久的飢渴更是難以忍受，無法滿足。

「玉兒！」他輕聲喚著，快速俯下了頭，反被動為主動，準確無誤的含住了夏玉華的櫻唇，貪婪的吮吻起來。身體的躁熱越來越濃，而他的吻也越來越霸道，像是著了魔似的，再也移不開了。滿腦子只剩下身下最迷人的美好。

而夏玉華被吻得迷迷糊糊，早就忘記了剛才自己是主動的，她只覺得渾身酥麻無力，那種酥麻感讓她不由自主的嬌吟了一聲。而這一聲嬌吟則像一道閃電般更加刺激著早已沈浸其中的莫陽。

莫陽不由得低吼一聲，整個人越發的興奮起來，再一次加重了這個吻的力道，身下的慾望早就讓他一心只想要更多更多。他伸出舌尖想頂開夏玉華的貝齒，被他的舌尖一頂，夏玉華本能的低吟一聲，瞬間，那靈巧的舌頭便乘機快速的探進了口中，瘋狂吮吸著她的芳香與甜蜜。

夏玉華本能的回應著，任由莫陽瘋狂的索取著，一陣無法形容的快樂將她內心塞得滿滿的，她情不自禁的發出一聲又一聲動情的嬌吟。

玉兒！我的玉兒！聽到她的嬌吟，莫陽的身體早已不再只是滿足於這個吻，他完全管不住自己了，從身下人兒的下巴、脖子、鎖骨方向一路親吻而去，一雙火熱的手更是不由自主的撫上了夏玉華胸前的柔軟。

不一會兒，夏玉華只覺胸前一陣微涼，完全失去的理智這才恢復一些。她低頭一看，自己身上的衣裳已不知何時被解開了，露出了一大片雪白的肌膚，而莫陽的手更是早已探入其中，撫上了胸前的高聳。

「玉兒……」

他沙啞的低喚一聲，像是詢問，又像是徵求，額上早已沁出了汗珠。被他這麼一喚，夏玉華原本僅存的一點點理智也蕩然無存了。

「嗯……」

她輕輕應了一聲，卻不知道這一聲卻是世上最強的催情藥。莫陽聽到她的回應，更是興奮異常，身下的堅挺早已硬得發痛。

「可以嗎？」他用雙手支撐著自己的身子，大口大口的喘息著，哪怕是洞房之夜，他也不想讓她有一絲一毫的勉強，他想讓她知道，即便他再多麼熱切的渴望，但最重視的還是她的心及她的感受。

「可以嗎？」見身下的人兒既不點頭也不搖頭，莫陽顯得更加的急促，喉嚨裡發出的聲音也帶著控制不住的輕顫。
夏玉華此時早已羞得說不出話來，她別過頭去，閉上眼睛不看他，只是伸出了雙手，圈住了莫陽的脖子，用行動告訴他，她願意！
得到了夏玉華的許可，莫陽就像是得到了最大的肯定與鼓勵，心中一陣狂喜，他的玉兒，今日，她便會真正成為他的妻子，從此與他攜手共度一生。
他低吼一聲，再也控制不住自己的思維，盡情的向身下的人兒索取著滿足自己的慾望。他的手、他的吻再一次撫上了她的柔軟，不停的揉搓著，那柔軟而堅挺的觸覺讓他整個人更加的瘋狂。
直到那嬌嫩的蓓蕾亦隨之輕顫綻放時，莫陽這才猛的停了下來，重重的喘著氣，迫不及待的除下阻礙在他們之間的最後那一層薄薄的衣裳，讓兩人裸裎相對。
夏玉華這會兒更是窘得不行，從頭到腳整個人都染上了一層嫵媚的紅暈，那通體的淡紅讓她更是散出了致命的誘惑力。
「傻丫頭，睜開眼好好看著我，我是妳的夫君呀！」看到閉著眼僵著身子一動也不動的玉兒，莫陽輕笑一聲，稍微控制一下自己的慾望，轉而俯下身去吻上她的額頭。
他從上往下，再次吻過她的眉，她的眼，她的鼻，她的唇，她的下巴……一直延伸到她身體的每一個部分。他時而溫柔、時而狂野，將兩人之間的愛與慾都撩撥到了極致。而經過一段時間的適應後，玉華逐漸放鬆下來，也本能的迎合著，如火一般點燃了莫陽身體的每一處情慾。

那不可抑制而發出的嬌吟與那男性沙啞而壓抑的低吼，不時的迴蕩在新房之中，與那燃燒的紅燭共同譜出一室的春光，令人無限遐想……

第一〇八章

第二天清晨之際，莫陽睜開眼一臉笑意地看著依舊躺在懷中酣睡的玉兒，心中有說不出來的滿足。很久以前，他便經常想像這樣的情景，清晨醒來睜開眼之際，第一眼看到的便是玉兒該有多好，而今日這個夢想終於成真，讓他愉悅無比。

他靜靜躺著，沒有任何輕微的挪動，只怕驚醒了懷中的人兒，昨晚上這丫頭也累壞了，現在時辰尚早，他自然不想吵醒她，想讓她繼續再多睡一會兒。目光一寸寸的從她的臉上細細掃過，似乎永遠也瞧不夠一般。

過了好一會兒，莫陽臉上的笑意似乎加深了不少，他看得太過仔細，自然不會錯過這丫頭臉上的任何細微變化，那濃長而微捲的睫毛突然輕輕顫了幾下時，他便知道這丫頭這會兒肯定已經醒來了，只不過卻沒有睜開眼睛。

沒有多想，他俯下頭輕輕吻了一下她的櫻唇，而不出所料，懷中的人兒果然很快便睜開了眼，臉色也瞬間紅了起來，顯得羞澀不已。

「醒了？」他也不去揭穿她，只是輕聲朝她說道：「時候還早，要不要再多睡一下？」

夏玉華其實一早便醒來了，只不過一想起昨晚上的事，她的臉便不由自主的紅了起來，一時間有些不知道如何是好，又清楚的感覺得到自己正被莫陽摟在懷中，而且莫陽那灼熱的目光還一直打量著自己，所以更是覺得羞澀，因此索性繼續裝睡。

本想等莫陽先起床，她再起身，沒想到這傢伙一直連動都不曾動一下，就這麼盯著她瞧，估摸著一時半刻只怕是沒那麼快起的。醒來後僵在那兒一動不動的可不是件好受的事，所以又堅持了一會兒，最終還是被莫陽給發現了，便也不敢再裝睡，否則那傢伙還不知道又想怎麼樣。

「我醒了。」她快速掃了他一眼，而後伸手想去摸衣裳穿好起身。「今日不是要去向爺爺還有爹娘敬茶嗎？趕緊起身洗漱吧。」

「不急，時辰還早。」莫陽並沒有讓夏玉華如願，依舊將人給圈在自己懷中，一臉的笑意。「要不咱們再做點別的事，如何？」

這一下，夏玉華的臉更是紅得不行，伸手將人稍微給推開了一點，也不敢正視他的目光。「還是早些起身吧，第一日奉茶，寧可早些去等著，也不要遲了，要不……」

話還沒說完，莫陽卻是一個翻身直接將懷中之人給壓到了身下，再次壞壞的一笑，用實際行動直接說明了時辰還早。

一時間，紅帳錦被裡頭又是一番旖旎纏綿，而新房裡頭的龍鳳紅燭繼續燃燒著，再次見證著這一對男女的恩愛情長。

前往大廳的路上，莫陽一路牽著夏玉華的手，十指相扣，想著剛才這丫頭害羞的模樣，臉上的笑意越發的深了起來。絲毫沒在意來來往往的下人們羨慕而略帶詫異的目光，他依舊按照自己的想法，緊緊牽著心愛之人的手，一路呵護著往大廳而去。

微微側目，他很快看到了玉兒略顯緊張的面孔，沒想到這個平日裡看上去天不怕地不怕的傻丫頭，竟然也會有緊張的時候。他的心中湧起一陣甜蜜與幸福，玉兒這樣的神情只是更加說明，她有多麼的在意自己，多麼的愛自己。

「別緊張，爺爺與爹娘都是十分和藹之人，一會兒妳跟在我身旁就行，要做什麼、怎麼做自然會有人提前告訴妳的。」他在她耳畔輕聲低語著。「至於其他都是自家兄弟姊妹，不是外人，也不必想太多。」

今日的敬茶，因為不是在莫家大宅那邊，除了莫老先生以及莫陽父母這一房，其他各房那些親戚並沒有到場。一來家中親戚長輩實在太多，若是一一敬茶的話，還不知道得敬到什麼時候去，二來一大清早的，那些人過來也不太方便，因此今日並沒有將所有人全叫齊過來，只等著下一次有家族聚會之際，再讓玉華一併敬上一杯茶以示敬意便可以了。

「我不是緊張！」夏玉華反手握了一下莫陽的手，低笑了一聲道：「實話實說，就是你一路非得牽著我，讓來來往往經過的人都這般看著咱們，你自在得很，我卻是極不習慣。」

聽到夏玉華的話，莫陽卻是笑得更開懷了，索性直接親啄了一下夏玉華的臉頰，得意地說道：「妳是我娘子，我樂意牽，誰都管不到。日後妳習慣了就好，不過我家娘子可還真是容易害羞呀！」

被莫陽這麼一親，夏玉華頓時更窘迫了，這傢伙分明是故意的，見一旁傳來丫鬟羞澀的驚呼聲，一時間卻是有些哭笑不得，真不知明明那般成熟的人這會兒怎地像個孩子一樣了。

想了想，索性不去說他了，心中其實也是喜歡他這樣子的親暱，倒是沒必要如此在意外人的看法了，反正她也清楚莫陽不是那種沒有分寸之人，一會兒到了大廳，到了長輩面前，自然不會有什麼逾矩的地方。

兩人就這般親暱的手牽手走著，偶爾不時低語幾句，讓府中的下人一個個都羨慕不已，私底下對這個三少奶奶更是打心底裡頭看重不少，沒有誰敢有半絲懈怠之處。

等莫陽與夏玉華到了大廳時，裡頭早就已經坐滿了人，雖說只有莫陽父親這一房的人，不過人數也不少，幾個兄弟皆已成親，更是熱鬧不已。

進去之前，莫陽果然鬆開了夏玉華的手，不再當著眾人之面太過表現恩愛，不過卻依舊體貼的跟在一旁，臉上露出的笑意只怕是屋子裡這些人至今都沒看到過的那麼多吧！

而夏玉華這會兒也早就恢復了沈穩與鎮定，表現落落大方，一旁自是有專門的人一一說明各種敬茶的規矩與步驟，而其實她所要做的也很簡單，只是跟著引領的婢女，依次走到要敬茶之人面前，而後再從下人手中接過茶敬上便行，等被敬之人喝完再接過來遞給下人就行了，根本不需要她多費神去做什麼。而每敬完一人，被敬茶的人都會送上一個大紅包或者賞賜之物，作為對新媳婦的見面禮，同樣這些見面禮也不必她親自收下，行禮謝過之後自然會有婢女代為收取。

莫老先生自然是頭一個喝這杯孫媳婦茶的人，老人家一臉的開懷，賞賜的東西也是極為稀罕的，引得一旁其他之人都不由得連連讚嘆羨慕。而夏玉華卻依舊面帶微笑，沈穩不已，十分敬重的回禮以表尊重與感謝，但同時卻並沒有對賞賜之物有太多的關注。她本就對這些金銀珠寶不怎麼感興趣，再價值連城也罷，於她而言都不過是身外之物而已。

對於夏玉華的表現，不論是莫老先生，還是一旁看著的莫陽父母，均都流露出十分滿意的讚許之色，特別是莫母，更是顯得高興不已。

第三天，莫陽陪著夏玉華帶了禮品正式回門，這一次阮氏與成孝自然都一併出來迎接，一家人高高興興的坐下說道了起來。

看著莫陽與玉華兩人感情這般好，阮氏激動不已，連連點頭問這問那的，知道玉華在莫家一切都順利安好，更是欣慰。而成孝則姊夫長姊夫短的圍著莫陽轉，顯然對這姊夫也是極其喜歡的。

正當一家人又說又笑之際，管家卻神色緊張地匆匆趕來通報，說是宮裡頭有人來了，讓老爺帶著家人趕緊前去恭迎。管家雖並沒有說得很明確，不過夏冬慶等人自然很快便明白了過來，也沒多想，稍微理了理衣裳，便帶著家人一併前往迎接。

宮裡頭有人來了，這會兒自然指的不是普通的太監或者宮人之類的，否則的話管家也不會如此神色緊張了，想來肯定是皇上帶著人微服出宮，親自前來了。

而果然不出所料，這會兒前來夏家的不是別人，正是微服出宮的皇帝，一行人見狀，自然馬上要行叩拜大禮，不過卻被皇帝給攔住了。

皇帝親自伸手將正欲跪下的夏冬慶扶住，並且相當親切的讓其他人等也不必這般多禮，只道是微服出宮，也沒有提前派人通知，所以就不必如此多禮了。

夏冬慶自然也是一臉意外與激動不已的神情，說道了幾句表達自己的感激之意後，這才在一旁阮氏的提醒下趕緊將皇帝給請進大廳就座奉茶。

皇帝入座後也沒有馬上切入主題，而是先讓隨行太監抬上來不少的賞賜，恭賀夏家嫁女以及喜獲麟兒兩件大喜事。皇上親自上門賞賜恭賀，這樣的榮耀放在以前那真是天大的隆恩，可是這個時候在場之人個個都是心知肚明一切到底為的是什麼。

夏冬慶自然再次謝過賞賜，不過此時他身為一個早就已經被貶的普通百姓，得到皇上賞賜的這許多東西時自然不敢表現出一副理所應當的樣子。

「皇上如此隆恩，冬慶實在是愧不敢當，這心中當真是忐忑不已。」夏冬慶想了想，朝著皇帝說道：「皇上也知道冬慶是個粗人，這心底藏不住話，有什麼便說什麼，所以有幾句話憋在心中實在是不得不說呀！」

「有話直說便可，朕最喜歡的便是你這性子了！」皇帝倒是呵呵一笑，隨意的揚了揚手，示意夏冬慶有什麼便說什麼，一副親切和藹的神情。

夏玉華在旁邊暗自冷眼旁觀，心中不由得一陣輕笑，這幾年以來也從沒見過皇帝如此禮遇他們夏家，看來這當真是有求於人的話，連皇帝都不可避免要學會低聲下氣了。

夏冬慶見皇帝准了，這才繼續說道：「皇上，冬慶向來認為無功不受祿，這也是幾十年來一貫的原則，所以今日蒙受皇上如此隆恩，這心中實在是覺得受之有愧呀。冬慶只想知道，皇上為何突然親自前來，而且還這般恩賜，這若是沒弄明白，恐怕好些日子冬慶都會想不明白，也睡不安穩呀！」

「嗯，你果真還是這副脾氣，一點也不曾改變！好好好，朕最欣賞的就是這一點了！」皇帝見狀，不由得點了點頭道：「如此，朕也不瞞你。近日，朕常思過往，也不知道是不是年紀大了，總是記起過去的那些事情，特別是想起你呀，這心中可算是滋味萬千。」

皇帝頓了頓，看向夏冬慶後繼續說道：「朕向來知道你是個忠臣能人，亦為國為民立下顯赫的汗馬功勞，只可惜前兩年無端端生出些事端來，朕為一國之君，即便心有不忍卻還是不得不依法處置，以服天下。如今想想，這幾年著實是委屈了你，堂堂一代英雄豪傑，本當沙場展現男兒本色，卻偏生抱屈於此！朕常常心中為此而難過，卻也覺得有愧於愛卿呀！」

「皇上千萬不要這般說，冬慶實在汗顏！」夏冬慶連忙說道：「冬慶能夠得到皇上如此掛懷已是感激在心，又豈敢讓皇上因我而焦慮不安，當真是讓冬慶無地自容！」

皇帝這一番話誰都聽得出來，這是在替他以前所做的那些事做著一個略表歉意的鋪墊，以便為後頭的事而打下基礎，或許在皇帝心中，這麼說的確已經是一個最大的讓步了，最大的一種天子胸懷的示恩。

不過，在夏冬慶及夏玉華等人眼中，這種虛假實在太過刻意，而且他們也知道，皇帝不會客套多久便會切入主題的。今日，便是夏家拿回一切的時候！

果然，又說道了幾句聽起來頗為惋惜的話之後，皇帝當真開口說起了西北邊境告急之事，並說若是有夏冬慶在的話，西蜀人自然不敢如此囂張，背棄當初的協議，大舉侵犯。言語之中頗為感傷，同時也帶著說不出來的擔憂。

聽到這一切，夏冬慶卻是不再出聲了，見狀，皇帝只好明言道：「愛卿，如今正是國難當頭之際，朕思來想去唯有你方才足以平息西北動亂，所以朕與朝中百官商量之後，希望能夠恢復愛卿大將軍王的封號，讓你重新掌兵權，統領西北二十萬大軍安定西北邊境！」

「皇上，草民深知皇上心懷，願意再給草民有施展抱負的機會，不過朝中人才輩出，並不是非草民不可。皇上若重新起用草民，難免會落人口舌，留人話柄，所以草民並不想皇上為此而做出這麼大的犧牲。」

夏冬慶自然婉言謝絕，連自稱都以草民代替了先前的名字，似乎並不願意接受皇上的安排。「再者，草民如今又新得幼子，很享受這份天倫之樂。這些年一直東征西戰的也沒有好好的陪伴家人，如今確是極其滿意這樣的生活。還請皇上垂愛，挑選更為合適的人選替朝廷立威西北，也滿足草民現下的小小心願。」

這一番話說得是在情在理，皇帝沒料到自己親自上門來竟然還被夏冬慶給當面拒絕，想了想後卻也沒有別的辦法，只得再次規勸起來。

如此反反覆覆好幾回，皇帝倒也耐心十足，好言好語一副請重新復出的樣子，顯得誠意滿滿，而最後見實在是無法再推辭，夏冬慶這才終於以一副為國為民、為君解憂，只得放棄家小而先顧全大局的豪情之姿應了下來。

如此一來，皇上總算是鬆了口氣，當場便將早已準備好的聖旨命太監當即宣讀，不但重新恢復了夏冬慶原本大將軍王的封號，令其重掌兵權，擇口率兵坐鎮西北。而且還將昔日的大將軍王府以及夏家名下所有的家業一一歸還。不但如此，為表隆恩，還賜予夏玉華玉郡主的封號，及對等身分的賞賜若干，以示對夏冬慶的褒揚。

一時間，夏冬慶官復原職重掌兵權，得以重用，夏家再次崛起的消息如同旋風一般傳開來，不少人議論紛紛，對於夏家的起起落落滿是感嘆。不過，更多的人則明顯是替夏冬慶及夏家感到高興，同時也對西北的局勢放下了心。

老百姓都知道只要大將軍王重新出馬，西蜀那些蠻兒自然是必敗無疑，而他們也將能夠繼續過安穩日子。

因為西北局勢十分危急，所以五日之後，夏冬慶便領旨帶兵前往西北，指揮二十萬大軍對抗西蜀，而與此同時，朝堂上的爭鬥卻並沒有因此而平息，相反的，一股新的風波漸漸暗潮浮動，而誰都不知道，自己會不會被這股暗潮給捲入其中，亦不知道，這股暗潮最後將會演變成什麼局面。

第一〇九章

兩個月後，邊關傳來夏冬慶到達西北，坐鎮指揮後的首戰大捷之喜報，邊關危急總算暫時減緩，朝堂得此喜訊，文武大臣紛紛慶幸不已，均不由得鬆了一口氣，而百姓則更是對這位大將軍王戰神推崇有加。

西北戰事這邊剛剛緩解一二，朝中百官剛剛才得以空出點心思與精力之際，便有人迫不及待的將另外一件事推向了風尖浪口。

朝中幾位老臣聯名請奏，商議另立太子一事。太子被廢時日不算太長，而皇帝年紀也不算老，這些老臣以儲君關係社稷傳承為由，極力保舉現下年紀最長的二皇子為太子。一時間朝堂風雲再現，各路人馬紛紛登場，氣氛極其詭異。

也不知道是不是感受到了朝堂之中的這股暗潮，李其仁在夏玉華成親之後沒多久便再次請命回了隴南。原本這次他也只是特意趕回來參加玉華的婚禮，待了一段時間，見這丫頭如今一切都安好，便也不如再次歸去。

而相對於變化莫測的朝堂，夏玉華如今的生活可是安逸到了極點。除了定時去醫館給窮人診治以外，剩下的時間便用在照料家中事務上。可是家中之事說白了什麼都有人打理，根本就用不著她操什麼心，更多的時候只是需要稍微安排處理一下罷了。

莫陽如今自然重新開始忙於外頭的生意，不過再忙卻是每天下午或者晚飯之前一定會回來。隔個幾日也會抽空陪夏玉華一整天，要麼去外頭遊玩，要麼兩人膩在家中也過得甜甜蜜蜜的。

這一日，夏玉華從醫館回來之後，閒著無事便順勢打理起庭院裡的一些花花草草來，自成親之後，她發現自己性子也改變了一些，對這些花草的興趣竟然不知不覺的多了起來。香雪與鳳兒卻是都站在一旁笑看著，由著小姐去打理，反正回頭還有花匠專門栽植，這也就只是讓小姐找個事情打發時間罷了。

眼看弄得差不多之際，莫陽正好回來了，而且一併過來的還有林伊。兩人看上去似乎有什麼事情要商量一般，見夏玉華在打理這些東西，莫陽便讓她洗淨手一會兒去書房找他。

見狀，夏玉華自然沒有再打理這些花花草草，馬上讓香雪與鳳兒幫忙淨手整理了一番之後，便直接往書房而去。

進到書房之際，莫陽與林伊正在說著什麼，看到夏玉華來了，便先暫停下來，夏玉華讓香雪上好茶之後便先行退下去，很快的書房內只剩下他們三人。

「出什麼事了？」看到林伊出現在這裡，夏玉華便知道肯定出了什麼大事，否則的話，林伊是不可能跑到這裡來的。

聽了夏玉華的詢問，林伊倒是乾脆，直接說道：「嫂子，出大事了，宮中過不了多久可能要宮變了！」

「宮變？你是說五皇子？」夏玉華一聽，心中頓時咯噔了一下，先前不久才聽說朝中正處於請君立儲的敏感時期，這會兒猛的聽林伊說可能要宮變了，所以她下意識的忽略掉了那個看上去最有宮變可能的二皇子，卻是一下子便想到了鄭默然。

當然並非說二皇子不可能宮變，只不過在她看來，這最後真正宮變成功的只可能是鄭默然。

這場立儲風波顯得頗為複雜，明眼人一看便知道應該是那二皇子忍不住了，想儘快確立自己儲君的身分，畢竟如今這些皇子裡，有資格繼位的成年皇子也就是他與五皇子了。

可同樣的，夏玉華也猜得出來，二皇子之所以會如此等不及主動跳出來站在風尖浪口，這一切肯定是鄭默然在暗中操控。也不知道那些主動奏請皇帝立二皇子為太子的朝臣之中有多少是真心擁立二皇子的，只怕一大半都是鄭默然使的計吧！

畢竟連她都清楚皇帝的性格，越是這般急躁的跳出來盯著太子之位，反倒越是對其不利。二皇子也不是笨蛋才對，卻偏偏還真被推了出來做這事，可見這其中一定還有許多外人不知道的內情。

或許是二皇子已經覺察到了鄭默然日漸顯現出來的威脅力，或許是驚覺於先前老七、太子的一一落馬，如今也擔心夜長夢多，所以才會不得不出此下策，想著先下手為強。趁著自己如今情勢遠勝於這個唯一的對手老五之前，趕緊將儲位給奪下來。

總之這一次，二皇子的確出手了，不論這其中到底有多少是鄭默然暗中操作促成的，卻總歸還是事實，不折不扣的給鄭默然當作最後一塊擋箭牌與跳板。

不過，二皇子畢竟也不是省油的燈，能夠下此決心，必定也是作好了準備。前些日子莫陽的情報機構還查到京城御林軍似乎有異常的調動，而如今掌管御林軍的統領便是二皇子的外家親戚。估摸著二皇子是作好了逼皇上立儲，甚至一併逼宮退位的準備。

二皇子不比七皇子與太子，性格上更為狠絕一些，行事也沒那麼講究規矩，膽量更比一般人來得大。不過正因為如此，估摸著也更容易被鄭默然所利用，只怕這一次看似要動手的是他，實則最後真正獲得宮變成果的反倒是鄭默然了。

聽了夏玉華的分析，莫陽與林伊都不由得看向了她，特別是林伊，滿是佩服地說道：「我說嫂子，妳這也太神了吧，怎麼一下子便猜到了最後真正發動宮變之人是五皇子而不是二皇子呢？一開始我都沒弄明白這其中的複雜關係，若不是大哥提點了一下，到這會兒還想不明白呢。」

接過林伊的話，莫陽卻是出聲道：「玉兒，我估摸著皇上似乎已經察覺到了岳父大人與五皇子之間的連繫，否則的話，五皇子應該不至於如此著急出手。目前來說，皇上對於二皇子與五皇子兩人都心存疑慮，所以這會兒想必已經暗中派人查探與此有關聯的人與事。」

說到這裡，莫陽頓了頓道：「此事關係重大，皇上也不是那麼好對付的，雖說目前因為西北的原因，皇上暫時不敢再對夏家如何，但是難保暗中不動什麼手腳。所以，我想咱們最好還是儘快將岳母和兩個弟弟接過來同住比較好，省得到時皇上以此為由要脅岳父。」

雖然莫陽並沒有說得太過明顯，但是他卻猜得到夏冬慶與鄭默然之間勢必已經商量好了下一步要做的事。如果他沒料錯的話，現在自己岳父應該已經帶著部分大軍趕回京師，準備與鄭默然裡應外合，阻止宮變，反被動完全為主動了。

對於莫陽來說，這皇室之間的爭鬥他並不想插手的，不過如今因為玉華的關係，他已經不由自主的被拉下了水。他也知曉先前夏家與五皇子之間的一些交易，所以若想保玉華以及夏家的話，實則也不得不站到鄭默然這一邊來。因為他心中清楚得很，皇上是不可能真正容忍得下夏冬慶與夏家的。

至於鄭默然，雖說他不敢完全保證此人日後絕對不會做出什麼出格之事來，但是最少有一點，他們雙方之間互相握有把柄，可以互相制衡，不至於出現一邊倒而完全不可控制的局面。

莫陽的話讓夏玉華不由得驚覺了，這會兒正是局勢混亂之際，她的確得先保住家人的安全再說。

「夫君說得對，一會兒我就親自回去一趟，將母親與成孝他們接過來暫住。」夏玉華也明白皇上暫時是不敢明著動她的家人，所以放到自己眼皮底下，再暗中讓黃叔叔派些人保護的話，應該不會有什麼問題了。

只不過，宮變一事非同尋常，莫陽與林伊又是如何得知這情報，還知道是差不多這幾天的事了。如此一來，自然代表消息已經走漏，那麼皇上自然也會察覺。皇上可不是那種會坐以待斃之人，萬一暗中調集其他兵馬一併進京勤王的話，那後果可不堪設想。

「夫君，你們怎知即將宮變？」夏玉華想到這裡，一時間心中焦急不已。

見狀，莫陽自是知道夏玉華在擔心什麼，因此也沒多耽擱，徑直說道：「朝中密探傳出密信，宮中最近很不太平，除了二皇子私下插手御林軍以外，皇上似乎也在暗中打點著什麼。幾名皇上身旁最信任的一些貼身侍衛近幾日也不見了蹤影，情況似乎很不妙。」

「所以大哥從各項情報之間的關聯性，推測出近日宮中可能會有大變，擔心嫂子家人安危，因此趕緊回來與嫂子商量了。」林伊插嘴說道：「依我看，事不宜遲，咱們還是現在去將人給接過來，再多派些人暗中看守好這處別院方為上策。」

莫陽行動極快，很快便讓林伊帶人將阮氏母子三人接往一處較為安全的宅子安頓好。小倆口與阮氏還有成孝聊了一會兒家常後，外頭有人進來稟報，說是五皇子來了，請夏玉華與莫陽去另一處屋子裡說話。

屋內，鄭默然已經在那裡等候，手中的茶剛剛喝了兩口，夏玉華與莫陽便已經來了。

「坐吧，茶是剛剛沏好的，上好的龍井，應該合你們的心意。」鄭默然反客為主的說著，他似乎好久沒見到眼前之人了，邊說邊細細的打量著夏玉華，只覺得成親之後的她變得越發的明豔照人。

似乎是感受到了鄭默然打量的目光，一旁的莫陽卻是微微有些臉色不善，只是象徵性的稍微朝他點了點頭，而後便直接牽著夏玉華的手往對面的椅子上坐去。

「五皇子不必如此客氣，不知道到底發生了什麼事，竟然還勞您親自到此小院。」莫陽不動聲色地向鄭默然詢問著，看來這鄭默然還真是厲害，這般快竟然能夠找到此處來。

見莫陽與夏玉華皆直接切入主題，等著他的回答，鄭默然倒也沒有再扯其他一些廢話，放下手中的茶杯後，從容而道：「沒錯，是出事了，而且還是大事。」

聽到如此肯定的回答，夏玉華與莫陽兩人不由得互相對視，心中亦是一陣凝重。

「出什麼事了？」夏玉華很快便再次看向了鄭默然。

「皇上已經知道西北一事可能有詐，命人暗中將妳母親與兩個弟弟秘密逮捕軟禁起來，我得到消息正想通知你們，卻是沒想到你們搶先一步將人給先行移到了此處，否則的話這會兒妳母親與兩個弟弟恐已經被皇上控制住了。」鄭默然道：「玉華，妳也得小心一點，不可大意。雖說我父皇暫時還需要妳醫治，不會明著對妳做什麼，但是一旦逼急了什麼事也做得出來，所以近期妳最好還是小心些才好。」

「五皇子請放心，玉兒的安危我自然會照看好的。」莫陽微微點了點頭，拱手示意道：「多謝五皇子的關心，莫陽無比感激。」

果然，此事與他們先前料想相差不大，只不過沒想到皇上手腳竟然這般快罷了。

而夏玉華卻是不由得吁了口氣，喃喃說道：「先前我們還只以為皇上是擔心宮中可能生變，之後可能與我夏家扯上什麼關係，卻不曾料到竟然已經懷疑到西北之事了。」

「不但如此，皇上已經知道了我二皇兄預謀逼宮，當然，以我父皇的聰明，似乎也懷疑我不會那般老老實實的沒有動作。只不過到目前為止，他並不知道妳父親到底是站在哪一邊罷了。」

鄭默然此刻自然也沒有必要在莫陽與夏玉華面前隱瞞心中所想，他略帶自嘲地說道：「我的那個好父皇呀，當真可不簡單。一天之內發出了四道密詔，急宣定遠、雲江、南楚、吳沛四處封地的將領帶兵進京勤王，看來這一次可是打算著要徹底大開殺戒了！」

鄭默然的話，頓時讓夏玉華與莫陽都大吃一驚，如此說來，皇上已然展開行動了，那豈不是意味著形勢極其不妙？

要知道這四道密詔一出，定遠、雲江、南楚、吳沛四地莫說全部都能夠及時進京勤王，就算只有一、兩個將領趕來，所有的一切情勢都將會完全改變。而到時皇上可就不僅僅只是大開殺戒這麼簡單，只怕一場血雨腥風不知道得牽累多少無辜之人。

當然，這個時候，夏玉華所關心的肯定沒有那麼廣泛，她只知道如此一來，勢必會影響到他們夏家，同時也會牽連到莫家。父親謀逆之罪也將會是板上釘釘之事，而九族之內怕是無一能夠倖免。

「不行，一定得想辦法追回密詔，不能夠讓四地將領進京勤王！否則的話後果不堪設想！」夏玉華神情極其嚴肅，脫口便說了出來，語氣之中隱隱透出一股說不出來的殺氣，估摸著這會兒，連她也沒有發覺自己的態度是何等的果斷與堅決。

而聽到她的話，莫陽與鄭默然卻是同時朝她看了過去，這一刻他們似乎也感覺到了夏玉華身上那股不自覺流露出來的濃濃殺氣，而很顯然，這樣的殺氣為的是什麼卻是再清楚不過。

「五皇子，玉華說得對，四地勤王之師若是順利進京的話，形勢必將一邊倒，到時是什麼樣的後果，想必五皇子比誰都清楚。」莫陽很快便想到了什麼，直接朝著鄭默然說道：「不知道五皇子有何對策，如果需要幫忙的話，莫陽自當竭盡全力！」

莫陽心中已然打定了主意，如果鄭默然並沒有辦法制止的話，他不惜全力也得阻止密詔送出，哪怕是極不可能，他也得想方設法讓其變成可能！

第一一〇章

鄭默然見狀，卻是頓了頓，隨即笑了起來，片刻後說道：「你們放心吧，四道密詔已經被我暗中截了下來，不然的話，我這會兒也沒這心思坐在這裡同你們說這個了。」

聽到密詔已經被鄭默然截了下來，夏玉華與莫陽都不由得鬆了口氣，看了一眼鄭默然，發現此人果然厲害，連這樣的事情都處理得如此及時與俐索。

而鄭默然則繼續不緊不慢地說道：「我父皇這次調兵進京勤王主要原因倒並不是針對我，而是已經獲知二皇兄欲要逼宮，不過四將進京勤王的話自然對我也沒有半點的好處，相反的還會壞我的大事。所以我只得順手幫了我二皇兄一個忙，估摸著這會兒，父皇應該還以為夏大將軍與我二皇兄是一夥的吧。當然，以我父皇的精明，說不定用不了多久，便會發現事情似乎並非如他所想的那般簡單，所以留給我的時間也已經不多了。」

「五皇子意欲如何？」夏玉華也不想再聽那麼多沒用的話，現在，她只想知道這鄭默然到底在打什麼主意，如何安排？眼下來看，夏、莫兩家都已經無可避免被牽扯了進來，所以唯有確保此人絕對勝出，他們也才能夠真正的安然。

「不如何。」鄭默然一臉輕鬆地看向夏玉華，卻只道出了這三個讓人更加摸不著頭腦的字來。

「不如何？這是什麼意思？五皇子，此事關係重大，也早就已經牽涉到了我夏家甚至莫家的生死存亡，這個時候還請五皇子能夠把話說明白一點！」夏玉華卻是沒那麼大的耐性了，這會兒工夫見鄭默然還如此說道，一時間心中當真有些惱火。

一旁的莫陽見狀，連忙伸手握了握玉兒的手，用眼神示意其放鬆一些，別太過焦急，而後卻是朝著鄭默然說道：「五皇子，玉兒的心情還請見諒，不過，既然現在都到了這樣的處境，我想咱們之間也沒什麼好隱瞞的了，若是能夠開誠布公的說清楚，大家心中也都各自有數，同時也可以盡力幫到一些忙豈不是更好？」

「唉，好吧，我說便是，瞧把你們給急的。」鄭默然不由得搖了搖頭。「我之所以說不如何，並非不作為，而是別有所指。」

鄭默然也不再多繞圈，徑直說道：「我只不過是先將動手的機會讓給二皇兄罷了，父皇沒有勤王之師的話，這一局肯定會被二皇兄給擺平。之後，我們再出手也不遲，因為到那個時候，玉華，妳父親已經帶著大軍駐紮於京城之外，而朝中原本許多支持二皇兄的臣子也將會倒戈，屆時，二皇兄將不會再有半點的機會，而皇上呢，年事已高，也不再適合掌理朝政，剩下最為合適的人選自然就是我了！」

鄭默然如同說著早上吃點什麼、中午吃點什麼，晚上又吃點什麼一般，不過聽到這一切安排，夏玉華與莫陽卻是已經完完全全的放下心來。

如此一來，只要中間不發生旁的什麼突變的話，結果自然可想而知，難得到了這個時候，鄭默然還能夠如此的輕鬆與平靜。

「原來，父親果然已經在回京的路上！」夏玉華微微吁了口氣，喃喃的說了一句。怪不得鄭默然會這麼賣力的要將母親與兩個弟弟移到別處，否則弱點落到皇帝手中，父親自然便有了顧忌，那麼五皇子的謀劃也將會受阻。

「沒錯，現在的話，可以說是萬事俱備，只欠東風了。」鄭默然接了一句，而後一臉認真的看向莫陽道：「莫陽，這股東風，我打算跟你借，你看可否？」

鄭默然突然的轉折讓夏玉華不由得一愣，而後下意識的搶答道：「不行，此事不能夠再牽連到莫家了。」

「有何不可？難不成妳以為現在莫家還能夠置身事外嗎？」鄭默然卻是笑了笑，並不擔心夏玉華的態度會影響到什麼。

「可是……」夏玉華自然不願再讓莫陽涉入太多，更不知道鄭默然到底想讓莫陽去做些什麼。

只不過，話還沒說完，一旁的莫陽卻是抬手擺了擺，打斷她說道：「玉兒不必想太多，五皇子說得對，不論如何，我都不可能會置身事外。就算五皇子不提，但凡能夠出力的，我都願意去做。不為別的，只為夏家，還有妳！」

一時間，夏玉華不知該說什麼好，呆呆的愣在那裡，神情顯得很是擔心。

而鄭默然見狀，心中卻是一陣失落，若是哪天，玉華能夠這般替他著想的話，那該有多好。

「玉華只管放心，我只不過是想借用一下莫陽的情報機構罷了。」他很快便恢復了常態，不再多想這些，此時當以大局為重，其他的都是次要。

而聽到情報機構幾個字時，夏玉華與莫陽都不由得同時看向了鄭默然，原來這五皇子早就知道了內情，早就清楚莫陽便是這情報機構的幕後老闆。不過他還真是沈得住氣，這麼久以來一直都沒有道破，直到這會兒用得著之際才直接點出，著實不簡單。

「原來五皇子早就已經知道內情，看來我這情報機構的保密程度還有待提高呀！」莫陽雖這般說，不過卻也並沒有太過意外，自從上次五皇子有意試探之後，想必一定也在暗查此事，而以此人的能耐與手段，經過這麼久的工夫能查出來也不是什麼稀罕之事。

鄭默然一聽，微微一笑道：「那倒不是，只不過機緣巧合，所以才知道了這麼一件事罷了。不知莫公子願否幫忙？」

「莫陽！」夏玉華不用看便知道莫陽肯定會答應，因此一急之下直接喚起他的名字來。

「玉兒，不必擔心，我自會處理好的！」莫陽見狀，朝著夏玉華安撫似的笑了笑。「咱們是夫妻，自當是禍福相倚，有什麼事等過了這一次危機再說吧。」

說罷，莫陽也不再耽擱，徑直朝著鄭默然說道：「五皇子想如何做，只管吩咐便是，莫陽定當全力以赴！」

「好！」鄭默然點了點頭，神情看上去格外的開朗，他早就知道莫陽不可能會坐視不理，所以這陣東風也正是早早的便為其訂製了。

「這樣吧，玉華妳先去陪陪家人，這邊的事情我與莫陽兩人一併商量著辦就行了。」一看了一眼神情微微有些擔心的夏玉華，鄭默然這會兒覺得還是讓這丫頭先行離開一下比較好，本來這些事就應該是他們這些大男人做的，沒必要讓她跟著一起操太多心。

夏玉華本不願離開，不過見莫陽也朝著她微微點了點頭，想了想後也只能夠在心中暗自微嘆一聲，而後先行離開暫避一下。

走出門外之際，夏玉華不由得朝著裡頭的方向看了看，她並不知道鄭默然具體要讓莫陽幫著做些什麼，但是她卻知道，不論如何，莫陽以及莫家都已經被拉下了水，而這一切，卻全都是因為她。這會兒，她只希望此次能順利平安度過，否則的話，夏、莫兩家都將會陷入萬劫不復之地！

賭一把吧，如今也只能夠這樣了，既無退路，便只能一往而前！

鄭默然與莫陽兩人在屋子裡頭一直商量了兩刻鐘左右，而後兩人這才從裡頭走了出來。看上去似乎時間緊迫，所以莫陽連再去跟夏玉華打招呼都省略了，只讓鄭默然轉告一聲便直接先行離去，按商定好的計劃行事去了。

等夏玉華得知之際，莫陽已經離開一小會兒了，見竟然是讓鄭默然來轉告自己，便知道事情肯定相當的緊急，否則也不至於走得如此匆忙。

「您到底讓他幫您做什麼？」沒有旁人在場，夏玉華也顧不上其他，徑直朝鄭默然說道：「五皇子最好知道自己現在到底在做什麼才好。如果他因此而有什麼麻煩的話，那您的日子也別想好過！」

也不知道怎麼回事，夏玉華此刻看到鄭默然心中便很惱火，那種被算計被利用的感覺異常的不是滋味。很明顯，鄭默然就是看準了莫陽不會坐視不理夏家之事，更不會不顧她的安危與利益。所以這會兒她心裡比誰都清楚，實際上每一步棋都是鄭默然安排設計好的，而不論是夏家和她還是莫陽，都理所當然的成了他手中的棋子。

自己與夏家倒也罷了，原本與鄭默然聯手，她自是作好了這樣的準備，只不過，鄭默然的手也伸得太長了一些，不但將莫陽，甚至於將整個莫家都算計了進來。這一點，雖說她也明白此刻已是不可避免，但心中還是極不舒服。

特別是這會兒，看著鄭默然竟然還一臉笑意的站在自己面前，神情略顯得意，她心中更是極為不痛快，語氣之中的責怪與質問也毫不掩飾。

聽到夏玉華的話，鄭默然神情微微僵了一下，不過隨即化了開來，搖了搖頭輕聲說道：「在妳心中，我當真有如此不堪嗎？此事不但關係到我，同時也關係到妳與夏家的生死存亡，若非萬不得已，我又豈會求助於他？」

幾句話聽似輕描淡寫，卻又帶著一種說不出來的惆悵，夏玉華聽後，一時間卻是有些語塞，暗自移開了視線看向旁處。

見狀，鄭默然也沒在意，頓了頓後繼續說道：「罷了，妳大可放心，我並沒有讓他去做多麼冒險之事。只不過四道密詔雖然已經截下，可是難保這幾日有什麼旁的管道會將消息傳出京城，所以我只是想讓他動用一下各地情報機構的資源，將這個消息盡可能的圍堵久一些日子，如此方可確保宮變之事萬無一失。

「因為時間緊迫，所以他這才趕著離開去安排，讓我順便跟妳說一聲。另外這幾天外頭也不太平，他得四處張羅，無法全心顧及妳的安危，所以我與他商量好了，讓妳這幾日同妳家人一併留在這裡，待事情過去之後再離開不遲。」

鄭默然說著，似是怕夏玉華有旁的想法，又補充了一句道：「這一點，莫陽也是贊同的，左右最多不出四日便可見分曉，妳還是聽我一言，留在這裡安心等候吧。這處宅院絕對安全，等危險一過，我……他會親自來接妳回去的。」

一席話，倒是說得真切無比，全然沒有鄭默然往日的那種霸道習氣，夏玉華這會兒心中之火也不由得消散了，暗嘆了一聲剛才自己似乎也是過急了些，將此人想得太過險惡了點。

縱使鄭默然的確是利用了莫陽，可這也是你情我願的，更主要的是莫陽最想幫的還是她及夏家，說到底這一切根源卻都是自己罷了。況且鄭默然也只是為了讓事情能夠更加的順利，不要出意外罷了，冷靜下來想卻也是無可厚非的。

「對不起……剛才是我過急了些，我……」想了下，夏玉華還是出聲道歉，神情也顯得有些不太自在。

見狀，鄭默然卻是不由得笑了笑，心情瞬間也開朗了不少。「玉華，妳的心情我能夠理解。好了，我也得先行離開，這裡的一切足夠你們住好幾天的了。」

說罷，鄭默然也不再久留，朝著夏玉華揮了揮手後轉身便離開了。

夏玉華本還想問一下宮中現在的情況以及自己父親目前的一些具體事宜，不過見鄭默然走得很急，心知這會兒他肯定還有許多事情要去做，因此最終還是沒有再出聲。

罷了，就在此處住上幾日吧，反正就算這會兒她回去了也幫不上什麼忙，反而還會讓莫陽分心，難保形成扯後腿之類的，倒不如老老實實的在此等候消息，讓他們能夠安心的將事情辦妥，徹底解除危機。再者，自己留在這裡的話，阮氏與成孝他們也會更加安心一些。

至於這幾日自己沒有回別院，想來莫陽肯定會好好的跟爺爺說出個理由，反正現在外頭的人也都知道夏家出了那麼大的事，她這個夏家大小姐忙著處理娘家的事也是合情合理的。

夏玉華也沒有再想太多，轉身回屋繼續陪母親與弟弟去了，這幾日外頭肯定不會平靜，而她或許留在這裡方能稍微安心一些。

一連三天過去了，這座宅子裡裡外外依舊平靜不已，莫陽沒有再來過，因為還有一些旁的重要之事，再加上過於頻繁的來往此處也不太安全，所以只是讓松子過來送過一次口信，說是一切順利，讓她不必擔心。

吃過晚飯之後，鐵辰急匆匆的從外頭走了進來，一見到夏玉華便馬上稟告道：「大小姐，大將軍回京了！」

「真的？」夏玉華一聽，頓時心中一陣激動，如此說來，此事總算是即將要見分曉了！

「是的，大將軍已經在京城城外十里處紮營，不過並沒有急著進城，需再過上幾個時辰，等時機一到便會進城入宮。剛才五皇子命人送來口信，今晚二皇子必定動手，外頭定然不太平，讓小姐與夫人、少爺務必留在屋裡不要亂跑。」鐵辰詳細說明著，看上去他此刻亦是激動不已。

夏玉華想了想，朝著鐵辰說道：「再過一會兒城門便要關了，二皇子既然準備今晚逼宮的話，肯定會派御林軍看好城門的，到時父親如何進城？」

「此事小姐不必多慮，東門守將本就是我們自己的人，只待將軍一來，隨時開城門迎接！」鐵辰再次解釋道：「而且，御林軍之中也有將軍安排的人做內應，所以今日之事只會成功，絕對不會有任何的意外，還請小姐在此靜候好消息便可。」

「行了，我知道了。」夏玉華微微一笑。「你去忙你的吧，務必保護我爹爹的安全。」

「屬下遵命！」鐵辰鄭重說道，退出幾步，隨後轉身快速離開。

夏玉華望著皇宮的方向，心中頓時是說不出來的滋味，雖然鐵辰說得十分簡單，但是事情真正實行起來肯定不會這般平順。總之，今晚注定是個難以入眠之夜，同樣，也是個翻天覆地之夜！

第一一一章

第二天早上，莫陽總算過來了，而夏玉華也終於從莫陽這裡得知了宮中此刻最準確無誤的現況。

原來，她當真沒有聽錯，昨晚聽到的鐘聲果然是皇宮之中傳來的喪鐘，皇帝於昨夜三更之際駕崩，皇帝崩殂，國不可一日無君，此刻朝堂上已經開始著手新皇登基之事。而沒有什麼值得懷疑的是，新君不是別人，正是五皇子鄭默然。

當然，中間還出現了一些意料之外的事情，否則的話先皇也不可能這麼快駕崩。只不過，讓夏玉華沒有想到的是，二皇子竟然如此狠毒，為了早日奪得皇位，竟然不是逼宮，而是給先皇下了毒藥。哪曾想到二皇子收買先皇身旁的小太監根本就是鄭默然安排的人，毒是幫二皇子下了，可是在皇帝臨死前卻供出是受二皇子所指使。如此一來，二皇子奪位不成，反倒背下了弒父的罪名。

鄭默然不但早早在皇帝身旁安排了親信，實際上早就已經暗中掌控了整個皇宮。二皇子準備出手便被他知曉，卻偏偏當作什麼都不知情，順水推舟來個螳螂捕蟬黃雀在後，最後才佯裝聞訊匆匆趕來救駕。結果皇帝最終還是嚥了氣，而事機敗露的二皇子亦再無翻身之日。

朝堂中雖說仍有小部分朝臣對於鄭默然登基並不是很服氣，可是此時此刻皇子之中已然找不出更為合適的繼位人選，再者，握有先皇密詔緊急回京勤王的大將軍王夏冬慶在得知二皇子意圖逼宮，進而謀害了先皇後，考慮了半晌終以穩定大局為重，也正式支持五皇子繼位為新君。那道密詔是鄭默然提前給夏冬慶準備好的，至於真假旁人自是看不出來，當然，即使有所存疑這會兒也沒有誰敢去質問什麼了。

原本朝中就有不少大臣支持五皇子繼位新君，如今有了大將軍王的表態支持，原本少數否定的大臣自然不敢再有什麼異議，於是文武百官擁立五皇子為新君，並且將弒父謀逆的二皇子打入天牢，等新君登基之後再行處置。

而今日一大早，宮中已經將先皇駕崩之事公諸於世，鄭墨然留在宮中暫時代理一些朝政，待先皇舉喪完畢再處理新君繼位一事，這會兒宮中早就已經慌亂得不成樣子，而率領軍隊的夏冬慶亦臨時負起守衛京城以及周邊各地的事宜，好讓鄭默然能安穩的度過這場風暴，恢復到正常的秩序之中。

其實，二皇子的真正實力本就不多，以往那看似頗多的支持者中有一大半其實都是鄭默然安排指使的，如今二皇子身敗名裂，殘存餘黨不是主動投降，便是被鄭默然的人一網打盡。這會兒，整個皇宮、朝堂以及京城都已經在他們的掌控之中。而不久，鄭默然也就水到渠成的在眾臣再三請求下，正式繼位成為新君。

如此一來，自然就代表著夏家的危機已然解除，夏冬慶這會兒還忙著處理各種事宜，因此暫時無法回府。特意讓莫陽前來接阮氏母子等人回家，不必再在此處躲躲藏藏地過日子。

等過兩天一切都平復之後，他自然便會回家的。

夏冬慶在這一次的勤王擁立新君的事件中立下大功，被鄭默然封為親王，夏家風光無限，達到了幾十年來的頂峰。不過夏冬慶卻也是極其聰明之人，也許是記取了先皇時期官場起伏的教訓，所以更加懂得如何低調收斂以保盛景。

京城局勢穩定之後，夏冬慶便自請返回西北，除了帶上大兒子成孝一併去西北進軍營歷練以外，阮氏與小兒子都留在了京城王府裡，如此一來也是主動向鄭默然表白他並無其他野心。鄭默然也算是個明君，表面也好內心也罷，並沒有如先皇一般對夏冬慶以及夏家那般的疑心重重。不但沒有要收回兵權的打算，甚至於還允許夏冬慶鎮守西北邊境的同時，可以適度的發展當地的經濟，開拓西北各地區的發展，並且亦恩准其隨時可以回京探親，不必受諸多規矩限制。這樣的做法，並不僅僅只是彰顯了新皇的恩典，同時亦代表著鄭默然對於夏冬慶的信任與器重。

一切平靜下來後，夏玉華很是享受現在的日子，除了去醫館給病人醫病之外，便是在家中打理一下花花草草。而莫陽則是每天忙完生意上的事，便會趕回來與小妻子過著甜蜜恩愛的日子，看似平淡的生活充滿了溫馨幸福，不知道羨煞了多少旁觀之人。

這一日，香雪忍不住朝夏玉華說道：「少夫人，奴婢聽松子說這幾天少爺好像遇上什麼困難的事了，已經連著在外頭跑了好多天了都沒什麼頭緒。不過少爺怕妳擔心，所以都不讓人告訴妳。」
聽到這話，夏玉華不由得看向香雪道：「什麼難事？」
香雪搖了搖頭，一臉不解的樣子說道：「這個奴婢還真的不太清楚，因為松子也不是特別清楚其中的具體緣由，只是說這些日子少爺好像在四處尋找一份什麼心經似的，其他的便不太知情了。」
「心經？」聽到這話，夏玉華卻是不由得重複了一聲，不知道好端端的做生意怎麼扯到要尋什麼心經的事情上來了。
「是呀，松子也是無意中聽到的，反正只知道少爺找得很焦急，而且已經馬不停蹄四處找了好些天了都沒有找到，看起來那東西似乎很重要。不過也就是怕妳擔心，所以一回來卻是半個字也不提，根本就看不出任何的心事來。」莫陽對自家小姐的心思，香雪又豈會不明白，因此這些煩心事不帶回家中也是再正常不過的。
「我知道了。」夏玉華聽了也沒有再多問，心想這事也只能等莫陽回來之後再問清楚到底是怎麼個情況，就算自己幫不上忙，至少也可以分擔一些，不至於讓莫陽白天在外頭煩心勞累，晚上回來還要裝成若無其事一般的來哄著她。
莫陽這一日果然回來得很晚，見夏玉華還沒有休息，坐在那裡看著書像是在等他，神情也較往常略有不同。一開始也沒多想，只當是今日自己回得太晚，玉華等得有些無趣了，閒聊了幾句後才發現似乎有些不太一樣。

「玉兒，妳是不是有什麼事情要說呀？」拉著夏玉華的手讓其坐到自己身旁，莫陽邊說邊親暱的蹭了蹭玉華的鼻尖，不論在外頭如何辛勞奔波，可只要一回家看著身旁的妻子，他的心便會無比的寧靜，感覺無比的幸福。

夏玉華溫柔的回蹭了幾下，而後稍微拉開了兩人之間的距離，看向莫陽說道：「陽，不是我有什麼事情要說，而是你應該有什麼事情要跟我說吧？」

沒有半絲的試探，更沒有其他的拐彎抹角，夏玉華微笑著直接繼續說道：「我聽說你最近遇上點棘手之事，雖說我不一定幫得上忙，可是你也沒必要瞞著我。陽，我知道你是為我好，怕我擔心，可是咱們現在已經是夫妻了，自然得患難與共，你若是在外頭遇上什麼難事，因為怕我擔心都不跟我說，那我這個妻子豈不是做得太不盡職了嗎？」

「玉兒，我……」聽到這話，莫陽自然明白夏玉華已經知道了自己最近遇上難題了，一時間心情激動，滿懷都是說不出來的動容。

「陽，不論什麼事，咱們一起承擔。」夏玉華伸手輕輕掩住莫陽的唇，不讓他先說，再次說道：「哪怕我幫不上忙，而你也不一定要什麼都跟我說，但最少不必還這般裝得跟個沒事人一般哄著我，怕我憂心。我不是那種弱不禁風的人，最少可以傾聽你心中的煩惱，讓你能夠儘量寬心一些也總是好的。」

說完之後，她這才放下了掩住莫陽嘴唇的手，再次笑了笑，滿眼的溫柔。對於莫陽，他們之間不需要太多的言語，幾句話便足以表達一切，這樣的默契並非所有夫妻都能夠擁有，而慶幸的是他們能擁有。

見狀，莫陽輕嘆一聲，沒有多少的愁緒，反倒是說不出來的滿足，摸了摸玉華腦後的青絲，將兩人之間的距離再次拉近，這才含笑說道：「妳呀，真是什麼都瞞不了妳。罷了，是我不好，不應該刻意的瞞著妳，反倒是讓妳替我擔心了。放心吧，日後我不會再這樣了，妳說得對，咱們是夫妻，應該夫妻同心，萬事都不必隱瞞。」

說罷，他微微輕啄了一下玉華的額頭，而後開始說道：「事情是這樣的，七天前，皇上讓人下了道密旨口諭給莫家，說是先皇總歸是被害死的，所以經高人指示需得做一場特別的超度法事。因為這種事畢竟損皇家臉面，所以都是暗中進行，避免對外聲張。而那高人還指定這場特殊的法事需要一樣東西方可完成，否則的話對皇室會有不好的影響。」

聽到這話，夏玉華不由得皺了皺眉頭道：「那所謂的高人到底要什麼東西竟會如此難找，連皇家都找不到，還得下密詔讓莫家代為尋找？」

其實夏玉華的第一反應便覺得這事有些不太靠譜，總覺得是鄭默然故意找點什麼事來刁難莫家似的，可是一來並沒有什麼證據，二來如今鄭默然總歸是皇帝，即便再難辦，莫家卻也不敢輕易抗旨的。所以這會兒她也只是提出了自己的質疑，並沒有表現出過度的不滿來。

而莫陽自然明白自己妻子的意思，搖了搖頭道：「我明白妳的意思，不過這一回依我看應該不是皇上存心為難莫家，這事估摸著也真是讓他有些頭疼。」

見玉兒一臉疑惑的看著自己，莫陽又詳細地解釋道：「前些日子，宮中便傳出鬧鬼，不過很快被皇上給壓了下來。而十天前，皇上派人請來了雲綿山最有名的高人進宮，估摸著就是為了鬧鬼之事。而那高人提出所需之物後，皇上也並沒有馬上要莫家尋找，而是隔了好幾天才下旨的。如此分析，他肯定也是沒有辦法找到那個需要之物，不得已這才求助於莫家的。」

「是求助於你吧，莫家最多的只是銀子，而你手中卻有著龐大的情報機構，所以要找什麼東西他也清楚沒有誰比你更容易的了。」夏玉華這才稍微安心了一點，眨了眨眼道：「我聽說要找的東西是個什麼心經來著，到底是什麼東西呀，竟然這般難找？皇上那邊找不著也就罷了，你這都找了這麼多天，難道一點消息也沒有？」

聽到玉華的再次詢問，莫陽點了點頭道：「的確很難找，我發動了各地的情報網，但是這麼多天過去了卻連一點消息也沒有，甚至都沒有打聽到有什麼人知道這個東西。」

說到這裡，他朝著夏玉華笑了笑道：「妳聽說得沒錯，正是一部心經來著，名叫《太虛心經》，我猜妳肯定是聽香雪說的，而香雪那丫頭則一定是松子透露給她的。」

「你說什麼？」夏玉華卻沒有再理會莫陽後半段的話，一臉訝異地反問道：「是《太虛心經》嗎？」

這會兒，她的心猛的掠過一絲驚喜，如果自己沒記錯的話，當初煉仙石裡頭的第二個小櫃門打開之際，裡頭除了那瓶如意丸以外，還有幾本已然發黃的古籍，封面上正是寫著《太虛心經》四個字來著。

雖然當時她根本看不太懂那些書裡頭到底是些什麼，也不知道有些什麼具體的用途，不過卻明白肯定不是一般的東西。當時沒怎麼在意地依舊放在裡頭不去理會，但這名稱卻是牢牢的記了下來。若是這樣的話，那這一次，看來她還真是幫得上忙了。

「對呀，正是《太虛心經》。」見玉兒有些興奮不已的樣子，莫陽卻是奇怪地問道：「怎麼啦，有什麼不對的地方嗎？我查了這麼久，可是連這書到底有幾冊、長什麼樣、裡頭寫了些什麼都沒查清楚，更別說有人知道下落了。難不成，妳聽說過此書？」

何止聽說過，這手頭就有一套現成的呢！夏玉華開心不已，不過卻並沒有急著說出來，一來這東西她得等會兒單獨去拿，二來有些旁的事情還得先問清楚莫陽才行。

「陽，皇上有沒有說過若是你找不到這所謂的《太虛心經》的話，將會如何？」夏玉華沒有馬上回答莫陽的話，轉而詳細問起了密旨一事，雖然莫陽說這次的事應該不是鄭默然故意為難，不過說她小人之心也好，還是旁的也罷，總之防著些總是沒有壞處的。

聽了玉華的問題，莫陽不由得笑了笑道：「玉兒，妳想太多了，皇上並沒有說找不到的話會如何處罰之類的，畢竟他也知道此事不容易辦，否則以他天子之力早就足以找到了，又何須將這種並不怎麼體面之事讓外人知道呢。」

「可是，我聽香雪說你這幾天看上去急得很，既然皇上並沒有說找不到的話會有什麼懲處，那你盡心盡力不就行了，為何這般焦急？」夏玉華當真不太明白，莫陽的性子她怎麼會不懂，如果不是必須要做到的話，絕對不會如此著急。

「玉兒，有些事情妳不太明白，莫家與皇家之間其實是有一些特殊的淵源。」見狀，莫陽卻是微微笑了笑，細細解釋了起來。「莫家這麼多年來一直能夠屹立不倒，不是世家卻勝似世家，不是權貴卻絲毫不低於任何權貴，其原因除了莫家自身低調處事以外，還有一個最主要的原因。那就是，莫家的老祖先與現在的皇家祖宗之間本就有著一些不為外人知道的關係，不論經歷了多少年，兩家的後人都銘記著祖先留下的一個規定，那就是皇家不得為難莫家之後，而莫家後人若是收到來自皇家最高當權者請求之際，亦得全力為其解決。」

「原來如此！」夏玉華一聽，不由得點了點頭，沒想到莫家竟然還與皇家鄭氏有如此特殊的關係。「那莫家與鄭家兩家的老祖先到底有什麼樣的淵源呢？」

莫陽搖了搖頭道：「這個我也還不太清楚，因為聽爺爺說，這事關係到兩家之間的秘密，所以都只有兩家現任的接班人才知道。先皇去得突然，按理說應該來不及交代此事，但許是宮裡老太監略知一二或是先皇手澤有提及，也不知皇上怎麼就知悉了，不過怎麼都好，反正身為莫家人，卻是得堅守這個承諾的，這也是我這些日子如此焦急四處奔走的原因。」

聽到這些，夏玉華心中倒是越發的明白了起來，難怪莫家富可敵國卻一直都能如此平安無事的歷經這麼多代的皇帝，果然這中間有著不同尋常的原因。如此一來，她原本的那份擔心卻也不再有了，想來之前可能是她多心了。

而正因為如此，鄭默然也肯定不會刻意為難莫家了，如此的話，心經一事就變得單純多了。既然莫家有這責任去幫皇家，那就說明了兩家肯定有著共同的利害關係，禍福與共。所以這一回，夏玉華自然不會袖手旁觀，肯定得幫莫陽完成這個艱鉅無比的任務。只不過，她手中的《太虛心經》又將以何種形式送到莫陽手中呢？這一點倒是得好好想想。

見自家小娘子一副深思不已的樣子，莫陽不由得捏了捏她的臉頰，笑著說道：「怎麼啦，妳到底在想些什麼想得如此入神，連為夫都不搭理了？」

夏玉華被莫陽這般一捏，頓時回過神來，伸手拉住他的手，一臉高興地說道：「陽，我能夠幫你找到《太虛心經》，不過你不可以追問這東西我是如何得來的，行不行？」

想來想去，她還是覺得直接跟莫陽這般明說要來得好，有些事情不是她不想告訴他，只不過一旦說出煉仙石的話，那麼她是重生者的事實便也得說出來，如此一來的話，實在是太過讓人覺得驚駭。

她並不擔心莫陽相不相信自己，只是覺得有些事情既屬於前世，沒有必要再帶到如今的現實生活中，沒有必要再讓自己喜愛之人跟著同樣感受一遍。況且這些事也實在太玄了，她並不想讓莫陽陷入到這些玄奇難解的事情中。

「玉兒，妳說的都是真的嗎？妳真能替我找到《太虛心經》？」莫陽一聽，當下便興奮不已，頓時有種踏破鐵鞋無覓處，得來全不費功夫的感覺。先前聽玉華說起這個時他便有種感覺，覺得這丫頭似乎很熟悉一般，沒想到她竟然真的能夠找到。

「是的，可是咱們得事先說好，你不可以問我這東西是怎麼來的，我也不是刻意想瞞你，只不過牽扯到了旁的一些事與人，所以真的不便告訴任何人。」煉仙石本就是一個天大的秘密，她只不過是個暫時的寄主，所以當真不方便將這個秘密再告訴其他人。而幸運的是，空間裡頭的規矩卻是寶物可以取而使用，這點倒是讓夏玉華覺得感激不已。

以往那裡頭的東西可沒少幫到她的忙，有時甚至覺得簡直是太過巧合了，如同量身為她變出來的寶物似的。

莫陽見夏玉華一臉認真的樣子，因此自然不會再有任何疑問，至於東西的出處以及如何得來，既然玉華不願意說的話，肯定是有什麼特殊的原因，所以他也不會去強求追問。

「好的，放心吧，我明白妳有妳的理由。妳能夠幫我找到《太虛心經》已經是解決了一個大難題，其他的我自然不會多問什麼。」莫陽笑著點了點夏玉華的額頭道：「至於皇上那邊，我也會找一個合適的說法，不會讓他懷疑什麼的。」

突然間，莫陽覺得自己娶的這小妻子簡直就是一個福星，這會兒倒是慶幸松子與香雪多嘴了，否則的話他可是還得埋頭成天在外頭瞎跑亂闖卻是毫無頭緒。

見莫陽如此通情達理，夏玉華不由得欣然一笑，從他懷中掙開站了起來，笑盈盈的說道：「你等會兒，我去一下，一會兒就來。不過，可不許偷看哦！」

說罷，夏玉華退後幾步，而後轉身去了裡間，一副神神秘秘的樣子。莫陽見狀，估摸著這丫頭肯定是去找與《太虛心經》相關線索之類的。微微搖頭笑了笑，他自然並沒有什麼偷看的心思，端起一旁玉兒剛剛喝過兩口的茶喝了起來，卻是覺得味道格外香醇。

而夏玉華進到裡間之後，見沒有了旁人，這才快速取下隨身攜帶的煉仙石進入了空間。直到進入空間之後，她才突然意識到，剛才看到煉仙石的顏色似乎由原先的藍色變成了紫色。不過因為急著進入，並沒有細看，這會兒倒是有些不太敢肯定了。

但是要證實煉仙石是否已經真的變成了紫色也並不難，一會兒只要她能夠打開大櫃子裡的第三扇紫色小門的話，便可以證明一切了。

夏玉華頓時興奮不已，連帶著原本進空間是為了《太虛心經》的事都給先放到一旁去，這會兒對於第三個小櫃子裡頭又會有些什麼特別的東西十分好奇。

而且，她清楚的記得，煉仙石變成紫色之後，再經歷一段時間若是變成了通體碧綠的美玉，便是要離開她這個暫時寄主，重新回到修煉者身上的時候。雖說這段時間到底需要多長她並不清楚，可是一旦石頭變成了紫色，也代表只差這最後一步了。

想起重生那日在東興寺裡頭見到的那個貌若少年的高僧，那個和她說只有一面之緣的神秘修煉者，夏玉華的心中不禁很是感慨。

她知道，那高僧找到她這個重生者為煉仙石的寄主，是想體悟更多人世間的歷練，而這空間裡頭隨著一步一步達到不同境界而獲取的寶物亦是對於她這個寄主的一種回饋，而這些東西也實實在在幫了她不少的忙，甚至於自己整個人的靈根與悟性都完完全全變得不同了。

這些都是受益於煉仙石，受益於那個修煉者，因此，這心裡頭還真是感激不已的。

進入院子，裡頭的景致跟上次進來時沒有多大的差別，空間的好處在於，凡事都不需要你親自打理，比起最貼心的管家都要好得多。

很快夏玉華便進入到了正屋裡頭，書桌旁的那個大櫃子依舊那般顯眼。打開櫃門，三扇小門整齊的排列在眼前，如同隨時等候著她的到來一般。

夏玉華心中頗為激動，卻並沒有馬上打開中間那扇藍色的門去取《太虛心經》，而是不由自主的將手伸到了第三扇紫色小門的門環上，想試試先前進來之際，自己到底有沒有看花眼。

伸手輕輕拉了一下，她的心不由得跳了一下，小門似乎有些鬆動，不過卻並沒有打開。也許是力氣用得太小了的緣故，所以她並沒有洩氣，而是加大了些力氣再次試著拉了一下。

第一一二章

這一下，卻是毫無疑問的，紫色小門很快便被拉開來，夏玉華頓時興奮不已，原來先前進來之際，她真的沒有看錯，煉仙石果然已經變成了紫色，只不過是一時間被她給忽略掉罷了。

這一次，這個小櫃門裡頭到底會有什麼好東西呢？她並非是貪圖寶物之人，可卻也難免帶著一種獵奇的亢奮心態。前兩個櫃子裡頭的東西都對她幫助極大，而這一次想來肯定也是十分特別的東西。

往裡頭一看，夏玉華這才發現第三個櫃子裡頭竟然比起第二個櫃子更加顯得空空蕩蕩的，不由得有些意外。再細看了一下，小櫃子裡頭分為三層，卻只有最下頭那一層放了一本薄得不能再薄的小冊子。

她不由咦了一聲，而後將那小冊子拿了出來，看到那封面上頭寫著——《十方湯》時，頓時再次興奮到了極點。

夏玉華雖說並沒有機會見過這《十方湯》，但是卻從師父留給她的那些醫藥古籍中對這《十方湯》早已有所瞭解。據說，這是由十種已經失傳的神奇藥方組成的一本最有效用的奇方集，十個方子全都是針對不同的傳染性極強、極難控制與治療的大瘟疫。

只可惜，這些方子也只是在一些醫藥古書上有過記載，證明的確存在過，而現在這些方子的內容卻早就已經失傳，所以一旦發生什麼大的瘟疫，每次都是以死亡人數難以計數為代價而告收場。

夏玉華興奮得無法形容，連忙拿著這本小冊子坐到一旁的書桌前細細看了起來。每個方子專門針對什麼樣類型的疫情、如何用藥，多大的疫情該配製什麼樣的量全都寫得極其精確。

一時間，她看得入了迷，幾乎忘記了時間，直到一口氣將這十個方子全都看完記在腦海之中，這才將眼睛從那些方子上暫時移了開來。這麼有用的東西，她肯定不想浪費時間，要好好的記在心中，日後若真是碰上什麼時疫的話，不知道能夠救活多少人呀！

她不由得滿足的伸了個懶腰，就在雙手放下冊子之際，這才想起先前自己進空間來的目的是什麼，一時間不由得嚇了一跳，算算時間她在此已待了好久。不過很快的夏玉華卻又安下心來，吁了口氣後馬上便想起了空間裡頭的時間與外頭並不相同，她在這裡頭待了最多半個時辰不到，在外頭也就是一小會兒的工夫。

想到這裡，夏玉華微微笑了笑，將手中的《十方湯》先行放回紫色小櫃子裡頭，轉而從藍色櫃門裡將那幾冊《太虛心經》取了出來。拿好東西之後，她沒有再多停留，很快便出了空間，回到外頭屋子裡間原來的位置。

透過簾子往外間看了看，這會兒莫陽依舊還在喝著自己先前喝過的那杯茶，夏玉華這才放心的拿著手中這幾冊《太虛心經》走了出去。

「陽，你看這是什麼？」她笑嘻嘻的將手中的幾冊書全都放到了莫陽面前的几案上，而後在一旁坐了下來，示意莫陽自行查看。

看到那幾冊《太虛心經》，莫陽著實意外不已。先前只當玉華已經知道此書的下落，卻沒想到轉眼之間此物竟然真的到了眼前。難不成玉華手中一直便收藏著此書？

莫陽心中雖然很驚異，不過卻也並沒有想得太多，立即將那幾冊《太虛心經》拿起來稍微查看了一番。既然來自玉華手中，定然不會有假，也許這書有可能是玉兒的師父歐陽先生所留。

他還記得以前曾經與玉兒一併整理過歐陽寧書房裡的那些書，的確有不少的古籍，當時他並沒有細看，說不定這一套《太虛心經》正是一併夾放在那些珍稀古籍中。歐陽寧並非普通之人，擁有這樣的書籍也是大有可能。

「果然是《太虛心經》！」他點了點頭，雖然頗為驚喜，不過卻並沒有顯得太過興奮，轉而再次看向夏玉華道：「玉兒，這書妳真的願意拿出來讓我呈給皇上？」

莫陽自然也知道《太虛心經》必定不是普通之物，所以並不願意讓玉兒因為他而捨棄本不願意捨棄的東西。如果這東西對玉兒太過重要的話，他寧可再去尋找別的，或者寧可空手交不了差，也不願意讓玉兒太過為難。

而夏玉華一聽自然明白莫陽的意思，說實話這東西留在她這裡也的確不知道能夠派上什麼用場，而這會兒能夠幫上莫陽的忙，她自然是願意的，並沒有半點為難之處。

因此當下便笑著很肯定地點點頭道：「對呀，不給你的話，我拿出來做什麼。這下好了，你也不必再四處跟隻無頭蒼蠅一般亂找了，我嘛原本留著這東西也不知道能夠用在什麼地方，所以還是讓它派上真正的用場比較好一些。」

「如此便好，這一回可真是得好生謝謝我家娘子了！」莫陽笑著起身，眼中滿滿的都是這個百看不厭的身影。

第二天一大早，莫陽同夏玉華一併用過早膳之後，便先行出門了，那套《太虛心經》也被他一併帶走，遲些便將親自交付於當今聖上鄭默然的手中。

東城，清平行宮內，鄭默然已經與那雲綿山的道虛高人來到此處。上午之際，莫家派人秘密稟報已經找到了《太虛心經》，因此鄭默然特意召莫陽在此見面，準備親自面交那套《太虛心經》。

而這會兒，莫陽還沒有到達，鄭默然與道虛兩人正執子對弈，偶爾說道著幾句，所說之言卻是與那《太虛心經》皆有關係。

「大師，您不是說《太虛心經》說不定已經絕世了嗎，為何莫陽短短數日便能夠尋到？」鄭默然倒也直言，雖並無不敬之意，卻絲毫沒有什麼忌諱。「而且大師自己都說過平生從沒有親眼見過《太虛心經》，那麼一會兒又如何能夠區分莫陽所尋得的心經到底是真是假？」

聽到鄭默然的話，道虛卻是微微一笑，神色之間滿是祥和。「皇上不必多慮，貧道雖沒有見識過真正的《太虛心經》，不過卻自有區別真假的方法。我雲綿山世代傳家掌門弟子都心口相授此法，而貧道已經是第十六代傳人了。」

言辭之間，道虛說明他有自己獨特的驗證方法，而這個道行高深不已的高人，此刻心中也隱隱有絲欣喜之感。兩百多年來，雲綿山代代相傳，一直都在尋找著這套道教至寶《太虛心經》，然而卻一點訊息也沒有，如今傳到他這一代，終於有了點訊息，雖說如今仍不能夠確定到底是真是假，不過總算也是有了一絲期盼。

「大師所言，朕自是不會有所懷疑，只不過，依朕所見，這《太虛心經》只怕最主要的作用並不是用於超度先皇靈魂這麼簡單吧？」鄭默然何其聰明，只需一丁點的細微變化，便已經窺探到了像道虛這種高人的內心。

見狀，道虛也並無虛言，點頭直接說道：「皇上所說不錯，貧道也無意相瞞，這《太虛心經》不但可以超度如同先皇這樣不凡的英靈，而且更是我修道者最珍貴的一部心經道法，於普通人來說實在是沒有半點作用，可是於我們修道者來說，卻是至寶。」

「原來如此！」對於道虛的直言，鄭默然笑了笑道：「既然如此，如果莫陽所尋是真的心經的話，等大師超度完先皇之靈後，此心經朕贈與大師便可。」

「皇上此言當真？」道虛一聽，哪怕是修行再高卻也難掩心中激動。

「自然當真，不過，朕還有另一事得請大師透露些許天機。」鄭默然自然知曉道虛道行非凡，因此便趁此機會提出要求，他也並非藉機要脅，只不過道虛此人看似無欲無求，唯一能夠讓其動心的也就是這套《太虛心經》罷了。

一聽到鄭默然的話，道虛不由得沈默了，他本就不是普通之人，再聽鄭默然如此直接的明言，當下便知道這皇帝所求之事必定是在他一貫原則之外的。若是在以往，他定然會毫不猶豫的拒絕，哪怕是天子亦無法勉強於他。

只不過這一次，道虛心中卻是掙扎不已，對於他們修道之人來說，《太虛心經》那可是至寶，許多東西還可以用可遇而不可求來形容，而此物連能夠遇到都是一種說不出來的奢想。如果那莫陽找到的真的是《太虛心經》的話，是否也就意味著他可以有機會得到？

想到這個，道虛心中說不興奮激動那是假的，只不過皇帝到底要他透露什麼樣的天機呢？

「皇上，可否明示到底想要貧道做些什麼？」道虛想了想後，直言說道：「不瞞皇上，《太虛心經》乃我修煉之人的聖物，就算是貧道亦不得不承認對其的渴望。只不過，若是在貧道能力之外的事，或者是……」

話還沒說完，鄭默然卻是擺了擺手道：「大師請放心，朕自然不會讓你做有悖於倫理常綱之事，這事一會兒再說吧，等莫陽來之後，大師確認過了，朕自然會明言的。」

鄭默然說罷，便不再出聲，看似一心一意的下起棋來，而道虛見狀，亦不再多問什麼，靜下心來與其對弈。

一刻鐘之後，有太監進來稟告，說是莫陽已到，正在外頭等候召見。鄭默然聽了稍微頓了頓，暫時放下了手中的棋子，中斷對弈，示意讓人將莫陽帶進來。

莫陽進來之後，簡單的行過禮，便將那一套《太虛心經》呈了上去，而鄭默然則直接讓人將那幾冊古書交到了一旁的道虛手中，讓其辨認真假。

莫陽也沒在意，辨認真假也是極其合情合理的，不過他卻相信玉兒一定不會弄錯，因此這心中比誰都要篤定自在。只等一會兒確認過後，他的任務也算是徹底完成了。

而道虛此刻則小心翼翼的拿著那幾冊《太虛心經》，先是一本一本細細的翻看了一下，神色之間頗為凝重，同時越往後看，越是多了幾分興奮，到最後竟是有些按捺不住的點起頭來。

見狀，鄭默然不由得問道：「大師，此書是否為真？」

道虛似乎一下子並沒有聽到鄭默然的話，直到他第二次出聲提醒之際，這才醒悟過來，他朝著莫陽看了一眼，而後才回道：「皇上請稍候，容貧道做最後的鑑定。」

說著，道虛從身上袖袋之中取出一個八卦狀的小東西，在每冊古書的封面上皆輕輕拍了兩下，一時間，他的動作亦引起了鄭默然與莫陽的關注，但是沒有人出聲詢問，都只是靜靜的看著，等著接下來的發展。

很快的，那道虛不由得欣喜萬分，激動說道：「皇上，此物果真是真跡，果真是真跡呀！」

說著，道虛便將原本那幾冊古書遞給皇上與莫陽分別查看，原來，在他用小東西拍過之後，那幾冊《太虛心經》封面的同一個位置上竟然都出現了相同的圖案。

鄭默然頓時恍然，怪不得道虛說他有辦法鑑真假，看來這裡頭果然暗藏了玄機。

「是真的便好，如此一來，先皇之事便有勞大師了。」鄭默然微微一笑，點了點頭後說道：「莫陽的能耐果然不凡，竟然這麼快便能夠找到失傳了幾百年的真跡，看來朕果真沒有找錯人。」

「皇上過獎了，在下也是運氣使然，這都是託皇上洪福。」莫陽淡淡的回了一句，見任務已經完成，便說道：「既然事情已經辦妥，那在下就不打擾皇上了，先行告退。」

「莫施主請稍等片刻。」鄭默然那邊還沒出聲，道虛卻是連忙叫住了準備離開的莫陽，這會兒他心中還有不少疑問，所以自是得先將人給留下來。

「不知大師還有何吩咐？」對於道虛，莫陽並無太多的想法，只不過對於修道之人，必要的尊重還是免不了的。

道虛見狀，先行朝著一旁的鄭默然示意了一下，見其微微點了點頭表示許可，這才又朝著莫陽問道：「敢問莫施主，此物到底是從何處尋來？」

見道虛問起了《太虛心經》的出處，莫陽並不感意外，因此也沒遲疑，便直接回道：「大師，此物雖是我派人尋到，不過關於出處卻還真是個謎，而且此物的原主也明確說了，不希望此事被任何人知曉。大師是高人，想必也能夠理解這其中的一些因由，還請大師見諒，在下的確不便透露。」

聽了莫陽的回答，道虛卻是頗為可惜的點了點頭道：「莫施主所言極是，貧道有此一問，也只是想瞭解一二，畢竟能夠擁有《太虛心經》絕非普通之人，而且還與我道教定有著不淺的淵源。不過既然原主不願被外人知曉，那貧道自然尊重他的意願，不再多問。煩請莫施主代為轉告，貧道多謝他將此道教至寶保存於世。」

「大師之言，在下記住了。」莫陽微微抬手示意了一下，而後又朝著一旁的鄭默然行過禮後說道：「皇上若無其他吩咐，在下便先行告退了。」

「有勞你了，代朕謝過莫老先生。」鄭默然這會兒也沒多說什麼，亦是點了點頭示意莫陽可以先行回去了。雖說此物是莫陽所尋到，不過以莫陽亦是因莫鄭兩家的祖訓才會如此盡心，所以謝過莫老先生也是情理之中。

聽了鄭默然的話，莫陽再次領命，而後很快先行離開了。

待莫陽一走，也不必鄭默然再次出聲，道虛很快便主動地朝他說道：「皇上有什麼需要貧道去做，只管明言，《太虛心經》是我道教至寶，貧道在此先謝過皇上將此物贈予雲綿山。」

這話的意思太過明顯，道虛果然還是無法完全超脫世俗，《太虛心經》的誘惑實在是太大，大到哪怕是像他這種得道之人亦無法抗拒。而顯然，為了能夠得到這份道教至寶，只要如皇上所說，不是違背倫理常綱之事，他願意透露些許天機。

見道虛果真同意了交易條件，鄭默然不由得笑了笑，而後也沒多想，朝著道虛問道：「大師可曾聽說過夏冬慶之女，夏氏玉華？」

道虛沒料到皇上竟然問他一個這樣的問題，一時間不知道此話是何用意。不過對於皇上所提到的夏冬慶之女夏氏玉華卻還是有些印象的。

他微微點了點頭道：「皇上所言之人，貧道還真是有所耳聞，據說此女醫術了得，至於其他的卻沒有太多的瞭解。不知皇上提及，究竟是何用意？」

鄭默然並沒有馬上回答道虛的問題，轉而輕笑了兩聲，似自言自語一般地說道：「沒想到連大師都曾聽說過玉華，看來朕倒是有些低估了她的影響力。」

見皇帝這般說，道虛越發的不明白了，不過卻也沒再出聲，而是安靜的等候著，畢竟有一點他可是明白，想必皇上先前所說的透露些許天機之事應該與這女子有些關聯。

片刻之後，鄭默然卻是再次看向道虛說道：「大師現在可否替她算算命？」

「算命？」道虛一聽，倒是點了點頭。「這並沒有什麼為難之處，只需有此女的生辰八字便可。只不過，不知皇上主要想知道她哪一方面的情況？」

「生辰八字朕自然知曉，不但如此，朕還替你準備了一幅她的畫像，大師可以將生辰八字與面相結合起來一併算，如此將會更精準一些。」鄭默然頓了頓後，神情略顯複雜。「關於她的一切，朕都想知道，當然，更想知道朕與她今世究竟有沒有姻緣！」

道虛這下子完全明白了過來，原來當今皇上竟然喜歡這個叫夏玉華的女子。怪不得都登基這麼久了，還不曾大婚立后，甚至於皇宮選秀什麼的也壓根兒都沒有舉辦過。道虛雖非紅塵中人，不過卻也明白人性之中的七情六慾，而往往像帝王這種看似無情之人，一旦用情起來卻也是最深之人。

不過，道虛似乎聽說夏氏之女已經出嫁，而先前送來《太虛心經》的正是夏玉華之夫，如此一來，皇上難不成……

道虛暗自思索之際，鄭默然已經命人取來了一幅他自已親手畫的畫像，畫中人正是夏玉華，畫中人臉上的每一處細節都畫得極其細微認真，恍惚之間竟有種如同看到本人似的感覺。

將畫像掛於道虛面前，鄭默然又將夏玉華的生辰八字報給了他，而後便不再多言，坐於一旁喝茶等候。此時，他的心中並沒有想得太多，他只知道，有些事情若是不去做的話，他將永遠不會甘心。至於道虛所算的結果，他也早已有了心理準備。

有的話自然是好，沒有的話他也會讓道虛想方設法替其改命！鄭默然這一次之所以會找道虛，亦是因為以前聽聞過此人頗有能耐，所以這一回，不論付出多大的代價，他也要試上一試。

而這會兒工夫，道虛並沒有想到鄭默然此刻心中竟然有那麼驚世駭俗的念頭，只當是想讓他替夏氏之女算一算命，因此也沒有再多想其他，細看面相，又對照著生辰八字，靜心的算了起來。

原本，道虛並不覺得算個命有多麼特別的，不過這會兒他越仔細一算，這心裡越是驚訝萬分，連帶著臉上的神情也慢慢的變得略帶驚恐之色。

看著道虛的神情，鄭默然不由得皺起了眉頭，道虛可是得道高人，若非特殊之事絕對不可能出現驚恐之色。玉華的命格到底有什麼特別之處，竟能夠讓一向淡泊寧靜的道虛顯露出如此神色？

「大師，怎麼啦？」他放下了手中的茶杯，沒有再等候，而是主動出聲詢問到底算出了些什麼？

聽到鄭默然的詢問，道虛這才稍微回過神，而後快速平息了一下不小心顯露出來的驚恐之色，朝著鄭默然說道：「皇上，貧道剛剛細算了一下，發現夏氏之女命格異常奇特，貧道竟然無法推算！」

「怎麼可能？以大師之能耐，這天下還有算不出來的命格？」鄭默然顯然也吃了一驚，道虛所言看起來並非有假，他也不是不信其人，只是覺得這說法實在太不可思議了。

而道虛卻是不由得搖了搖頭道：「皇上，貧道絕無虛言，此女命格實屬異類，似乎不在五常之中，所以貧道不論如何算，卻根本推算不出她的命。而且貧道還細觀了其面相，同樣竟然也完全無法看出什麼來。貧道還是頭一次碰到這樣的情況，先前也是嚇了一跳。看來此女非普通之人，還請皇上見諒實在無法推算。」

聽完道虛之言，鄭默然不由得沈默了起來，片刻之後這才再次看向道虛，轉而問道：

「其他的你算不出倒也罷了，朕只想知道，朕與她命中到底有沒有姻緣！」

「這……」道虛一聽，頓時有些為難了。

第一一三章

鄭默然見狀，也沒在意，徑直將自己的生辰八字報了出來，而後示意道虛務必仔細算一下。

如此一來，道虛也不好再說什麼，想了想後，換了種方法，按鄭默然的生辰八字算了起來。雖說他算不出夏玉華的，但是卻可算得出與鄭默然相關的姻緣。

對於帝王命格，原本他們這些人是不應該涉及的，因此道虛也只是算了姻緣方面，並沒有涉及其他的窺探。片刻之後，他這才朝著鄭默然搖了搖頭道：「皇上，貧道已然算過，與您有命定姻緣之人應該在南方而非京城。雖說貧道算不出夏氏之女，但是卻可以肯定，您與她並無命定姻緣。」

「沒有嗎？」鄭默然神情怪異，讓人看不出此刻心中到底在想些什麼，如同自嘲亦如同不甘，輕笑兩聲後起身走到道虛面前，而後一字一字地說道：「朕若是一定要與她結成姻緣呢？」

「皇上，這種事本就是命中注定，又豈可強求？」道虛已然感受到了面前之人心中的那股煞氣，沒想到皇帝竟然對那女子用情如此之深。

聽了道虛的話，鄭默然不由得再次笑了起來，而後別過眼去，看向掛在那裡的畫像道：

「朕是天子，為何不可？命裡若有，朕欣然受之，命裡若無，朕也要將其更改！」

「改命？」這一下，道虛不由得驚出了一身冷汗，脫口便反問了一聲。

「對！改命！」鄭默然轉過身來，直直的盯著道虛。「朕早就聽聞大師有此通天的能耐，只要大師願意幫此忙，不但那套《太虛心經》可以給你，而且日後你有任何要求，朕都可以幫你！」

這樣的條件對於道虛來說，實在是最大的誘惑。雖說修煉之人本應消除慾望，可是當真一點全無的話，怕也早就已經飛升成仙了。所以說，這世上並沒有什麼完全可以消除的慾望，只是得看這誘惑夠不夠大，能不能誘惑到你的心尖上。

無可否認，這會兒道虛已經知道先前鄭默然所說的透露天機是什麼意思。也許，用透露天機還不盡正確，他最主要的是改命，但改命之事等同於逆天，雖說只是小小的姻緣方面，可是卻會因為這一個小小的改變而牽涉到許多無法預知的結果。

道虛也承認，他的確有方法可以試上一試，不過對於他的修行來說卻無疑是一種極大的損傷。而且，不但如此，所要付出的代價也並不一定是鄭默然能夠承受得起的。

一時間，道虛不由得猶豫了起來，一邊是兩百年來所有修行者都夢寐以求的《太虛心經》，一邊卻是無法預知的後果。因此道虛這會兒自然是掙扎不已。

見狀，鄭默然也知道此刻道虛的心情，所以並沒有急著去追問，他相信這套《太虛心經》一定可以打動道虛的心，否則的話，此人也不可能會出現天人交戰的樣子。

果不其然，過了一會兒，道虛終於作出了決定，他沒有再猶豫，而是看向鄭默然，說道：「皇上，貧道可以姑且一試，但是有些話卻是不得不提前稟告於您。」

「大師請說，朕洗耳恭聽！」鄭默然的嘴角扯出一抹滿意的笑容。

見狀，道虛便將更改姻緣可能會出現的一些不好的影響，特別是對於鄭默然的影響一一道了出來，至於他自己的損傷卻沒必要多說。有得必有失，萬事規矩總是如此，他既然決定了，自然就有心理準備承受一切的後果。

反倒是皇上，道虛必須提前跟他說清楚，比如身體康健、壽命，甚至於帝王氣數都是極有可能因此而隨著改變。但是具體會變成什麼樣，他亦並不完全清楚。

最主要的是，道虛還說出了一個最大的問題，那就是即便他努力去試，卻並不一定能夠保證絕對成功，畢竟這種事本就太過玄奇，而且夏氏之女的命格怪異無比，不能如同正常之人一般有把握，因此嘗試改命之後，最後結果能不能夠讓皇上如願，他也無法作出絕對的保證。

聽完這一切後，道虛本以為皇帝的心意會有所改變，至少會猶豫考慮許久，但是出乎意料的是，片刻之後他便聽到了皇帝肯定的答覆。

「朕明白了，你去做便是，至於一切影響，朕自有心理準備！」

不知不覺，又經過了幾個月，夏玉華嫁給莫陽轉眼已有一年多了。西北邊境早就已經恢復了往日的平靜，甚至兩國之間的關係日益密切友好。

這半年多的時間，夏冬慶每個月都會派人送回書信，知曉父親在西北一切安好，成孝也日漸習慣當地生活，夏玉華更是放心了不少，至於阮氏與小弟這邊她也照顧得很好，每每回信總會請父親安心。

這一日，夏玉華再次收到了來自邊境的書信，不過卻並非父親的家書，而是西南王妃派人送來的。看完書信之後，夏玉華不由得欣然一笑。

原來，自上次她治好西南王妃的病之後，還順便留下了一張助孕的方子。而今日這書信便是王妃特意向她道謝而寫。如今王妃的病不但完完全全好了，身子也調理得極好，寫信給她時更是懷上了身孕。

難怪西南王妃要特意寫信來道謝了，西南王夫婦向來極其恩愛，可惜婚後多年一直不孕，如今不但身體完全康復還傳出喜訊，可想而知這其中的欣喜有多大。

看完信後，夏玉華坐在那兒，也不知道怎麼回事，除了替西南王夫婦感到高興之外，心中亦不由得生出了一些微不可察的思緒。

西南王夫婦之所以長年不孕，是因為西南王妃的身體有些問題，經過她留下的方子治療調養之後，很快便有了好消息。此刻，她突然意識到自己與莫陽也已經成親一年多了，兩人恩愛無比，雙方身子亦都無恙，卻不知什麼原因竟然一直都沒有半點動靜。夏玉華自己也曾私下探究過一些原因，比如說檢查自己與莫陽的身子，看看有沒有什麼原因導致未能有孕，可是結果卻並沒有找到任何的原因。

莫陽是極喜歡孩子的，而她自己亦是如此，雖然莫陽一直都沒有說過什麼，不過她卻知道若是能夠有個可愛的孩子降臨的話，那將是多麼美好的事情。

不知不覺間，夏玉華倚窗發起呆來，連莫陽進來了都不曾發覺。今日莫陽回來得比較早，一旁服侍的鳳兒見狀正欲上前行禮問安，卻被莫陽及時的阻止了。

搖了搖頭，示意鳳兒別出聲打擾，莫陽又稍微擺了擺手，讓鳳兒先行退下便可。鳳兒自然心領神會，微微點了點頭後，悄然無聲的退了出去。

「想什麼呢，竟這般出神？」莫陽輕輕的在她身旁坐了下來，雙手從背後環腰抱住了夏玉華，附在她的耳畔細語著。

剛才看這丫頭這般靜坐著，頓時讓人覺得有種說不出來的寂寥感。莫陽不由自主便想這般將其抱緊，似乎怕稍微不留神，這丫頭便會從自己視線之中消失一般。

軟玉溫香，這個時候他才有了真實感，對上玉華快速側目略顯詫異的視線，他溫馨一笑。

「陽，今日怎麼這麼早便回來了？」夏玉華回了一個笑容，卻是沒料到莫陽這會兒竟這般悄然無聲的坐到自己身旁。

「今日沒什麼事情，所以便早些回來了。」莫陽蹭了蹭夏玉華一側的臉頰，反問道：「妳呢，今日可曾去了醫館？」

「好癢！」被莫陽這般蹭著，夏玉華陡然覺得癢癢的，輕笑一聲，稍微避了一下，而後轉過身來端坐了些，說道：「去過了，剛剛回來一會兒，正好收到了邊境那邊送過來的書信。」

莫陽一聽，只當是夏冬慶派人送來的。「岳父不是前些日子才派人送過信嗎，怎麼今日又有信來？」

「不是我爹，是西南王妃的親筆書信。」夏玉華邊說邊笑了笑，將莫陽的手從自己腰上移了下來，而後起身將先前那封書信取來遞給莫陽。

見狀，莫陽自然也沒有再纏著玉華不放，只是伸手又將她拉到自己身旁坐下，而後這才看起那封書信來。

看罷之後，他有些不解的問道：「妳剛才坐在這裡一個人出神發呆，就是因為這事？」

夏玉華見狀，也沒隱瞞，微微點了點頭。

如此一來，莫陽不由得笑了起來，拉著夏玉華的手說道：「傻丫頭，妳治好了她，如今他們用了妳的方子又有了身孕，這是好事，難道妳不高興嗎？」

「高興呀！」夏玉華依舊點了點頭。

「既然高興，那還有什麼好多想的呢？」莫陽輕拍了一下夏玉華的額頭，目光寵溺無比。突然發現眼前這個丫頭是越發的有趣，什麼時候竟然變得這般多愁善感了？

看到莫陽一臉的笑意，夏玉華遲疑了一會兒，這才說道：「陽，咱們成親已有一年多了，向來……恩愛有加，而且我也檢查過你我兩人的身子，並沒發現有什麼特別的地方，卻不知道到底是什麼原因，這麼久了一直沒半點消息。我知道你很喜歡孩子，所以……」

「妳就為這個東想西想的呀？」莫陽一聽，搖了搖頭，一把將夏玉華給拉進自己懷中抱住。「真是個傻丫頭，這種事順其自然便好，咱們都還年輕，這才成親一年多而已，急什麼呢？再說，妳自己不也說了嗎，我們倆身子都沒問題，那便說明只不過是時機未到罷了，大不了日後為夫我多勤快一些耕種不就行了……」

說到最後，莫陽自己都壞壞的笑了起來，而夏玉華頓時被這傢伙的小不正經給逗樂了，稍微推了一下緊抱著自己的身體，笑笑地說了聲討厭，心情卻是明顯釋然了不少。

是呀！也許真是自己想太多了，畢竟他們這才成親一年多一點，沒有懷上也是極正常之事。夏玉華不由得覺得自己有些犯傻，心中暗自笑了笑，只是這些日子也不知道怎麼回事，無端端的總生出些莫名的心緒來。

第二天，夏玉華打算去醫館那邊多待一會兒，最近醫館裡頭的事越來越多，京城周邊地方的百姓慕名來這裡治病的越發多了，人手明顯有些不太夠用。

偏偏這個時候，醫館竟然惹上了些莫名的麻煩，原本供應正常的藥材來源竟然同一時間都給斷了貨，追問詳細原因，卻支支吾吾的說是官府那邊發了話，其他便不肯再多說。夏玉華當下便讓香雪給莫陽送了封信，讓他先幫忙從別處調配一些藥材應急，而後親自跑了一趟官府，倒是想看看哪個膽大的竟然敢欺負到她頭上來。

豈料一進官府，一位姓劉的官員出來迎接，還親自引著她往一旁官邸裡走，說是有重要之事告知。不過才走了一會兒，夏玉華卻是停了下來，朝著劉姓官員問道：「你這是要帶我去哪裡？」

剛才他們也經過了前廳卻並沒有進去，而這一會兒明顯是往後宅而去。這個姓劉的若真是想跟她找個地方好好解釋一番的話大可進前廳，沒必要再往裡頭走才對。而且自進入官邸之後，夏玉華便覺得這裡頭的氣氛有些怪怪的，守衛的等級顯然要高出許多，特別是劉姓官員的神情，自進來後宅之後，越發的變得恭敬而凝重。

所以，夏玉華不由得警覺了起來，雖說自己是郡主的身分，可是此刻不過是個手無寸鐵的女子，外加一個同樣柔弱的香雪，若是這劉姓官員居心不良的話，哪裡可能贏得過他。

見夏玉華一臉的戒備，劉姓官員自然明白郡主誤會了，因此連忙解釋道：「郡主請放心，下官不敢有任何不良之心，只不過有人想見郡主，就在官邸後花園內等著您，還請郡主隨下官前往一見。」

「有人要見我？在這裡？」夏玉華頓時皺了皺眉，反問道：「難不成今日醫館這些事都只不過是一個幌子，為的只是要讓我過來見這人嗎？」

「郡主聰明，下官亦是無心生事，還請郡主莫怪。」劉姓官員連連致意，一臉的討好之色，趕緊乘機先替自己撇清，省得讓郡主記恨在心，日後來找他的麻煩。

夏玉華這會兒卻是恍然大悟，怪不得這些人、這些事如此的奇怪，原來一切都不過是故意而為之，可到底是什麼人要見她，竟能夠擺出這麼大的陣仗來呢？

心裡頭似乎隱隱有了答案，不過總覺得又有些不太可能，索性也沒有再多想，直接又朝劉姓官員問道：「到底是什麼人，竟然有如此大的架勢？」

「郡主，您再往前走一點就知道了，下官實在不便多言，還請郡主見諒。」劉姓官員也實在為難，只得一臉謙卑的看向夏玉華，希望玉郡主不會太過為難於他。

夏玉華也沒有再多問，朝著前方看了看，抬步繼續前進，而香雪這會兒自然也快步跟了上去，不過就在後花園入口處被劉姓官員給攔了下來。

「這位姑娘還是與下官一併在此等候吧。」劉姓官員說罷，又恭敬的朝夏玉華做了個請的手勢。「郡主請自便，進去後便能夠知曉答案，請恕下官不便再帶路了。」

見狀，夏玉華也沒有再說什麼，只是微微點了點頭，又看了一眼香雪，示意在此等她便是，而後便自行抬步走了進去。

官邸的後花園並不算大，進去之後，夏玉華只是稍微打量了一圈，便看到了此刻正坐在西北角水榭涼亭裡頭的人。

心中微微嘆了口氣，沒想到果然是他！夏玉華頓時覺得心頭有些悶悶的，亦不由得停下腳步來，杵在那裡不知道到底應不應該再往前進。

其實，一開始她也想到了可能是鄭默然，除了天子以外，還有誰能夠有這般大的排場，調動劉大人這樣身分的人做類似下人之事引她過來。可是，先前她卻還是有些不太肯定，畢竟怎麼也沒想到堂堂天子為什麼要費這麼大的周折見她。不公開宣召，反倒是弄得這般神秘，也不知道這到底在演哪齣。

愣了一會兒，涼亭裡頭的鄭默然卻是一早便看到了愣在那裡既不前行也沒後退的夏玉華，卻也不著急，就那麼靜靜的坐在那裡看著她，看她到底要在那裡愣上多久。

他不知道到底有多久沒有見過她了，並不是真的算不清時日，而是覺得真實時間的長短早在心中變得模糊，每每再次見到她，不論相隔多久都讓他有種恍如隔世的感覺。

所以，這半年多來，他一直都讓自己處於忙碌的狀態，反正剛剛繼位事情也多，只要有心，每天都可以有忙不完的事，除了處理朝政、吃喝睡覺以外，他似乎都沒時間再去多想其他，而不想起其他便自然也不會有太多的情緒起伏。

只不過，這世上有許多的事情似乎並不是那般簡單便能夠控制得住，哪怕他讓自己如此的忙碌，可是只要一靜下來，那個身影便總會那般自然而然的出現在腦海之中，揮之不去。

鄭默然有時想想，若是那一天在皇家獵場那處小山坡上沒有遇到她，也沒有之後診治的再次相遇的話，或許他便不會生出今時今日這般的難以自拔。他從未想過自己有一天會這般愛上一個女子，哪怕她的心裡並沒有他，哪怕已嫁做他人婦，卻是依舊無法忘懷，而且更要命的是，隨著如今身分的轉變，一直壓抑在心底的那份慾望卻是越發的明顯，讓他不能再自我欺騙。

哪怕被這分情困得如此狼狽，可他卻依舊不後悔當日能夠遇上她。痛也好、苦也罷，至少當權力的慾望無以復加之後，內心深處那最柔軟的地方還可以有一絲讓他覺得自己像個有血有肉的人一般存在於這個人世間。

他承認自己的確自私，所以不顧真的這樣一輩子只守著那冰冷的權力孤獨以終。他與其他人不同，這一世能夠遇到一個真心喜愛、可以讓內心產生溫暖與滿足的人並不容易，玉兒是第一人，亦也將是最後一人。正因為如此，所以他才不願這般放手，只要她願意，哪怕是半壁江山，他也願意為她捨棄！

「站在那裡發什麼呆，不認識我了嗎？」好一會兒，見那丫頭都沒有反應，鄭默然暗自嘆了口氣，還是笑著先出聲朝她說道：「過來坐吧，我又不是老虎，妳還怕我不成？」

說到後頭，鄭默然心中微微有些酸酸的，什麼時候他們之間的關係竟然到了這樣的地步呢？看著玉華那副不自覺流露出來的擔憂與小心，他卻什麼都不能做，唯有一聲苦笑暗自掠過心頭。

聽到鄭默然的話，夏玉華這才回過神來，頓了頓後，也不再愣在原地。如今都已經來了，就算是馬上掉頭回去也沒有任何的作用。不論今日鄭默然想做什麼，反正，許多事總歸也是得去面對的。

而這會兒，她其實也並沒有意識到，先前鄭默然跟她說話時的自稱，不是「朕」，而是

「我」，也許是在鄭默然繼位之後，她並沒有再見過他，也沒有親耳聽他在自己面前稱過朕的緣故，也許是以往見面時，兩人之間都是這般的稱呼，所以夏玉華並沒有察覺出什麼異樣來。

而鄭默然卻也絲毫沒有覺得在夏玉華面前，這樣的稱呼有任何的特別之處，只有他自己明白，不論他是何種身分，在她面前，他永遠都只是那個當初在小山坡上初識她的鄭默然。

「臣女見過皇上，皇上……」行至涼亭內，夏玉華也沒再多想，依禮朝著鄭默然行了一禮，如今眼前之人已經不再是當日的五皇子，而是當朝的天子，所以這禮數自然還是得更加謹慎一些才行。

不過，她還沒來得及說完，鄭默然卻是擺了擺手直接打斷道：「坐吧，這裡沒有外人，不必如此拘禮。」

想想以前，鄭默然覺得還是以前那個在自己面前不講究規矩，也很少對他行禮，甚至還敢對著他凶巴巴的指責或者威脅的玉華更讓他覺得親近。至少那樣的時候，說明那丫頭與自己的距離多少還是近一些，不像現在，一看到人便下意識表現得如此疏遠而謹慎。

「多謝皇上。」夏玉華也沒再多禮，謝過之後找了個距離較合適的地方坐了下來，這水榭涼亭內地方也不算太小，可是整個後花園這會兒也就只有他們兩人，自然也一下子顯得涼亭內更加的擁擠似的。

坐下之後，夏玉華本想著速戰速決，主動出聲詢問今日這到底是怎麼一回事，鄭默然為何費如此大的周折將自己騙到此處來，有什麼事明說便行了，說完她也好早些回去，省得總在這裡待著顯得彆扭。

不過，她還沒來得及再張口，鄭默然卻是笑笑地看著她，先出聲道：「玉華，咱們差不多有半年多沒見面了吧？」

自他繼位之後，的確一直沒有再見過面，不是他不想，而是……所以這會兒，鄭默然語氣略顯感慨，他雖是下意識的問了出來，心中多少還是有些想看看這丫頭的反應，哪怕明知結果，卻還是想要試試。

第一一四章

鄭默然說完這一句話便不再出聲，只是定定地看著夏玉華，等著她的反應，那樣的目光看似沒有特別的意味，卻是那樣的專注而入神，彷彿除了眼前所看到的人以外，眼中再也容不下其他事物。

夏玉華本就有些不知如何回應鄭默然的這句話，而這會兒再對上鄭默然如此專注的眼神，一時間心中更是不自在。目光微微閃了閃，下意識的迴避開，不想去直視那道目光。

「皇上貴為天子，國事繁忙，這等小事便不必記在心上。」想了想，也只能硬著頭皮回了一句。夏玉華也知道今日鄭默然花這麼大的工夫派人引她前來，肯定不太正常，所以這心中實在是無法踏實。

說來也有些奇怪，夏玉華不知怎麼回事，今日從一見到鄭默然起，這心中便總覺得有些不安，雖極力調整心態，讓自己鎮定冷靜下來，可是卻始終無法如往常一般泰然處之。她並非有什麼旁的想法，也不是對於如今貴為皇帝的鄭默然心存恐懼；更知道無論如何，鄭默然也不可能在此對自己做出什麼過分之舉來，可心裡頭就是覺得不安。

這樣的不安來得莫名，但卻讓人無法排除，不同於以往兩人之間的相處，總覺得有什麼不好的事情會發生似的。她的預感向來很準，正因為這樣，所以內心才會如此惶惶然。

她的聲音聽上去並沒有什麼異常，也沒多少情緒的外露，只不過游移的目光還是顯露出了心中的不安，以鄭默然那麼精明心細之人，又怎麼可能看不出來？

「妳怕我？」心中有股莫名的惆悵，鄭默然並不希望夏玉華怕他，因為他知道，那樣只會讓他們之間的距離越來越遠。以前縱使知道玉華對自己並無男女之情，但最少也沒這樣的「怕」意。

「皇上是天子，天子之威自然人人敬畏。」夏玉華回應了一句，而後為了不讓自己總這般被動的彆扭下去，索性不再有所顧忌，搶先問道：「不知皇上今日將臣女召到此處所為何事？還請皇上明示，若沒什麼特別之事的話，臣女也不便久擾。」

見夏玉華這會兒工夫似乎已經調整了一些心態，鄭默然微微一笑，略帶釋然的說道：「前面那句話從妳嘴裡說出來還真是有些彆扭，不過後頭這一句話總算是有些像妳的風格了。」

這個丫頭，連先皇都不怕，怎麼可能真的會懼怕於他的所謂天子之威呢？倒是後頭那句話還頗合他的心意，聽著她如此這般跟自己說話，倒是開懷不已。

「皇上，您有什麼事還是直說吧，臣女……」夏玉華見鄭默然總是東拉西扯說一些有的沒有的，一副根本沒打算這麼快說到正事的樣子，頓時有些坐立難安，便按捺不住的追問著。

「妳急什麼，這才剛剛坐下說沒兩句話，就算是閒話家常，也不必這般坐不住吧？」鄭默然邊說邊親自端起石桌上的一杯茶，往夏玉華這邊遞了過來。「喝點茶吧，妳別想太多，如今天下太平的，自然沒什麼緊急之事，不過是許久不曾見妳，朋友之間見個面也是再正常不過的事吧。我可記得妳以前說過，咱們是朋友的，妳不會不記得了吧？」

「臣女自然記得以前所說的話，不過今非昔比，如今皇上貴為天子，臣女自然不敢越禮。」夏玉華聽鄭默然這般說，心知今日只怕是一時半刻很難快速離去，轉念一想，便是再不情願也不可能真甩臉這般自行離開，畢竟鄭默然現在已是皇帝，而且也沒有任何過分的言行舉止。

說罷，她也沒有拒絕鄭默然的好意，起身微微行了一禮，謝過之後這才接過了那杯茶。坐下之後，卻也沒喝，默默的放到了一旁。

她的一言一行，哪怕是一個最細微的表情，鄭默然都看在眼中，那種自然而然流露出來的疏離當真是讓鄭默然心中苦澀不已。

「天子！」他喃喃的唸了一聲，如同自嘲般的笑了笑，看向夏玉華道：「是呀，天子，我記得妳也曾說過，有得必有失，雖然妳說的的確是道理，但是卻不承想，如今的我卻連當朋友的資格都不再有了。

「玉華，我突然覺得，這天下最大的傻瓜不是別人，正是我自己！」鄭默然搖了搖頭，一副當真如此的神情，隱隱間也包含著一種說不清的苦悶與無奈。

聽到這些，夏玉華不由得抬眼看向鄭默然，猶豫了片刻，卻還是小聲說了一句：「皇上今日這是怎麼了，無端端的派人去我醫館鬧了那麼些事出來，拐這麼大一個彎讓人將我帶過來，卻又在這裡盡說這些不著邊際的話。」

原本她的確是不想理會的，可是抬眼的一瞬間，看到鄭默然臉上的神情時也不知道怎麼搞的，竟然不由得有些心軟。好歹人家也是皇帝，在她面前話都說到這個分兒上了，若是再不給些面子似乎也還真是有些說不過去。

夏玉華的語氣雖只是稍微有些緩和改變，不過鄭默然卻已是立馬感覺到了，不由得笑了笑，主動說道：「是不是覺得這種做法很無聊，而且也很不可思議？唉，別說是妳，其實連我自己也不知道為何突然會生出這樣的念頭來。」

他不由得搖了搖頭，一副略顯無奈的樣子說道：「罷了，妳就當我是腦子一時犯渾了吧。」

沒錯，他的確是有些犯渾了，當然，還有些許的原因卻並不能夠對玉華明言。本質上來說，比起在宮中以召見的形式，他自然還是喜歡這種無拘無束的見面形式，雖然他知道玉華並不喜歡。有的時候，他甚至羨慕那些沒錢看病的普通百姓，連那些人都可以那般容易的與她接觸，而自己想要見上她一面卻如此之難。

聽到這話，夏玉華不由得在心中再次嘆了口氣，嘆氣自己剛才為何一時心軟多嘴接了一句，眼下這話說下來，卻更是讓她彆扭起來。

「皇上，您若是沒別的吩咐的話，臣女想要先行告退了。醫館那邊還有許多事情沒有處理，臣女也不便再打擾您了。」夏玉華這會兒只想快些離去，反正總是說不到重點上，實在是不願再這般面對著。

說罷，她站了起身，想著也懶得再理會那麼多的規矩了，稍微行過禮之後便自行想要離開。

「等等！」見狀，鄭默然神色微變，也跟著站了起來，頓了頓後卻是徑直說道：「其實，我只是想問問，這些日子妳過得好不好？」

「臣女過得很好，有勞皇上記掛了。」夏玉華只得停下幾乎已經邁開的步子，再次應了一聲。

「他，對妳好嗎？」沒有提到莫陽的名字，可是鄭默然卻問了一個自己都覺得傻到不能再傻的問題。莫陽能對她不好嗎？問話之際，他的心中滋味萬千，可卻又還是忍不住要問，其實他更想說的不是什麼「他對妳好嗎」，而是「我會對妳更好」罷了！

他的神情帶著一種說不出來的不甘，只不過卻是強行壓抑著，不想讓玉華看出太多，他並不介意她已經是別人的妻子，他只在意她日後到底會不會成為他的妻子。

他明白自己的心，也放縱著心中的那份自私，所以才會在繼位之後找來了道虛，才會用盡辦法想要去改變這一切。他不知道道虛的法子會不會靈驗，不知道一切到底會不會按他所想的去改變，他只知道，愛她，便是自己最真的心意！

而這一刻所迸發出來的慾望是那般的強烈，即便沒有任何過激的言語，即便盡力的掩飾，可是那目光中的火花卻是根本無法隱藏。

夏玉華不由得嚇了一跳，不是鄭默然那句突如其來的「他對妳好嗎」，而是真真切切的被鄭默然那一瞬間的目光所嚇到。她不是不明白鄭默然對自己的心思，只是從沒想過事到如今竟然還會如此的強烈。

一直以來，她都以為鄭默然應該是真的想通了，哪怕內心的那份情意不一定這麼快便能夠完全消逝，但至少在理智上應該會保持著應有的淡定，可是現在，她發現自己還是錯了。

剛才的一瞬間，她清清楚楚的看到了他目光之中的慾望，看到了一種讓人覺得無比可怕的東西。她猛的一個哆嗦，頓時變得清醒無比，看來，她還是想得太天真了，人性的慾望怎麼可能那般輕易的說沒了就沒了？

「他對我很好，好得不能夠再好！」她的神情頓時清冷無比，雖然兩人之間的距離還是那般遠，可是那樣的清冷卻足以將他們之間隔上無數層的屏障。「皇上，您是天子，憂國憂民才是您的責任，至於臣女，自然有我的夫君照顧，還請皇上日後不必如此！」

夏玉華與鄭默然之間本就不應該有任何超過君臣之外的其他關係，特別是在那一次三人密商協議之後，夏玉華一直覺得以鄭默然的性格，應該不會再有旁的什麼想法。

可她卻還是低估了人性，同時也高估了鄭默然的信用，在聯手達成目的之後，在鄭默然坐上了權力的頂峰之後，那原本被擱下的念頭竟然又在他的心中萌生了出來。

原本並不是多麼複雜的一件事，若是要這般糾纏下去真是讓人覺得沒有意義。她向來不是那種喜歡糾結不清、曖昧不明之人，更不願再替自己惹上一個像鄭默然這種身分的大麻煩。上一次，她本以為自己已經將鄭默然心中那股不應該有的癡念斬斷，卻沒想到根本就不是她所想的這般徹底消除。

而鄭默然聽到夏玉華的話之後，心中一陣酸楚，愣了一下，便又很快恢復了，朝著夏玉華一字一句地說道：「玉華，我知道他對妳很好，可是，我可以對妳更好！」

他說得很認真，認真到連他自己這會兒都能夠聽到胸腔中雷鳴般的心跳聲。是的，只要她願意，他可以比這世上任何人都對她好，絕對不會輸那個莫陽，絕對不會！

可聽到這些話，夏玉華的心中卻是有股莫名的憤怒，對於鄭默然的出爾反爾感到一種說不出來的憤怒。在莫陽與父親出手助鄭默然繼位時，鄭默然可是親口說過祝她幸福的，難不成達到目的之後便可以反悔了嗎？

「皇上，這世上不可能再會有任何人比莫陽待我更好，就算有，那也不是我想要的，不是我想要的便永遠不可能是真正的好，您明白嗎？」夏玉華皺著眉說道：「還有，請皇上記住您以前曾說過的話，難道要出爾反爾嗎？我現在的生活過得很幸福，請皇上不要再提那些不著邊際的話。」

夏玉華也沒什麼其他的顧忌，這會兒鄭默然明顯已經超過了底線，她自是沒必要再客氣的。說罷，便直接抬步往亭外走去，想要自行離開這裡，不再與鄭默然這般糾結不清。

「若是我出爾反爾的話又如何？」可是，她才剛剛走了兩步，卻冷不防的被鄭默然給拉住了，而鄭默然如同挾帶著暴風雨似的聲音亦同時在她的耳畔響起。

她沒想到鄭默然竟然會出手拉住自己，一時間快速側目看去，並用力想將自己的手從那隻手中抽離出來。可是鄭默然的力氣比起她來實在大得太多，一連掙了好幾下卻根本沒辦法掙脫出來。

「放手！」此刻，她已經十分惱火了，怒目圓睜的看著那隻冰冷異常、正緊緊抓住自己的手。「皇上請自重！」

「玉華，我並不想跟妳爭吵，妳別生氣，咱們坐下來好好說說話，行嗎？」鄭默然並沒有鬆開手，而是一臉請求的朝著夏玉華說著。他真是不敢鬆開手，他知道，一旦自己鬆開手，玉華肯定會毫不留戀的掉頭便走。

「皇上，咱們之間並沒有什麼需要再多說的。之前，我已經說得清清楚楚了，除了合作關係以外，咱們不可能再有旁的關係，更不可能會有男女之情！」夏玉華見狀，堅定地說道：「臣女已為人妻，是莫家的媳婦，皇上難不成還想給自己鬧出天大的笑話來嗎？更何況，我早已說過，即便沒有莫陽，與您之間亦永遠也不會有什麼其他的瓜葛！」

「已為人妻又如何，是莫家的媳婦又如何？我是皇上，是天子，我也不怕被天下人恥笑！」鄭默然的聲音陡然變得冷冽起來。「我就是要打破這世俗，打破這所謂的命中注定！」

這一下，鄭默然也不再有任何的隱瞞，大聲的將自己的心意說了出來。活著這一世，他實在不願就這般放手，哪怕愛得再疼，至少也比連個愛的人也沒有要強得多。他不想活得那般孤寂，不想一直壓抑著心中的感情。

搶也好、奪也罷，他都無所謂，甚至於成為天下人的笑柄又如何？他是天子，想如何便如何又有何不可？

鄭默然的態度頓時讓夏玉華再次愣住了，她不禁搖了搖頭，沒想到此人會是如此的偏執。被緊緊抓住的手漸漸傳來一陣疼痛，那是鄭默然無意識的用力才會越握越緊而不自知。

她沒有去理會那陣疼痛，只是眉頭越發的皺緊，面無表情地說道：「您可以打破這世俗，可以打破命中注定，可是，卻永遠無法左右我的心。我愛的人是莫陽，不是您。以前是這樣，現在也是，以後，依舊如此！」

她的聲音不大，可一字一句卻堅定有力，如同釘子一般落下，直接釘進了鄭默然的心中。心猛的一疼，這幾句話卻是字字扎入了他內心最為脆弱的地方。

一時間，鄭默然的神情顯得黯然不已，手也不知不覺的鬆動了一些，夏玉華乘機抽回了自己的手，而後快速抬步往外走。

這個地方，她一點兒也不想再待，而那個自稱要打破世俗的人，她亦不想再多看一眼。

「玉華，總有一天，妳一定會改變心意的！」鄭默然沒有再去阻攔夏玉華的離去，只是大聲的朝著她離開的背影說道：「到時，妳不再是莫陽的妻子，不再是莫家的媳婦，妳只會是我鄭默然的皇后！」

身後幾乎帶著怒吼似的喊聲讓夏玉華有如落入冰窖一般渾身刺骨的寒涼，那樣的鄭默然是她從沒見識過的，那種帶著不顧一切的偏執當真讓她覺得分外的可怕。

可是，她不但沒有停步，反倒是更快速的往外走，心中的不安讓她只想儘快離開這個地方！

她不知道鄭默然日後到底會做些什麼，可是現在，她只想離開，只想儘快的回到莫陽的身旁，尋找那一份永遠只屬於她的安寧與溫暖。

沒有再多理會鄭默然，她一口氣奔出了後花園，在入口處連停都沒有停一下，直接便往官邸外頭而去。香雪見狀，也不知道到底發生了什麼事，只是覺得主子這會兒神色是前所未有的慌亂，如同遇到了什麼可怕的事一般。

她什麼也沒問，看了一眼一旁同樣守候的劉大人，而後便快步跟了上去。

夏玉華一口氣直接走出了官邸，也沒有再坐劉姓官員準備的軟轎，直接領著香雪一聲不吭的往回走。也不知道一直走了多久，等她回過神之際，這才發現自己似乎走錯了路，恍恍惚惚的竟然走到聞香茶樓這邊來了。

而一旁一直緊跟著的香雪也不知道這會兒小姐到底要去哪裡，正擔心之際，正好看到了從茶樓裡走出來的夥計，趕緊上前讓他去備頂轎子，送小姐回去。

這會兒工夫，香雪也看出來了，小姐先前在官邸裡一定發生了些什麼事情，甚至於一直到現在都有些心神不寧的。為了安全起見，她自然還是讓人送小姐先行回家比較好一些。

見狀，夏玉華也沒有反對，這會兒她亦發現自己心神很不寧，便沒必要逞什麼強，先行回家再說。

轎子很快便備好了，茶樓的管事還親自跟著轎子將少夫人送回了別院，見少夫人平安到家，沒什麼旁的事了這才帶著人返回茶樓。

回到家後，夏玉華依舊什麼也沒說，直接回了屋子休息。鳳兒見狀，自然不知道發生了什麼事，想問卻被香雪用眼神給阻止了。

服侍著小姐先在睡榻上坐著休息之後，香雪悄悄朝鳳兒使了個眼色，兩人很快便去到了外室。

「香雪，小姐是怎麼啦，怎麼魂不守舍的？妳們不是去了醫館嗎，到底發生了什麼事？」鳳兒這會兒自是趕緊小聲詢問著香雪，先前一見就覺得不對勁了，這下子見香雪偷偷將她給叫出來，更是覺得肯定發生了什麼事情。

而香雪則是搖了搖頭道：「鳳兒，這事妳也先別問了，因為具體發生了什麼，一時半刻我也不知道，不過看上去這會兒小姐情緒很是不穩定，咱們得好生照看著，別出什麼事才好。還有……」

說到這裡，香雪想了想道：「還有，依我看，咱們最好還是先去給少爺報個信，否則的話，少爺今日指不定得什麼時候才能回來。」

雖然香雪並不知道小姐進了官邸後花園到底見過什麼人、發生過什麼事？而小姐亦沒有說半個字，可直覺告訴她肯定不是什麼好事。因此，這事還是儘快讓少爺知道，回來處理比較好。

聽了香雪的話，鳳兒連連點頭表示贊同。兩人很快便商量好，一個留下好好照顧小姐，一個出門去找少爺。

第一一五章

莫陽今日原本安排了不少事情，因此這會兒還是在外頭忙著生意。不過，當看到香雪再一次來找他時，不待那婢女開口，心中便隱隱有了一些不好的感覺。

先前香雪已經來找過他一次，為的是替玉兒送那封緊急信。雖說當時他正忙著處理一些事情，不過卻還是第一時間先行看了信，知道醫館遇到了麻煩之後，便馬上派身旁之人將信件交給林伊去處理那些藥材來源的問題。

這事本來也不算什麼，對於莫家來說，這只不過是一件極小的事情。可是真正讓莫陽感到有些奇怪的是整件事本身，醫館之事怎麼想都覺得是有人故意為難，可是京城裡哪個人不知道醫館與玉兒之間的關係，又有誰不知道玉兒的身分與背景？

明知道卻敢故意為難，這到底是什麼樣的人，或者是出於什麼樣的目的呢？

因此，當香雪離開之後，他便開始縮減今日的一些行程與生意，能夠改期的都儘量改了，只剩下手頭這件無法推辭的事得馬上解決。一心想著趕緊處理完，然後親自去醫館那邊看看。

沒想到事情正處理到一半時，聞香茶樓的管事便過來了，將先前玉兒突然出現在茶樓前並且神情恍惚一事向他稟告，莫陽聽了自是擔心不已，好在那管事已經親自將人給送回別院去了，否則的話他真是當場便想去找玉華了。

這會兒手頭上的事也顧不上了，稍微交代了一下，讓兩名辦事最為俐索的管事接手，而後收拾好正準備回去之際，只見香雪又親自過來報信了。

如此一來，莫陽更加擔心了，趕緊跟香雪一併趕回別院去。一路上聽香雪稍微說了一下大致的情況，聽說竟是那劉大人親自將玉兒請到了官邸後花園見了一個神秘之人，從後花園出來之後，玉兒神色便很不正常了，莫陽心中卻是稍微有了些底。

一時間，眉頭不由得皺了起來，那神秘之人到底是誰簡直呼之欲出。整個京城，還有誰能夠有如此大的陣仗只為見玉兒一面，還有誰能夠讓一向性子淡定沈穩的玉兒產生這般異常的不安。

因此，腳下的速度越發的快了起來，回到別院之後，便直接往屋子方向奔了過去。

看到此刻突然出現的莫陽，夏玉華自然有些意外，不過這心中卻瞬間湧現出一股說不出來的感動與溫暖。原本她急著回家便是想儘快看到那個能夠讓她無比心安的人。可是回到家中這才想起今日莫陽有許多重要的事情要處理，估摸著要很晚才能夠回來。她也不想事事都這般馬上去煩他，所以並沒有吩咐人去將莫陽先行叫回來，沒想到這會兒那原本應該在外頭忙碌不已的人竟然真的就這麼出現在自己面前。

恍惚之間，她有種作夢般的感覺，先前一直暈暈乎乎著，在見到莫陽的一瞬間便馬上清醒了過來。肯定是香雪那丫頭見自己狀態不太對勁，所以才會私底下自行去找莫陽。

「玉兒，妳沒事吧？」莫陽一進來，便看到了還倚在睡榻邊上發呆的玉華，雖說這會兒神色看上去比香雪先前所形容的稍微要好了一點，不過一眼看去便知道心中有事。

他快速走了過去，在玉華起身之前扶了她一把，挨著她身旁坐下來，滿是擔心地說道：「到底發生了什麼事？臉色怎麼這麼難看？」

「陽，先別說話。」夏玉華輕聲說道，而後徑直抱住了莫陽，將自己整個人都埋進了那個溫暖而寬闊的懷抱，先行感受一下那份獨特而足以讓自己平靜下來的氣息與力量。

她的舉動很快便得到了莫陽無聲的認同與呵護，將玉兒稍微緊緊回抱了一些，心中不由得嘆了口氣，看來今日之事的確讓這丫頭不安了。

靜靜的抱著她，先行讓她覺得溫暖與安心一些，每當這丫頭主動抱著他默不作聲之際，他便知道這會兒正是她最需要自己的時候。他慶幸自己趕回來她的身旁，慶幸他能夠被她所需要，這個時候的靜謐讓他覺得無比的幸福，被需要的感覺更是讓他無比的欣慰。

屋子裡靜悄悄的，只剩下了他們兩人，而伴隨著那份寧靜的同時，夏玉華的心也漸漸的變得寧靜了。

好一會兒，她總算是長長的吁了口氣，整個人的情緒也漸漸的恢復了過來。有莫陽的地方，果然便如同她的安心丸一般，夏玉華內心感動不已，莫陽的及時歸來無一不表露著對她的珍愛與重視。

「好點了嗎？」見夏玉華微微動了動，莫陽便稍微鬆開了手，將兩人之間的距離拉開了一些，看著那張比先前稍微有了些血色的臉，關切的問著。

「好多了。」夏玉華微微一笑，平靜地說道：「只要有你在身旁，我便覺得格外的安心、踏實。」

聽到這話，莫陽也欣然一笑，輕柔的撫上夏玉華的青絲，一臉的寵溺。「傻丫頭，怎麼不直接過去找我？日後不論遇到什麼事，不論我在做什麼，只要妳需要我在身旁，就一定要馬上來找我，或者馬上讓人告訴我，好嗎？」

夏玉華鄭重的點了點頭，滿心的動容，這一世能夠被莫陽如此珍愛與重視，她還有什麼好擔心害怕的呢？

見玉華這會兒似乎好多了，莫陽這才問起了今日她去官邸後花園到底見了什麼人、發生了什麼事。而夏玉華也沒有隱瞞，一五一十的將在官邸後花園見到鄭默然的事情都說了出來。

當然，有些話她自然不必一一複述，但是卻將整個意思說得極其清楚明白。她不覺得這種事有什麼不能對莫陽明言的，相反的，正因為是這樣的事，所以才得更加毫無隱瞞的說給他知道。

一來，發生在自己身上的事都將會關係到莫陽，也會影響到莫陽，二來，莫陽也只有在完全了解後才能夠想更好的辦法，找到解決之道。

這會兒工夫，她也清醒了過來，知道鄭默然必然不會那般輕易的放手，不會讓她與莫陽順風順水的過日子，所以越是這樣，便得愈加看重此事，好好找出應對之策來。

「果然是他！」莫陽聽罷，語氣頗為不善，當然，並非是對夏玉華，而是對於鄭默然的不滿與憤怒。

其實，當初他們三人密商解決難題之際，他就已經想到了今後可能會存在這樣的隱憂。當時的鄭默然為了大位，為了要先拿到手的權力，自然會暫時放下另一層心思，先與他們聯手奪權。

而現在，鄭默然已經得到了想要的權力，成為坐在龍椅上的九五之尊，到了這個時候，那一直隱藏在心底的對玉兒的念想自然也就毫無顧忌的迸發出來了。

而從鄭默然對玉華所說的這些話中，莫陽清楚得很，這一次鄭默然顯然是有備而來，甚至於大有為達目的不擇手段的意味。所以看來這一回，他得真正想辦法去解決這個最大的麻煩了！

見到莫陽的神情變化，夏玉華喃喃的說了一聲對不起，聲音很輕很柔，帶著說不出來的自責與抱歉。想想也是，似乎自己總是會有意無意的帶給莫陽麻煩，而且這一次的麻煩可不小。

聽到那一聲對不起，莫陽卻是有些好笑起來，捏了捏玉華的臉頰，安慰道：「傻丫頭，這事又不是妳的錯，妳有什麼好道歉的？」

「要不是我的話，就不會有這麼些麻煩事。如今五皇子已經是皇上了，他若是存心想要為難的話，還不知道會使出些什麼手段來，到時肯定會連累到你，甚至於連累到莫家。」夏玉華微皺著眉頭，如實說道：「而且最主要的是，咱們現在根本就不知道他到底會有什麼樣的舉動，所謂我們在明他在暗，更何況他現在的身分，還不知道會做出什麼事？」

「所以妳才會這般擔心，這般不安對嗎？」莫陽總算是知道這丫頭心中最擔心害怕什麼了，一時間亦是感動不已。在她的心中，自己有這般重要，如此一切便都足矣！

夏玉華點了點頭，無聲的默認了。她的不安，最主要的原因便是緣自於此。

「別擔心，傻丫頭，一切有我呢！」莫陽輕聲安慰著。

「可是……」雖說夏玉華打心底對於莫陽是十足十的信任，可是，這種事卻又怎麼可能不擔心呢？

見狀，莫陽越發的靠近了些，在夏玉華的耳畔輕聲說道：「玉兒，妳不記得了嗎，咱們以前不是為了防備有今日這樣的時候，所以特意還留了一手的嗎？所以，妳真的不必過於擔心，一切就交給為夫我吧，我一定會好好保護妳，保護夏、莫兩家，不會讓任何人的惡意心思得逞的！」

猛的聽到莫陽提起這事，夏玉華這才突然記起來，一年多以前莫陽的確是暗中留了一手，以防他日鄭默然成為皇帝之後為難莫、夏兩家。先前也不知道自己是怎麼回事，竟將這事給忘記了，直到這會兒才又記起來。

如此一來，夏玉華這心中倒還真是安穩了一些，不論如何，他們手中也算是有了鄭默然的把柄，任憑鄭默然之後想做什麼，一旦亮出底牌總歸還是會有所顧忌的；再者，莫陽的實力她也是清楚的，如今這樣的話，真還不見得會讓鄭默然占上風。

她在心中儘量安慰自己，同時也不願再讓莫陽分心來記掛自己。總之這些日子沒事的話少出門便好，她相信莫陽一定會有辦法解決此事的。

小倆口在一起又說道了好一會兒，今日這事也算是商量出了個對策。莫陽不讓夏玉華再掛心這些，許多事情都由他來出面會更方便一些，當然，效果也更好。而對他來說，只要玉兒的心一直與自己在一起，這便是最大的力量。

第二天，莫陽便將松子重新調配給了夏玉華，哪怕是平日裡不出門亦讓松子負責保護她的安全，而且還加強了別院裡頭的人手，雖說明知道鄭默然不會愚蠢到以皇權之威就這般公然上門搶人，但是在他還沒有完全解決此事之前，所有的準備卻是都必須設想到的。

讓松子守護，倒不一定是防備著什麼，最少萬一他不在的時候，有個突發狀況的話也能夠迅速處理，最起碼安全上也不會那般擔憂。而且，當初留的那一手雖說可以派得上用場，但是在鄭默然沒有正式出手之前，他手中的這些東西卻是不方便馬上使出。

唯有先作好準備，到時以不變應萬變，方才是最佳之策。總之不論鄭默然想怎麼樣，他都不會退讓半步，必會做好一切的安排，見招拆招，借力打力，定然不會讓鄭默然得逞，不會讓玉兒從他身旁離開半步！

皇帝又如何？他莫陽若是連心愛之人，連家人都守護不了的話，卻也真是枉費一世為人。

莫陽的先見之明以及處事方式與態度讓夏玉華完全安下心來。她沒有再去過多的思及此事，如莫陽所言，不要讓這樣的事情影響到了正常的生活及心情。

今日，莫陽一大早便安排好了家中之事，而後出門去了。夏玉華知道這會兒他自是去忙與自己相關的一些事，不願在事情解決之前再多添更多的麻煩，所以這幾天並沒打算出門。醫館的事情也不需再操心什麼，只是讓鳳兒去傳了個信，送了點銀兩，一切都交由管事的負責便可。

剛剛聽完從醫館回來的鳳兒的回覆，卻見香雪快步走了進來，只說夫人來了，這會兒已經到了前廳。

香雪嘴裡所說的夫人指的自然是莫陽的母親了，說起來，自夏玉華與莫陽成親這麼久，這莫夫人除了那一次在別院裡頭受敬茶禮之外，便再也沒有來過此處。

因為別院與大宅雖然距離不遠，但平常日子裡，每隔幾日，夏玉華都會去大宅那邊一趟，給公婆請安問好，而只要沒有特別重要的事情耽擱，莫陽也都會一併前往。

這婆媳之間，相處雖然不算太多，不過關係卻還算是融洽。莫夫人性格也不錯，沒有一般婆婆的那種囉嗦，對夏玉華也頗為喜歡，沒什麼彎彎拐拐的心思，也從沒覺得自己兒子娶了媳婦忘了娘之類的想法。

所以這會兒聽說婆婆來了，夏玉華雖說有些吃驚與意外，不過卻是很快便起身，帶著鳳兒等人出去前廳相迎。

莫夫人年紀差不多五十了，不過平日裡保養得極好，富態卻不會太胖，皮膚光滑，白皙紅潤，顯得相當年輕，加上精神也很好，整個人看上去跟四十出頭的人差不多。

莫夫人身體向來不錯，基本上沒什麼大毛病，每次夏玉華去大宅請安之際，都會順便替婆婆請個平安脈，偶爾有些什麼小毛病之類的也很快便調養過來。這樣的人心性好，保養又得當，因此不顯年輕都難了。

等夏玉華到達前廳之際，莫夫人已經在那裡坐著休息喝茶了，見三媳婦過來了，也不拘禮，笑嘻嘻的招呼著坐到自己身旁，說說笑笑起來。

見狀，夏玉華自然也是極其溫順的配合著婆婆，仔細的傾聽、回話。雖都是些閒話家常，不過那莫夫人能說會道的，而且態度主動熱情，再加上一旁跟著過來的婆子、丫鬟偶爾也附和幾聲，氣氛倒是頗為和樂。

夏玉華對這婆婆也是打心底敬愛，這是莫陽的母親，自然也是她最親的人，雖說平日裡相處機會並不多，可是對這婆婆的性子什麼的也算是摸得比較熟了。

今日雖說這氣氛看上去很融洽，可是夏玉華卻敏感的察覺出有些不太對勁。一來，婆婆雖說性子不錯，可卻也從沒見過這般主動熱絡的對待自己，簡直熱情得有些過頭了；二來，前幾天她才去過大宅，若只是閒聊家常的話，這做長輩的也沒必要帶著這麼多人特意到她這裡來，顯得主次有些顛倒了過來。

所以她隱隱覺得這次婆婆的到來並不是表面上聊聊天，隨意過來走動走動這般簡單，但是身為晚輩卻也不好貿然出聲詢問，只得先行聽著、陪著，接著看看再說。若真有旁的什麼事情，想來老人家也不會忍得太久，一會兒總歸會轉到要說的事情上。

果不其然，說道了一會兒閒話之後，莫夫人總算是開始轉移了話題。

「玉華呀，陽兒最近是不是特別忙呀？今日我來還以為能夠見著他呢，看這樣子怕是又得在外頭忙上一天了吧？」莫夫人邊說邊朝四周看了看，如同在尋找什麼一般。

對於婆婆的明知故問，夏玉華也沒半點的不耐煩，點了點頭微笑著說道：「娘，咱們家的生意這麼大，事情自然也少不了，夫君向來都挺忙的，不過一般晚膳前都會回來的。娘若是有什麼急事要找他的話，我這就派人去找他回來便是。」

「不用了，不用了，我就是隨口問問，前幾天不是才見過他嗎？」莫夫人笑呵呵地說道：「我呀，早就習慣了，陽兒也好，還是其他幾個兄弟，甚至於連妳公公也是一樣，成天都忙著外頭的那些事，大白天都是極少在家的。別說能回家用晚膳，有時成天成夜的不在家都是極正常的事了。」

聽莫夫人這話中有話的，夏玉華也不好明問，只得繼續說道：「娘親說得極是，他們都是極辛苦的……」

話還沒說完，莫夫人連連點頭，直接接過話道：「是呀，再怎麼樣不也都是為了這個家嗎？對了，說起來，你們也成親一年多了，這別院這麼大，經常就你們小倆口住著，卻是稍微顯得冷清了一些。若是添上個小人兒之類的，那豈不是更熱鬧了？」

聽到莫夫人的話，夏玉華頓時明白了過來，心中微微有些不太自在，只不過這面上卻依舊還是保持著應有的微笑。

正準備回應一聲，不過顯然莫夫人並沒有打算留給夏玉華太多的機會，那精明的目光一轉，似是立馬明白夏玉華想要說什麼一般，趕緊先行說道了起來，將夏玉華的話給擋到了喉嚨之中。

「玉華呀，為娘看妳與陽兒恩愛不已，這成親也有一年多之久了，按理說也應該有些動靜了才對呀。」莫夫人看向夏玉華的肚子，笑笑著說道：「上一次妳跟陽兒回大宅看望我們時，為娘的看妳這臉色有些不太好，當時心裡就在想，不會是有了吧。可那天那麼多人，當著面我也不好多問，所以今日特意過來看看。」

見夏玉華似乎又想開口，莫夫人卻是再次繼續說道：「玉華，雖說妳是大夫，精通醫藥，可為娘畢竟是過來人，比起妳們這些沒生過孩子的來說，這方面的經驗可是多了。妳也不必害臊，這種事是大喜事，沒什麼不好意思說的。來來來，趕緊跟娘說說，現在是不是已經有了呀？」

邊說著，莫夫人那臉上的神情如同已經聽到夏玉華說有了身孕一般喜笑顏開的，夏玉華一時間卻是有些愣住了，當真沒想到自己婆婆竟然是以為她有了孩子，所以這才特意過來一趟詢問證實的。

前些日子，她正因為猛然想起這件事而多了些愁思，才剛剛被莫陽化解釋懷，沒想到如今這事竟然還真是又生出了些其他的細枝末節來。莫陽不納旁的側室，婆婆基於各方面因素不加以過問倒還說得過去，可若是涉及子嗣的話，卻是無論如何也不可能不聞不問的了。

第一一六章

聽著婆婆的話，夏玉華心中不由得又微嘆了一聲。

老人家自是相當關心子嗣的問題，而莫陽除了她這個妻以外，再無旁的妾室，所以子嗣問題自然便全落到了她的身上。夏玉華頓時再次感受了些許壓力，一份來自於長輩與家族對子嗣需求的壓力。

片刻之後，她很快恢復了平靜，輕咳了兩聲，而後如實回答道：「娘，您誤會了，我還沒懷上呢。前幾天去大宅裡可能是前一天晚上休息得不太好，有些累，所以臉色才顯得難看了一點，並不是旁的什麼原因。」

「啊？不會吧，妳確定嗎？」莫夫人一聽，這臉上的笑容頓時僵住了，朝著一旁的幾個婆子丫鬟看了看，而後一副不可思議的樣子說道：「妳跟陽兒這都成親這麼久了，再怎麼樣也應該有了才對呀！」

莫夫人這神情看似相當的意外，不過那意外的背後實則還隱藏著另外一層意味。雖說並沒有出聲指責，可言下之意卻是再明顯不過——這麼久都沒有懷上，到底是怎麼回事？而基於夏玉華是郡主的身分，莫夫人雖不可能明著質問，但是暗中的不滿之情任是誰都聽得出來的。

夏玉華自然也聽出另一層意思來，一時間心裡頭實在尷尬不已，不知道如何開口。其實，一年多沒有懷上，這種事說正常還算是正常，不過當長輩的會著急擔心責問卻也並非是無理取鬧。如此一來，她的處境真是顯得格外的為難了。

「娘，我這會兒……的確還沒懷上呢。」愣了一會兒，她自然還是得實話實說，看了莫夫人一眼，目光微垂，這心裡頭也有些不是滋味。

「真的還沒有嗎？唉，妳說還沒有那肯定是沒有的，畢竟妳自己可是大夫……」莫夫人的話帶著一絲說不出來的失望，看著神色也有些不太自在的夏玉華繼續說道：「玉華，不是為娘的說妳，這種事妳可真得抓緊一些才行。妳看看，妳幾個嫂嫂、弟媳可都早就是兒女雙全了，這女人呀，說來說去子嗣可是最重要的事。陽兒跟其他幾個孩子不同，又沒有納旁的側室，就妳一人，妳說妳這麼久都沒點動靜的話，我這當娘的怎麼可能不著急上心呢？」

見夏玉華神色看上去不是很好，莫夫人也沒怎麼在意，又接著說道：「玉華，妳也別多心，我這當娘的沒別的意思，不過就是為了你們好罷了。妳自己也是大夫，要不然的話，就開點什麼方子補一下怎麼樣？娘這也是為妳好，你們小倆口若沒個孩子怎麼成呢？日子久了總歸是要鬧出芥蒂來的。這男人呀，哪個不希望早些能夠有自己的孩子，妳要拴住男人的心，沒有孩子那可是萬萬不行的！」

莫夫人這話愈說愈有些凌厲起來，顯然也跟往日對夏玉華的態度有所不同，雖說還並不太過露骨，可那語氣當真是沒什麼太多的顧忌。夏玉華不由得有些疑惑起來，不知道一向說話做事都大度而開明的婆婆，今日為何跟換了個人似的。

沒錯，她到現在還沒有懷上莫陽的孩子，可並不代表永遠都懷不上，但莫夫人說得好像她再也懷不上似的，明顯應該是還有旁的意思，並不僅僅只是為了孩子的問題。

可她也不便明言，待莫夫人說完之後，這才說道：「娘，您的話我都記住了，孩子的事情我會上心的。前些日子我也替自己與夫君好好檢查了一番，兩人身子都沒有任何的問題，想來只是時候還沒到而已。還請娘放心，我也是極喜歡孩子的，這一方面，日後會更加上心些的。」

「嗯，如此自然便好。」莫夫人一聽，也沒有再步步逼著說什麼，頓了頓後如同自言自語一般說道：「不過呀，這種事有時候還真是這樣，不是說妳想怎麼樣就能夠怎麼樣的，子嗣也是個緣分，為娘的自然希望你們能夠早些得子。」

說到這裡，見夏玉華微微抬起了頭似乎有話要說，莫夫人卻是故意再次趕忙說道：「玉華呀，為娘這還有個事要跟妳商量一下。」

「娘有什麼事只管說，玉華自當好生聽著。」夏玉華見狀，也只得將先前想說的話先行放下，讓婆婆先說。其實，她本想說她與莫陽也才成親一年多。

莫夫人見狀，故意裝出一副為難不已的樣子，片刻之後稍微咳了咳，又往四下看了看，這才說道：「是這樣的，為娘的也是為你們好，覺著你們這別院裡頭終究還是清靜了些。妳平日雖說也常去醫館，不過回來後陽兒卻成天不在家，得很晚才能回來，這日子呀肯定過得挺無聊的。要不，娘給妳找幾個人過來，一來可以多幾個人服侍妳跟陽兒，二來日後也能夠熱鬧一些。」

這話一出，別說是夏玉華，就連一旁的鳳兒與香雪也聽出了其中的蹊蹺，原來，這莫夫人繞了半天，竟是這個意思。怪不得今日突然而來，還帶來了好幾個漂亮丫鬟一併隨行，敢情這是要急著替姑爺納妾了。

一時間，鳳兒與香雪不由自主的看向了自家主子，心裡頭都氣憤不已，這才多久的時間，沒想到莫夫人便打起了這樣的主意。要知道，當初成親之前，姑爺可是跟小姐表過態，不會再納其他妾室的，這莫夫人到底是想做什麼，是擅自作主，還是有別的什麼原因？

而這會兒，夏玉華卻是完完全全的明白了今日婆婆的來意，她也聽說過幾年前婆婆便有意給莫陽送通房丫頭，只不過被莫陽給斷然拒絕了，沒想到如今卻是直接送到她面前來了。

心裡頭自然是說不出來的不高興，可是畢竟面前之人是莫陽的母親，所以她也不好將話說得太過難聽，暗自吸了口氣後，這才說道：「娘，您的意思我明白，只不過媳婦覺得平日這日子過得很好，別院裡頭服侍的人手也綽綽有餘，更不會覺得有什麼孤單無聊的。所以……」

話還沒說完，莫夫人卻是笑著擺了擺手，打斷了夏玉華的話，她似乎早就料到這媳婦會有此一說，因此也沒什麼不高興的，徑直說道：「玉兒，妳看看這幾個丫頭，個個可都是我精心挑選出來的，聰明伶俐不說，而且都忠心耿耿，日後讓她們跟著妳，定然會替妳分擔所有的煩心事。最主要的是，這些丫頭都很有分寸，我也沒旁的意思，就是想讓陽兒日後多幾個人服侍罷了。妳也知道，這男人嘛，家中若是沒幾個服侍的女人，到外頭說起來也都會讓人笑話的。

「當然，娘可不是那種糊塗人，她們呀也不必給什麼名分，將來呢，肯定也是得讓妳替陽兒生下嫡長子才行的，為娘的是一片好意，妳是個懂事又知書達禮的好孩子，這種事想來也是明白的，是吧？」莫夫人說著便也不理夏玉華的答覆，轉而朝著身旁兩個長得極為不錯的小丫頭說道：「菊英、菊紅、妳們兩個還不過來見過少夫人，日後可是得記住我的吩咐，好好服侍少爺與少夫人，千萬別丟了我老婆子的臉面。」

這幾句話與其是說給那兩個叫菊英與菊紅的丫鬟聽，倒不如說是說給夏玉華聽的，莫夫人也沒那麼多顧忌，雖說夏玉華是郡主沒錯，可嫁到他們莫家那便是莫家的人，再者這也沒什麼，不過是給自己兒子房中添兩名服侍的人罷了，也不是什麼多大的事。

若是這媳婦是個懂事明理之人，自然就應該服服貼貼的收下，畢竟這大戶人家誰沒有個三妻四妾的，她這還算是好的了，並沒有要兒子再納妾什麼的，只不過是替兒子收兩個通房罷了。所以莫夫人並不覺得自己這般做有什麼不對之處，若不是先前自己兒子一直不肯，她也不必這會兒親自來跟兒媳婦說了。

而夏玉華這會兒心中自然馬上有了想法，這樣的事若是一旦應下，那等於是默認了婆婆的這種做法。今日不過兩個通房，下次說不定便是什麼妾室，再下次指不定又是什麼。反正這種事一旦開了先例，後頭自然便如同有了裂縫的蛋殼，什麼都能夠進來了。

夏玉華本是個極好說話之人，但是有些原則卻是不能夠鬆動，比如說妾室一事，自然是萬萬不會同意；莫說是自己，就算是莫陽，她相信也是不可能答應的。

所以這會兒，她所要面對的並不是同不同意這樣的問題，而是如何回絕婆婆，既不會過於影響婆媳之間的關係，同時也能夠讓婆婆徹底斷了念頭，從些不再打這些主意。

於是，她沒有再遲疑，邊制止那兩個丫鬟的行禮請安，邊一臉堅定地朝婆婆說道：「娘，媳婦知道您的意思，也明白您這般做並沒有什麼不好的用意。但是，我與夫君成親之前，相互之間有過一些承諾。夫君的心思想必您也是懂的，而我自然也是與夫君一條心，所以這幾個丫鬟是斷不能收的。」

夏玉華的態度雖說讓莫夫人有些意外，不過卻也並非完全沒料想到，只不過沒想到這平日裡看上去脾氣溫和，性子謙遜不已的兒媳婦一旦面對這個問題，竟然全身跟長了刺一般堅決不已，毫無商量的餘地。

原先還以為，就算夏玉華心中不樂意，但是礙著她的面子，多少也不會如此明著一口拒絕了，如此看來，先前兒子不願再納其他妾室自然是與這夏玉華的態度大有關係了。

一時間，莫夫人心中不免對夏玉華生出了許多不滿，雖說陽兒的婚事老太爺說了讓他自己作主，他們也的確沒有多說什麼，可是老太爺卻也沒說過連給她自己兒子送幾個服侍之人都不能讓她作主吧？若真是這樣的話，那她這個婆婆當得還有什麼意思？

人家生兒子，她也是生兒子，憑什麼這個兒子卻連這麼一點小事也由不得她？起先，她對這兒媳婦倒也沒什麼太多的想法，總歸是自己兒子相中的，老太爺那邊也看重，所以她並沒什麼其他好說的，可是現在擺明了就是這丫頭太過厲害了一些吧，難不成真打算讓她兒子這一輩子就守著這麼一個女人，自此再也不納別的妾室？

這一點，可是觸到了她內心的底線，郡主也好，女神醫也罷，這些她統統都不覺得有什麼，反正在她看來，只要嫁入莫家，那便是莫家媳婦，女子無才便是德，有些特殊的才能又如何，盡是怪主意特多，事事都不聽他們的，有個什麼用？

「玉華，妳這話可就說得太過了些，什麼叫與夫君一條心，什麼叫這幾個丫鬟是斷不能收的？」莫夫人臉色一下子就變了，皺著眉語氣不善地說道：「只怕這是妳自己的心思吧？我知道陽兒向來疼妳，妳說的話他也是言聽計從的。這些我這做娘的也都不說了，可是妳總不能讓陽兒這一輩子身旁就只有妳一個女人吧？妳也是權貴之家出身的，更是貴為郡主，這婦德總不至於一點都不知曉吧？」

前廳裡的氣氛頓時顯得有些劍拔弩張的，旁邊的婆子丫鬟都不敢出聲，只有目光不時的在夫人與少夫人之間來回偷偷瞄著，暗自觀察著接下來有可能會發生的動靜。

而見婆婆明顯已經不高興，說出來的話也絲毫不顧什麼情面了，夏玉華反倒是微微一笑，不緊不慢地說道：「娘，您消消氣，先聽媳婦將話說完可好？」

夏玉華的溫和並不是裝出來的，此時此刻，雖然心中對婆婆的做法並不滿意，但是對於長輩的禮數卻並不會因此而疏忽掉。

那莫夫人雖然還是極其不悅，不過再如何卻也不好對著一臉溫和、試圖與自己解釋的媳婦再發什麼火，因此也不作聲，只是將頭稍微別開了一點當作默許了。她倒是要看看，這個「好媳婦」一口將話說到這種地步之後，還能夠說出些什麼來。

見狀，夏玉華卻是淡定從容地說道：「娘，媳婦知道，自古以來，世人都覺得男人三妻四妾是再正常不過的事，而咱們做女人的更是得主動的替他們安排這些事情，讓他們高興舒服才算是賢慧懂事。可是娘親，並非所有人都覺得這樣才是最好的夫妻相處之道，比如我與夫君便不覺得這樣就是好。」

見莫夫人一臉的不贊同，夏玉華也沒停頓，繼續說道：「娘親也知道，我與夫君感情極好，對於我們來說，夫妻同心便是最大的幸福。娘，我知道您自然是希望夫君能夠過得幸福快樂，這是身為父母對子女最大的期盼了。可是，每個人對於幸福快樂的理解都不一樣，也許大部分男人覺得三妻四妾才是幸福美滿，可是夫君卻不是那種喜好妻妾成群，坐享齊人之福的人，對於他來說，能得一心人比起佳麗無數要遠遠好得多，能夠踏實安心的過日子便是他最大的快樂！」

「這些都不過是妳的想法，我知道陽兒喜歡妳，對妳百依百順的，妳不讓他納妾，他現在自然是聽妳的了！」莫夫人並不同意夏玉華說的話，在她看來，一切肯定都是夏玉華不允許，偏生她這個兒子就是在這方面沒有出息，太過在意這個妻子了，所以才一直不敢納半個妾室。

「娘，我承認自己是不願意與他人共用自己的丈夫，但我卻從沒有強迫過夫君。甚至於從成親前到成親後這麼久，也從沒有與他討論過妾室之事。但幸運的是，我們其實是同一類人，不求多，只求有一知心人能夠相伴一生，如此足矣。夫君尚且有此心，我又怎麼可能辜負他的這一番情意呢？」

夏玉華微微一笑，朝著莫夫人說道：「娘親若是不信的話，只管自己單獨去問夫君便是。您是生他之人，他是不是真心自願，您自然有辦法分辨得出來。而媳婦今日也將話一併說出來，日後無論何時何地何種處境，我都會盡自己全力與夫君攜手相行，不離不棄，盡最大努力讓他開心快樂。所以娘親，兒媳也沒有什麼別的意思，更不是想惹您生氣，只是還請您能夠體諒我們，我們都已經長大成人了，會對自己的選擇負責任的。」

一席話說得合情合理，同時又不卑不亢，沒有半絲的怯弱，亦不會讓人覺得過於無禮與猖狂；更主要的是，說這些話的時候，夏玉華神色之間還帶著一種對於長輩的敬重與在意，讓那莫夫人聽著之後，哪怕並不認同卻也不好當著眾人之面再有過多的責問或者強說其他。

這兒媳婦的意思是再清楚不過了，不是她不講道理，而是她要跟自己夫君一條心。說來說去，莫夫人這會兒打心底也是憋著一口氣，暗自罵著自己那個不爭氣的兒子。如今兒媳婦的話都放在這裡了，自己若是先過不了兒子那一關，得不到兒子的同意，卻是沒這必要帶著人跑到媳婦面前來丟人現眼了。

「好好好，玉郡主果然是能言善辯，我這老婆子今日若是再強說下去的話，只怕外人還以為我別有居心，硬想挑唆什麼，破壞你們夫妻感情了。」莫夫人皺著眉，一臉惱火地說道：「行，這兩個丫頭妳不收我也不勉強，不過妳也是明白人，得知道不孝有三，無後為大，妳自己也是大夫，有著一身的好醫術，有這工夫跟我在這裡說這些道理，倒不如多想想辦法，早日替陽兒生下一男半女的。」

說罷，莫夫人也不再多說，徑直起身站了起來，帶著隨行而來的那些婆子丫鬟便徑直離去。夏玉華見婆婆都稱呼自己為郡主了，心知這是真動了火，因此也不好再多挽留。只是耐著性子好聲哄了兩句，也不管婆婆是否領情，親自帶著人一併將其送到了大門口，一直等到轎子離開之後才嘆了口氣，轉身回屋。

「小姐，妳沒事吧？」進屋之後，香雪很快端上一杯茶給夏玉華，小聲的詢問了一句，先前的情況還真是如同六月驚雷似的，說變就變，這莫夫人的情緒與反應當真也是太過反常了吧！

「我沒事，妳們不必擔心。」夏玉華接過茶喝了一口，今日也真沒想到好端端的竟然事情就成了這個樣子。

一開始，她的確不願讓自己與婆婆之間的關係變成這個樣子，可是似乎這樣的事情並沒有什麼兩全其美的法子，能夠做的也唯有如此，不然最終只會讓這誤會越來越深。至於今日與婆婆之間形成的這些不愉快，也只能夠靠日後慢慢來化解，畢竟日久總會見人心。

只不過，這會兒工夫，夏玉華最關心的卻並不是這一方面，而是婆婆的態度為何會突然產生這麼大的變化。雖說她也知道在婆婆心中有這樣的想法是再正常不過的，可是這般突然明著帶人上門，並且態度還頗為不善，如此行事風格顯得太過唐突，完全不似婆婆往日的作風。

夏玉華哪裡不知道自己這婆婆的性子，向來都是做事滴水不漏的，處事待人也從不會讓人挑出什麼毛病來，而今日這做法實在太讓人覺得有些怪異了。

「小姐，妳別放在心上，那些都不過是夫人的想法，少爺自然是不會答應的。」鳳兒卻是心裡藏不住話，直接說道：「還有孩子的事妳也別多想，妳與少爺都是多福之人，日後自然會兒女成群的。」

夏玉華知道鳳兒是好意，怕自己因為先前的事而心裡難受，所以並沒有責怪其多嘴，只是微微搖了搖頭。「鳳兒不必擔心，我真的沒事。」

說罷，她微微眨了眨眼，神情略顯嚴肅，片刻之後似乎想起了什麼，又朝著一旁的香雪說道：「香雪，妳現在去替我辦件事。」

第一一七章

香雪辦事的能力如今是越發的厲害了，夏玉華上午才交代的事，下午她便一一打聽清楚回來了。

「小姐，事情都打聽清楚了。」香雪邊說邊上前在夏玉華耳畔低聲述說著，待說完後這才退後了些，立在一旁候著。

而聽完香雪的回報，夏玉華這才明白，為何向來做人圓融的婆婆今日怎麼會如此的反常。果不其然，這事並非表面上看來這般簡單。

從香雪所敘述的一些細節中看得出來，這些日子，莫夫人也是受到了不少的外在壓力，雖說那些壓力都並不是明著來的，可是隱藏於無形中的反而會讓人覺得負擔更大。

那些世家名門，甚至王侯將相的貴婦們最近也不知道是不是閒得太慌還是受什麼人之託，竟然輪流著跑去莫家找莫夫人閒聊，言談之間竟然都不約而同的提到了夏玉華，提到了莫家這個身分特殊的兒媳婦。

香雪雖然並沒有具體說明那些貴婦們都跟自己婆婆說道了些什麼細節，但是卻知道肯定沒什麼好話，不然的話，自己婆婆也不會一改往日的性子，如此沈不住氣地跑到她這裡來又是送人又是提及子嗣等問題。

婆婆的態度她暫且不論，可那些貴婦們為何這個時候竟然跟約好了似的相繼去莫家呢？為何都要明裡暗裡的提及她，為何都要與她為難？夏玉華不是傻子，對於這種檯面上的事再清楚不過，如同那些人不是因為利益所致的話，便一定是有某種特殊的力量在後頭指使著她們，不然的話，這麼多身分高貴的人，又豈會為了她這樣的私事而勞師動眾的呢？

鄭默然，這便是你所說的不會放棄嗎？這也是你所謂的行動之中的一部分嗎？激起莫家人與她的矛盾，先讓她與莫陽因此而產生隔閡？如果是這樣的話，那麼他還真是錯了，不論如何，她也不會讓他如願，更不會讓自己與莫陽之間因此而產生什麼不必要的隔閡。還有自己的婆婆，她也不會坐視著讓人挑撥她們婆媳之間的關係。

既然現在有人已經出招，那麼，她自然也不會害怕，應該接招便接招，應該拆招便拆招吧！

「香雪，妳過來一下，我還有事要交代妳去辦。」夏玉華想了想後，又朝著香雪招了招手，顯然已經有了對策。

香雪見狀，自然趕緊上前一步，仔細的聽著，片刻之後這才點頭說道：「小姐請放心，此事奴婢一定會辦好的。」

「等等。」見香雪這會兒便想轉身出去辦事，夏玉華叫住她，說道：「妳叫上松子，讓他跟妳一併去，有他跟著妳，我也放心一些，再者，千萬別讓人發現。」

「是！」香雪連聲領命，而後自信的一笑，一副儘管放心的樣子，再次退了出去。

香雪剛剛才走，鳳兒便端著一些吃食走了進來，今日這麼一鬧騰，小姐中午都沒吃多少東西，所以先前她特意去廚房讓人煮了些清淡的食物。在外頭正好迎面碰上了走出門的香雪，還沒說上兩句，便又匆匆的走了，似是有什麼急事要辦一般。

鳳兒也知道，上午的時候小姐交代了些事讓香雪去辦，想來應該是辦好了回來稟報的，也不知道這會兒怎麼又走了。

「小姐，香雪什麼時候回來的，怎麼急急忙忙的又走了？」鳳兒將吃食放下，邊盛到小碗邊順口問了一句。

夏玉華接過鳳兒遞過來的碗，笑著說了一聲：「她幫我滅火去了。」

而後，便不再多言，自行挾起碗中吃食來，而鳳兒聽罷，雖不知道具體是什麼意思，但多少還是明白個大概，因此也沒有再多問，微笑著候在一旁。

晚上的時候，莫陽回來了，一進屋子便問起了夏玉華今日白天發生之事，不過卻並沒有半句指責，反倒是讓玉華別將這事放在心上，母親那邊他自然會找時間去好好說明的。

「陽，你怎麼知道家中之事？」夏玉華問了一聲，莫陽這才剛剛回來，家裡人誰都沒有機會跟他提及，想來肯定是從別的管道得知的。

莫陽本就準備同玉華說這事，這會兒聽她這麼反問，自是沒有多繞，徑直說道：「我在外頭便知道了，莫家一個婆子特意跑去找我，將今日母親過來送人之事說給我聽了，不過那婆子添油加醋了不少，顯然是想故意挑事，被我當下一頓訓斥並且將人直接給趕出莫家了。」

聽了莫陽所說，夏玉華更是肯定了先前自己的猜測，因此從頭到尾把今日家中所發生的事一五一十的述說了一遍。莫陽邊聽邊不時的點頭，直言夏玉華的處理並沒有任何的不妥，而且也點出了母親今日的行為極其反常。

見狀，夏玉華又將後來她讓香雪去打聽到的一些事一一的說了，莫陽一聽，更是明白不已，直道這其中肯定是有人故意想挑撥他們一家人的關係，想激起家中人的矛盾。而他的想法與夏玉華一致，畢竟能夠有這麼大的能耐同時讓那些貴婦出面共同挑唆，又與他們之間存在過節的也只有那麼一個人了。

「沒想到他的動作倒是挺快的，好在這會兒也不過是小打小鬧，我那邊還得幾天時間才能夠完全準備妥當。」莫陽說了這麼一句，不過片刻後卻是微微皺了皺眉道：「不過我總覺得這事還是有些不太對勁，按理說當今皇上可不是這種喜歡小打小鬧的人。」

若只是單純的想從家族這方面來施壓的話，效果並不會太好，畢竟只要他與玉兒之間不致有誤會的話，其他的一切都容易解決，只不過是時間長短的問題而已。莫陽不知道這事到底還有什麼疏漏，反正就是覺得鄭默然應該不僅僅只是這樣的小手段而已。

莫陽的提醒讓夏玉華也不由得沈默了，片刻之後，她卻是沒有再多想，直接朝莫陽說道：「無妨，不論到底他這一次想做什麼，反正咱們見招拆招便可。剛剛我已經吩咐香雪悄悄去找清寧公主還有世子妃等人了。」

「找她們做什麼？」莫陽一聽，卻是馬上反問。這兩人他都認識，一個是李其仁的母親，另一個則是鄭世安的世子妃。玉兒認識清寧公主不算奇怪，可是那世子妃又與她有什麼關聯呢？

見狀，夏玉華微微笑了笑道：「找她們幫忙解決眼下這事再說呀。其實，拋開其仁，我與清寧公主也算是頗有交情的，這個忙也不致太過麻煩，想來她肯定會幫的。至於世子妃，當年我曾與她有過一面之緣，並且兩人之間也算是相互幫過忙，她也曾說過日後願意幫我一次。所以我才會想到了一個辦法，不管今日之事到底是何人所為、目的何在？總之先給他來個以其人之道還治其人之身，先解決之後再說。」

聽到這些，莫陽倒是知道玉華這會兒心中肯定是作好了打算，本想問她具體準備如何做，不過話還沒出口，那丫頭便略顯興奮的靠了過來，在他耳畔低聲訴說著。

「這法子也只有妳想得出來了。」一聽罷之後，莫陽不由得笑了起來，一臉寵溺的搖了搖頭，而後將夏玉華摟入懷中說道：「好，妳想怎麼做都行，這事我不會多理，讓妳自行處理便好。不過有一點妳大可放心，不論如何，妳都要記住，我永遠都會與妳同心同德，執手相偕一路到老！」

簡單的兩句話，不是誓言卻比誓言更溫暖人心，他們之間不需要太多的言語，因為彼此信任，彼此理解，彼此體諒，彼此相愛，如此，一切便不成問題，一切困難都能夠度過。

屋內氣氛正是你儂我儂之際，外頭響起了一陣輕咳聲，隨即鳳兒的聲音響了起來，只說香雪已經回來了，問夏玉華這會兒是否得空見香雪。

其實，鳳兒與香雪在外頭已經候了一小會兒了，偷偷看了一眼裡屋的情況，見這會兒主子倆正甜甜蜜蜜的，一時間也不知道到底適不適合打擾。等了許久，見小倆口的濃情密意怕是一時半刻沒這麼快消褪，因此鳳兒這才輕咳了一聲。

聽說香雪回來了，夏玉華與莫陽不由得對視了一眼，而後彼此一笑，先行分離開來，稍微整理了衣衫後，這才朝著外頭應了一聲，示意鳳兒與香雪可以進來了。

沒一會兒工夫，兩個丫頭便一併走了進來，簡單的行禮之後，香雪便朝夏玉華稟告道：「小姐，事情都已經辦妥了。」

夏玉華一聽，微微笑了笑，嘴角的弧度帶著少有的得意之色，好吧，她不得不承認，做妒婦也不是人人做得來的。

而清寧公主與蝶舞受託辦事的能力也當真不俗，不到七、八天的時間，原本一直對夏玉華耿耿於懷的莫夫人，竟然出乎意料的平靜了下來，不但不再因為那日之事而記恨這個兒媳婦，而且還在昨日夏玉華前去請安之際，親自當面將事給說開來了，而且也承諾，日後不會再多加干涉兒子與兒媳之間的這些事。

其實，事情很簡單，外人可能並不清楚，夏玉華則明白得很，她並沒有讓人做什麼特別之事，只不過是透過一些手段讓莫夫人明白，那日之事純屬有心之人故意挑撥，想讓他們莫家不得安寧罷了。

莫夫人本就是個聰明人，先前也不過是因為一時被人給說懵了，這會兒有清寧公主與蝶舞這樣的人暗中出手幫忙，經過一番敲打之後，哪裡還會不明白這其中的利害關係呢？再者，她也意識到了，自己這兒媳婦醫術高明，連不孕之人都可以治好，子嗣方面倒也的確是她太過於著急了。

畢竟不過成親一年多罷了，當年她也是婚後第二年才懷上孩子的，想想那天也真是被人給挑撥過了頭，這會兒靜下心來思索，當真是不能夠自家先亂了陣腳，讓外人有了看笑話或者從中謀利之便。

不過，這事看上去像是輕鬆的解決了，但其中有些過程還真是外人無法知曉，比如蝶舞暗中所做的一些努力，夏玉華雖不完全清楚，但卻也是能夠想像得到的，所以心中對她們自是感激不已。

但不論怎麼說，這件事情總算是勉強告一段落，有種來也匆匆、去也匆匆的感覺。不過夏玉華心中知道，這些都僅僅只是一個開始罷了，有些事情，莫陽雖然並沒有對她說，不過她卻已經明顯的感覺出莫家的一些生意開始出現或多或少的麻煩。

可在鄭默然並沒有真正亮出底牌之前，莫陽手中的底牌也不能這麼快亮出來，唯有繼續順勢而為，先行填補漏洞，待到時機成熟之際，方可一併亮出底牌，治標兼治本。

磕磕絆絆的，又是大半個月過去了。

這日上午，蝶舞上門來了。這世子妃不僅因為陸無雙一事與夏玉華有了些交情，前幾個月還因為得了夏玉華所贈的秘方而有了身孕，因此私下交情更是加深了許多。

而這一次，蝶舞給夏玉華帶來了一個偶然得知卻又極其重要的消息！

送走蝶舞之後，夏玉華只覺得自己周身冷颼颼的，她萬萬沒有想到會得知一個讓她從骨子裡發寒的不可思議的消息。

說來，蝶舞得知此消息也真算得上是偶然，道虛身旁近身弟子正是蝶舞奶娘的小侄子，那日皇上與道虛密商此事時給偷聽到了。前幾天來探望奶娘時一不小心跟蝶舞說溜了嘴。剛開始蝶舞也並不敢肯定到底是真是假，怕萬一不是真的說給夏玉華聽反倒是給人家添堵，可轉念一想，若是真的話，這事可就麻煩大了。

若是真的，雖說她幫不上什麼忙，可是及早知會一聲，也好讓玉華心中有個底，說不定玉華與莫陽便能夠想出其他解決的辦法。所以，蝶舞確是花了不小的工夫，周折好些來回，總算是將消息大致確定了。

而聽蝶舞提及道虛之際，夏玉華卻是立馬警覺了起來，就算蝶舞沒有再格外的去證實，她卻也對此消息更加肯定了。以前，她並不太清楚《太虛心經》具體的作用，可是自莫陽將那幾冊古書送過去後，她便明白了過來。

想來，那道虛卻也是抵擋不住道家至寶的誘惑，所以才會破壞戒律的幫鄭默然進行所謂的改命。她並不知道道虛是否真有如此通天的本事，可是隱隱卻已經感覺到了近期與她有關的人或事所發生的一連串變化多少都應該與此有關。

一思及此，她也等不及莫陽回來了，當下便讓香雪收拾了一下，直接按蝶舞所說的地方去找那道虛。不論那改命之說到底能不能靈驗，她卻是知道自己的心絕對不會有任何的改變。但總歸擔心會影響到其他的一些事情，引起更多的麻煩，所以解鈴還需繫鈴人，先去會會這道虛再說。

好在如今這道虛還在京城之中，而且有了蝶舞提供的正確地址，夏玉華並沒有費多大的功夫便找到了人。

看到夏玉華，道虛立馬便知道了來意，他先前曾在鄭默然那裡見過此女的畫像，所以一眼便認了出來。其實，他也早就知道會有這麼一天，畢竟這世上沒有不透風的牆，再者這女子並非普通之人，所以找上門來責問也是再正常不過的事，只是沒想到竟然這麼快罷了。

「郡主請坐，不知郡主駕到，貧道有失遠迎，還請見諒。」道虛總歸還是修行深厚之人，因此神情氣度自是與平常無異，但也並沒有裝作不認識的樣子，人家既然都已經找上門來，也沒必要刻意掩飾什麼。

「不必坐了，大師神通，想必已經知道我今日前來所為何事。」夏玉華擺了擺手，立在那兒，也不多繞，徑直說道：「我有幾個問題想請問大師，問完便走，還請大師能夠如實告知！」

她一臉的正色，雖心中對於道虛的所作所為很是不滿，不過卻也並沒有太過盛氣凌人，只是那種不可侵犯的神情卻躍然臉上，讓人不由得不敢正視。

「郡主請說，貧道自是不打誑語。」道虛見狀，也沒有再多勉強什麼，過錯既已犯下，擔當卻是不能再少分毫。

夏玉華聽了，便直直看著那道虛，沈聲問道：「改命一事是否為真？確為大師所為？」見果然是為這個事情，道虛心中微微嘆了口氣，而後痛快應道：「是真的，確有此事，亦為我所為。」

見道虛並無任何隱瞞之意，夏玉華接著再道：「再請問，大師當真有此能耐替人改命？」

「若是常人，的確十拿九穩。」道虛直言道：「貧道也知道這種事不可為，但是慚愧得很，為了那一套《太虛心經》卻還是犯下了這等大錯。不過貧道不敢有半點欺瞞，這個改命之法對於郡主您到底是否有效，卻並不一定。這一點，貧道先前也是跟皇上說過的。」

「為何？」夏玉華一聽，這心中倒是並不懷疑道虛之言，畢竟都到了這種時候，彼此心知肚明的，道虛這樣的人也沒必要再說什麼謊話來騙她。只不過，她卻是不明白道虛所說的改命之法對於她是否有效卻並不一定。

這一點，她必須得弄清楚，若是這道士的改命之法真的產生了作用，那她無論如何也得讓此人道出破解之法來。

道虛頓了頓，略顯釋然地說道：「其實道理很簡單，因為我根本算不出郡主的命，所以改命一事自然也就不同於一般人那般肯定了。當日皇上將您的生辰八字給了貧道，並且拿了您的畫像，不過貧道卻始終無法算出您的命。郡主命格奇特，不同於常人，也正因為如此，所以貧道才動了念頭，答應了皇上的要求。」

當日，道虛的確有些僥倖心理，既想得到那套《太虛心經》，又不願真的觸犯太多的天機。猶豫之際，突然想起夏玉華的命格奇特，並不在他所掌握之中，因此才會有此念頭。既然連命都算不出，那改命之法估摸也是很難對其產生作用的，即便有，也應該只是一些細微的影響，不可能真的有太大的作用。

而且最主要的是，他也事先跟皇帝說明了這一點，皇帝自己點頭應下了，那麼能夠有多大的效果便也不是他的責任了。道虛不得不承認，為了這套《太虛心經》，他的確違背了許多的戒律，不但如此，對自己的道行修為也損害很大。

還有一點他覺得十分奇怪，那就是他為何會算不出夏玉華的命格。哪怕像鄭默然這樣的帝王，他也可以算得出來，可是夏玉華不過是一介凡人，身列五常之中，卻偏偏完全算不出來，這實在是讓他萬分不解。

「算不出來？」夏玉華喃喃的反問了一聲，心中頓時快速的尋思起來。看來，道虛之言應該沒錯，她本就不是普通命格，一個死過一次的人，一個重生之人，若是能夠被算出命的話，那還真說明了這道虛真的已經不是常人了。

道虛與那位送自己煉仙石的高僧相差得太遠，那高僧已經超脫五常之外，進入飛升階段，所以才能夠一眼看出她重生的真相。而道虛雖然比起塵世普通道家修行者來說道行要高了許多，但是卻還在凡塵之中，肉眼凡胎受限太多。

「是的，貧道的確算不出來。」道虛又道：「所以，郡主大可放心，貧道雖用了改命之法，但是最終勢必不會對您的命產生什麼本質的改變。」

夏玉華雖然也已經猜測到了，不過卻依舊皺了皺眉道：「可是，即使對我沒有本質的改變，但是卻極有可能造成一些本不會有的影響與麻煩，對嗎？不說旁的，至少大師如此一鬧，不就等同於讓皇上更加深了一些不應該有的執念嗎？」

聽到夏玉華的話，道虛也不否認，沈默了一會兒，微微嘆了口氣道：「郡主所言自有道理，貧道實在慚愧，只不過事已至此，也沒有什麼其他破解之法，貧道自知錯在己身，所以不論郡主想如何責罰都不會有半句怨言。」

「大師，您本是修煉之人，卻為了一己私慾而破戒做出這等損人之事，實在讓人覺得羞恥！《太虛心經》並非凡物，即便大師強求而來，但若本身與它無緣，亦不會有任何的作用，反倒只會讓大師折損修為而無半點益處，如此一來確是害人害己。」

夏玉華一臉正色地說道：「不論如何，對於我來說，任誰都無法改變我的心志，所以不論是大師還是皇上，做再多亦是枉然。今日，我也不想責罰於您，大師本為修道之人，當知因果之說，自己種因定當承果，您所做的一切，必然會付出應有的代價。而今大師既然坦言說出一切，倒也說明了還有悔悟之心，還望大師日後切莫再行差踏錯，自損其德！」

說罷，夏玉華也不再多言，徑直轉身快步離去。

望著夏玉華離開的身影，道虛此刻心中震撼不已，想他修行一世，竟然還比不上一個年輕女子有悟性，相比之下，著實汗顏無比。同時，道虛在察覺出夏玉華的特殊之外，甚至於隱隱覺得那套《太虛心經》似乎與這女子有些關係。

這樣的感覺並沒有什麼太多的理由，只是一種一閃而過的直覺。他並不敢確定夏玉華有別於普通凡人，但是有一點可以斷定，此女心志過人，非尋常人可比，眉目之間隱有靈氣，當真讓人費解。但不論如何，道虛卻是記住了夏玉華說的最後那幾句話，凡事切莫強求！

第一一八章

從道虛那裡離開之後，夏玉華也沒有再往旁的地方去，一路直接回了家。不過，這前腳剛剛踏進門，後腳還沒來得及多走幾步，卻發現家中的氣氛很是不對勁。

抬眼往前邊看去，只見前廳似乎多了不少宮裡頭的人，而鳳兒則已然候在了外頭，似乎是專為等她一般。

見夏玉華回來了，鳳兒趕緊著上前說道：「小姐，宮裡頭派人來了，正在前廳等著呢。管家讓奴婢悄悄在門口候著妳，先跟妳知會一聲，也已經派人去通知少爺了。」

夏玉華點了點頭，卻沒有停下腳步，一路走了進來，原本坐在前廳休息的太監趕緊起身朝她行禮問安。這些人也沒有多耽擱，徑直向郡主稟明來意。說是皇上可能舊病復發了，這會兒身子很不舒服，太醫看過後也沒什麼效果，所以這才特意讓他們來請郡主進宮替皇上看看。

她也沒有再多想，朝著那太監說道：「既如此，本郡主隨你們進宮一趟便可，只不過既然是皇上舊病復發，那我還得準備些東西，以便一會兒醫治。你們先在此等上一等。」

那太監一聽郡主並沒有多加為難，而是直接應了下來，這心裡頭自然是鬆了一口氣，連忙高興的點頭領命。等會兒就等會兒吧，反正皇上那也不是真等著醫治救命，稍微遲上一點也並無大礙。再者他們只當這郡主並不知情，以為皇上是真的舊病復發，所以這準備治療的東西也是再正常不過的事了。

夏玉華吩咐過後，便帶著鳳兒與香雪先行回屋去，她自然不是真準備什麼東西，只不過先前鳳兒說了，管家已經派人去通知莫陽。而以莫陽的性子，知道後定然會擔心不已，若是一會兒回來沒見著她的話，說不定會直接往宮裡頭衝去。

所以，她自然還是在家先行等候，一來可以與莫陽通個氣莫讓他太過擔心，二來也好有個照應。

而莫陽果然很快便回來了，還沒進門便看到了在門口候著的管家，知道這會兒玉華還在家中，因此便按玉華先前所說的，繞過了前廳直接先往屋子而去。

「玉華，一會兒我陪妳進宮。」一進屋子，莫陽便直接朝著在那裡等他的夏玉華道：「不論他是真病還是假病，總歸有我在，他不敢將妳如何！」

一收到管家派人送來的口信，莫陽馬上放下手頭所有的事，二話不說便直往家中趕。鄭默然派人來家裡，肯定沒安什麼好心，所以他哪放心得下？

在家門口之際，他已經從管家那裡得知了宮裡頭派人來的目的，說什麼皇上舊病復發，太醫們都治不好，只得請玉華進宮替其診治一番。這樣的藉口著實不錯，只可惜他莫陽卻沒有那麼天真，真會相信這些騙人的鬼話。

看到莫陽，夏玉華當即舒心一笑，上前主動拉著他的手道：「陽，你不必如此擔心，我不會有事的。」

「傻丫頭，他不過是找個藉口讓妳進宮罷了，難不成妳還真信他是舊病復發？」見玉華並沒有讓自己陪同進宮的意思，莫陽微微皺了皺眉，並不掩飾此刻自己的擔心。

夏玉華聽了，卻是搖了搖頭道：「當然不是，他的病我最為清楚，好了便是好了，斷不會再有什麼復發的情況發生。只不過，今日我正好知曉了一件很重要的事，再加上先前你所準備好的底牌，想來卻是剛好利用這次機會好好跟他做個了結。」

「什麼事？」莫陽一聽，自是下意識的問道。看玉華的神情，似乎這事很不簡單，而先前進來之際，管家還曾順便告訴過他，今日世子妃曾來過一趟，並且世子妃走後，玉華緊接著也出了一趟門。想來玉華所說之事，應該與此有關。

「陽，此事一時半刻也說不清楚，這會兒外頭的太監還在等，我先前只說是要準備些東西，不便耽誤太久。」夏玉華一臉正色地說道：「不過你放心，等回來之後，我一定將事情細細告訴你。這會兒，你先別急著多問，一會兒我進宮之後，還得替我去辦件事才行。」

夏玉華的行事作風，莫陽向來也清楚，既然她這般說，那便說明真是胸有成竹，思索了片刻，便也答應了。「讓我辦什麼事？妳只管說吧！」

簡單的將事情跟莫陽說完之後，莫陽馬上明白了過來，點了點頭道：「放心吧，這事好辦，從京城到邊境快馬加鞭的話五日便可以到達，況且有我的親筆書信，我想西南王妃那邊應該不會有什麼問題的。」

夏玉華在莫陽回來之前，已經先行寫好了書信，這一次，她還需要借助外力，對鄭默然形成各方面的壓力。而上一次西南王妃的書信之中也明確提到了，若是她有什麼需要幫忙的地方自是義不容辭。所以這一回，倒是正好派上了用場。

而這麼重要的書信，也唯有交給莫陽去處理方可放心，所以在她進宮替鄭默然施行所謂醫治之前，自然是得將此事安排妥當。

聽了莫陽所說，夏玉華又出聲安撫了幾句，保證一定會照顧好自己，保護好自己，絕對不會出什麼差錯。見事情也都安排好了，她這才與莫陽暫時道別，先行帶著香雪去到前廳，與那些宮人一併進宮。

進宮之後，太監直接將夏玉華帶往皇帝的寢宮，而香雪則在半途就被攔了下來。見狀，夏玉華也沒多說什麼，只是朝香雪示意了一下，讓其在那裡先行等候，而後便跟著太監繼續前行。行走間她微微搖了搖頭，心中暗自笑道，看來這戲還真是做得滿周全，病人這會兒自然應該是在寢宮裡休息才對。

夏玉華被帶入寢宮之後，只見鄭默然這會兒正半臥於睡榻上，神色看上去倒還真有幾分不太好。見夏玉華來了，便伸手朝一旁服侍的宮人們揮了揮，示意他們都先行退下。

說來也奇怪，起先他讓太監去請夏玉華進宮時，只是有些沒精神罷了，因此便順勢找了這個藉口。卻不曾想到，那太監剛剛離宮沒多久，他還真變得頭暈眼花起來。這會兒可不只是沒精神了，都有些站不太穩，先前讓人服侍著半臥之後才稍微好了一點。

心中暗自有些疑惑，莫不是自己真的是舊病復發了？想起之前那道虛所說的話，他倒是有了些心理準備，看來那改命一事，竟然真的對他產生了影響，連帶著身體也開始有了變化嗎？

不過這會兒看到玉華已然來到，鄭默然卻是將其他一切想法都先行放到一旁，也不知道是心理作用還是什麼因素，甚至都覺得整個人好了不少。

「玉華，妳來了？」原本，他還真作好了這丫頭會賭氣不肯來的打算，所以這才特意叮囑那些宮人不得無禮，更不得為難半分，而這會兒見她來了，算算時間也沒怎麼耽擱，因此心裡頭不由得湧現出幾分愉悅。

「臣女聽說皇上身子不大舒服，自然不敢不來。」夏玉華並沒有怎麼去理會鄭默然的招呼，微微行了一禮，一副公事公辦的樣子，徑直說道：「待臣女先行替皇上請脈吧！」

鄭默然也知道夏玉華的心思，因此也沒去拂逆她的意。請脈便請脈吧，能這樣靜靜的看著她也是好的，總歸是以此為由叫她來的，雖說大家都心知肚明，卻也沒必要點破。

見鄭默然並沒有反對，夏玉華便自行準備了一下，應付也好，還是其他的也罷，總歸人家說是舊病復發，人都來了，請個脈做做樣子卻也無妨。

一開始，夏玉華只當鄭默然肯定是沒什麼大礙的，雖說進來之際，瞧著他臉色的確有些不太好。所以她也只想著做個樣子應付一下，而後便按進宮前打算好的再跟他好好說開這個事情。

只不過，當她切到鄭默然的脈象之際，卻不由得看了一下眼前的人。原本以為是無事裝病，卻不曾想到竟然不是，雖然不是舊病復發，但鄭默然的身子卻真的不是裝病，而是實實在在的出了問題。

「如何？」一見夏玉華神情略微有些異常，不過卻很快又恢復正常，只是切完脈後並沒有急著出聲，反倒是自行走至一旁，打算用宮人先前準備好的筆墨開方子，鄭默然這時卻是主動出聲問了。

這會兒，他倒不是真的多在意自己的身子，只不過不問這些的話，似乎玉華也不會主動跟他多說什麼似的。他知道，上一次在官邸後花園，自己的言行舉止只怕是讓這丫頭越發的厭煩了，否則的話，今日又怎麼可能連半句多餘的話都不願對他說呢？

離那道盧所做的改命一事已經隔了不少的時日了，而且他自己也一直都沒有放棄，做了不少的事想要改變一切。可是似乎效果並不怎麼好，這讓他心中越發的焦慮不安了。

他連這般卑鄙的法子都用上了，可笑的是竟然沒有得到所想要的結果。他知道道盧應該不會欺騙他，可是道盧同時也說過能否成功卻也是個未知數。

而現在看來，道盧所言果真不假，只不過，靈驗的不是玉華的命被改，反而是自己因為做下這事所要付出的代價正在慢慢的襲來。他在心底輕嘆一聲，若是連這樣都無法讓玉華改變心意的話，日後，他還能夠如何呢？

沒有想太多，鄭默然稍微恍惚了一下，很快便將注意力全都放到了玉華的身上，聽著玉華開口說話。

而夏玉華自然不知道這麼一瞬間的工夫，鄭默然心中閃過了那麼多的想法，她只是如實的說出皇帝身體的情況。不為別的，只因為她是一名醫者，既然發現了問題，自然也不能昧著良心隱瞞不說。

「皇上，臣女剛剛細細診斷了一番，依目前的情況來看並非是舊病復發，您的舊病按理說也是不可能再復發的。只不過，臣女發現您的身子有另外一些問題，氣虛得厲害不說，肝火也過旺了。雖說不是什麼大病，卻還是得好生調養一番，不然的話小病便會成大病。」

夏玉華邊說邊又問道：「還有，您是不是覺得有時頭暈眼花得厲害？」

「是的，在妳來之前的確頭暈得厲害，所以這才半臥於此，不過現在這會兒好多了。」鄭默然如實的說道，見夏玉華並沒有因為對自己的不滿而隱瞞病情，心中卻是說不出的滋味。

他也知道夏玉華並不是那種心胸狹窄，挾私報復之人，更何況，她的醫品醫德素來有口皆碑，只不過他們之間目前的關係似乎格外的複雜，若是玉華因此而故意瞞著他的病況不說，他其實也是能夠理解的。

而夏玉華並沒有想太多，聽到鄭默然的回答之後，繼續說道：「會頭暈眼花，那是因為您身子突然過於虛虧所致，至於為何會突然這般虛虧，我一時間卻也查不出原因來，看上去不像是一般的作息不正常，或者常見的其他原因。」

具體的原因，鄭默然心中自是明白的，所以只是微微笑了笑，示意已經明白了她的意思。

「臣女先替皇上開個方子，按方子調養一段時日再說。」夏玉華只是稍微抬眼看了一下鄭默然，而後便徑直到一旁坐下提筆開起了方子。

雖說因為鄭默然的過度執著，讓自己的生活多了不少麻煩，可是平心而論，夏玉華覺得鄭默然並不是一個十惡不赦的人，再者，之前總歸也是受他幫忙過，所以這會兒看著他真的病了，卻還是先放下兩人之間的那些恩怨，將病況一五一十的說出來，並開好方子再說。至於她開的方子，鄭默然會不會用那便不關她的事了。

開完方子，夏玉華也不必煩勞鄭默然，自行喚了宮人進來，讓他們將方子拿去給太醫過目，確定無誤之後再拿去配藥、煎藥。

「直接拿去太醫院配藥、煎藥便可。」鄭默然卻是朝那已經接過方子的宮人吩咐了一聲，並沒有讓宮人再去找什麼太醫確認。而後又揮了揮手，示意退下便可。

宮人見狀，自然連聲領命，拿著方子很快便退了下去。皇上對於玉郡主的信任還真是沒得說，不過也的確，姑且不論皇上對玉郡主的態度，單憑醫術，宮裡頭的這些太醫也是沒法相比的。

而夏玉華見狀，也沒有再多說什麼，只是稍微將東西收拾了一下後主動朝鄭默然道：「皇上，已經看完病，雖說今日您身子有些不太舒服，不過有些事臣女想趁此機會詢問一二，不知皇上可否允許？」

本就知道今日之行鄭默然必定不可能讓她真的就這般看完診便草草結束，所以夏玉華索性反被動為主動，自行先提出來，也省得處處陷於糾結之中。

聽到夏玉華所說，鄭默然卻是有些意外，本以為玉華定然是馬上急著想要離宮的，沒想到竟然會主動提出有話要說。雖說他也明白肯定不是如他所想像的一般，只不過能夠得到這丫頭主動跟自己交談的機會，怎麼說也比她馬上轉身而去來得好。

也罷，既然這丫頭主動出聲了，那鄭默然自然也沒有半點拒絕的理由，畢竟先前的想法也是再簡單不過，哪怕她只是進宮來應付一下便轉身走人，能夠看看她、聽聽她的聲音，對自己來說也是一種開心之事。

「當然可以，坐下再說吧。」他笑著指了指一旁早就讓宮人準備好的錦凳，示意夏玉華坐著休息一會兒。

見狀，夏玉華卻是微微點了點頭以示謝意，不過卻並沒有坐下來。「多謝皇上，不過臣女要說的不多，說完之後便不再打擾皇上龍體休息。」

「嗯，也好。」鄭默然也知道夏玉華的脾氣，因此並沒有勉強，邊說著邊調整了一下臥姿，坐了起來。「妳自己喜歡便行，想說什麼便說吧。」

夏玉華這話的意思再明顯不過，等她說過之後，便要馬上離宮，這是明著示意，讓他一會兒不要再找些旁的理由加以阻攔要她多逗留罷了。鄭默然自是明白，心中不由得一陣嘆息，萬千滋味再次湧上心頭。而他更沒有想到的是，夏玉華接下來所說的話更是讓他震驚不已，亦有種說不出的無奈與酸楚。

鄭默然這般說，夏玉華自然也不再客氣，徑直朝著他問道：「臣女斗膽，敢問皇上幾個月前是否曾讓道虛替臣女改命？」

赤裸裸的詢問沒有半點的鋪墊，也絲毫沒有婉轉的言辭，事實上在這樣的大事上，確也沒有必要拖泥帶水。今日進宮前，她便已經想得一清二楚，首先便是將改命一事攤開來說以破除他的妄想，而後便是亮出莫陽手中的底牌，當然最後再加上西南王那邊的情況。她就不信，這麼多的事合在一起，還不能夠讓鄭默然知難而退，不再做任何徒勞無功的堅持了。

而鄭默然乍聽到之後，神色瞬間變得怪異無比，他無法壓抑心中說不出來的複雜滋味，此刻在玉華面前，似乎有種被扒光了衣裳的感覺，連心底最深處的那絲悲哀亦都無處隱藏。

他暗自吸了口氣，愣了片刻這才將一瞬間沒有收藏住而流露出來的異常情緒壓了下來，再次看向玉華之際，卻發現那個丫頭依舊用那種靜默而讓人無法躲避的目光看著自己。

他知道，玉華已經知曉了一切，否則的話也不可能這般直接而淡定地質問自己。對，就是質問，雖然她的語氣並沒有質問的意味，所說的也並無太過強烈的言辭，甚至於那神情亦是淡定從容。可是，正因為這樣，鄭默然反倒是看到了那平靜背後的責問，那種一眼可以看透人心的鋒芒。

事到如今，他似乎已經沒有了最後的退路，而掩飾與否認也早就失去了任何的意義。他明白，這個丫頭如此強勢而冷靜的面對自己主動道出真相，也許為的就是在今日要與他徹底的做出一個了斷。一切明明才剛剛開始，明明玉華才說了一句話，可是他卻如同已經看到了結局似的，而且那樣的結局正是他所最不願意去面對的。

他半天都沒有說話，只是靜靜的看著玉華。他想一眼看透她的心，卻發現不論是看得透還是看不透，結果卻都是一樣，隱隱作疼的總是自己的這顆心。

他也不得不承認，人有的時候真的很犯賤，明明天下美女任他挑選，他卻偏偏沒一個想要的，沒一個能夠讓他感覺到開心快樂的，而費盡一切，哪怕受傷疼痛也想要得到的那一個，卻偏偏怎麼樣都不曾對他動過半點的心。但即便是這樣，他卻依舊不願放手，寧可享受那份疼痛的苦戀，也不願讓自己連疼痛都沒有感覺。

可現在，當他看到那雙清明得容不下半點砂子的眼睛時，他心中竟然升起了一股前所未有的恐懼。他突然覺得眼前的女子正與自己越隔越遠，遠得哪怕明明就在眼前卻永遠都只會是幻覺一般。

良久，看著那一臉耐心十足等著自己出聲的人兒，鄭默然終於輕嘆一聲，面無表情地點了點頭。「沒錯，的確有此事。」

他承認了，在玉華面前，他不願意說謊，而且，這樣的謊言亦太過沒有說服力，只是那句話說出之後，他似乎聽到了自己的心發出了奇怪的哀嘆之聲。

見鄭默然並沒有否認，夏玉華亦微微嘆了口氣，一臉正色地說道：「皇上，您真覺得用這樣的方法便能夠改變一個人的命運嗎？即便真的做到了，又能夠改變一個人的心嗎？您是聰明人，許多道理本不應該再讓臣女重述，可是恕臣女今日直言，關於我們之間的事，您真的錯了！臣女向來堅信，自己的命只有自己才能夠改變，因為臣女只聽從自己的心，心變才會有所謂的命變，心不變，一切都是枉然。」

「錯了嗎?!」鄭默然低聲反問了一句，語氣顯然有些陰沈。「我知道這個方法是有些不正，可我只是想跟妳在一起罷了。難道，愛一個人也有錯嗎？」

聽到鄭默然的話，夏玉華心中也有些不太舒服，她也知道鄭默然本性不壞，只可惜執念太深了。所以，想了想後，卻是平靜的說道：「不，愛一個人本不會有錯，但若是愛上一個不應該愛的人，那麼就有問題了。」

「不應該愛嗎？」鄭默然自嘲的笑道：「原來，在妳看來，我竟然連愛妳的資格也沒有。」

第一一九章

夏玉華愣了一下，而後卻是坦然不已，繼續說道：「不是有沒有資格的問題，而是我已經有了心愛之人，已經嫁給他為妻。我與他兩情相悅，名正言順，皇上又何必如此執著於本不屬於您的感情呢？」

見鄭默然的神色越發的陰鷙，夏玉華卻也並不害怕，繼續說道：「臣女一直覺得，兩個人在一起，若是心心相印、兩情相悅的話，哪怕貧寒困苦、處境艱難卻也是幸福快樂的。相反的，若是勉強在一起，哪怕富貴榮華、萬事無憂卻也不能夠得到真正的幸福與快樂。皇上覺得將一個心不在您身上的人綁在旁邊，您會快樂嗎？」

這些話自然是有道理，可是鄭默然卻抬眼看向夏玉華，一臉肯定地說道：「至少，會比現在快樂！」

他怎麼會不明白玉華的意思，可是，他寧可將她強行留在身旁忍受她的冷漠與憎恨，也不想就這麼永遠的失去她。因為那樣的話至少還有希望！

而聽到這句話，夏玉華心中亦是滋味萬千，她怎麼也沒想到，當初的一次偶遇，竟然會讓他們之間結下這麼大的糾葛，也沒有想到鄭默然竟然對自已的癡念如此之深。

原本，她是打算著三言兩語以改命之事起頭，再加上莫陽已經暗中命人聯繫好全國各地糧油茶布等影響人民生活最大的行業之主事者，隨時聯手罷市的這副底牌，以及西南王那邊的一些部署，讓鄭默然不得不放棄這種不應該有的荒唐念頭，可現在她卻覺得那樣的解決之道似乎太過無情了一些。

她不得不承認，在這件事情上，自己多少也是有些責任的，雖說她從頭到尾的態度都十分明確，並不是因為她的猶豫不決而讓人生出了什麼誤會，可是感情這種事的確也不是用簡單的對錯可以一刀劃分開來。

鄭默然雖說因為一己私慾讓她的生活多出了許多的麻煩，也讓她覺得很不高興，可是她卻明白，之所以會這樣，僅僅只是因為愛。她並不能夠接受這份愛，可是正如鄭默然所說，愛一個人本身也是沒有錯的，在這份感情之中，她雖然多了幾分麻煩，可是那個付出一腔盲目之愛的人事實上卻是最為痛苦的。

無論是不是她的錯，無論她是不是那個繫鈴人，若是她能夠做那個真正的解鈴人的話，豈不是更好？若是能夠解開鄭默然的心結，能夠讓他對自己真正釋然，自然是再好不過。

思索了片刻，夏玉華卻是主動走向那張錦凳，慢慢的坐了下來。相較於先前那種略帶緊張的氣氛來說，這會兒她整個人顯得越發的平和與安寧。

她沒有再用那種太過生疏的語氣，而是朝著鄭默然微微笑了笑，說道：「皇上，我給您講個故事聽，可好？」

這一回，她也沒有再用臣女這樣的自稱，語氣也緩和無比，如同朋友之間很自然的閒聊一般，神情祥和不已。這樣的她並沒有刻意的做作，所以那股祥和之氣亦是再從容平靜不過。倒不是說夏玉華一時動了什麼憐憫之情，只不過一瞬間有種領悟，讓她更為客觀與公正的看待鄭默然，看待一份不被接受的狂熱的愛。

而看到此刻的情景，鄭默然卻是微微怔了怔，神情亦不由自主的跟著變得緩和了不少。他沒有出聲，只是默默的點了點頭，異常認真的看著夏玉華，關注著她的一言一行。

這樣的玉華，對自己祥和美好得像個仙子，讓他有種恍惚的錯覺。同時，他心中亦明白，這樣的玉華肯定不是因為突然改變了心意，可是即便如此，他卻也無法拒絕。

夏玉華慢慢的講起故事來，那是一個極其簡單的故事，也不記得是在哪本書上偶然看到的，聯想到如今他們之間的關係卻似乎分外的契合。

一個年輕的男子跟隨家人一併去狩獵，他運氣特別的好，竟然活捉了一隻全身雪白的靈狐。男子很開心，十分喜歡這隻靈狐，於是便帶回家放入純金打造的籠子裡頭盡心的餵養照顧著。他每天還會花許多的時間跟靈狐說話，跟牠玩遊戲，甚至親自給牠洗澡、打理毛髮，總之好得無以復加。

可是那隻靈狐自從被抓回來後，便失去了往日的快樂與神采。不論那男子如何對牠，卻始終抑鬱寡歡，每天只是朝著被抓回來的那個方向深情遠望，哪怕什麼也看不到卻依舊如此。

漸漸的，靈狐越來越虛弱，因為牠連東西都不吃了，每日除了定定的望著那個固定的方向以外，其他的什麼也不做。

男子越來越擔心，也越來越感到難過，他不明白為何自己對那隻靈狐這般好，可靈狐卻一點也感覺不到。後來有一天，有人告訴那男子，這隻靈狐是在思念自己的另一半，想念自己的家。男子漸漸的也從靈狐的目光與神情中明白過來，只不過依舊捨不得放靈狐走。因為他實在是太喜歡這隻靈狐，若是放靈狐走了的話，他會十分傷心難過。

直到最後，那隻靈狐連水都不喝了，也沒有了站立的力氣，終於嚥下了最後一口氣，可直到死了趴在籠子裡，牠的頭卻還是朝著家的那個方向絲毫沒有改變。而那男子，也因為靈狐的死亡傷心難過不已。最後誰都不曾得到幸福與快樂，一死一傷，徒生悲涼。

講完這個故事之後，夏玉華這才朝鄭默然看了過去，她知道鄭默然一定聽懂了這個故事，也明白這其中的道理，不然的話，他的神色不會變得如此的悲傷。

而此刻的鄭默然，覺得自己的心似乎在急劇的跳動著，那個故事的確簡單，但是卻足以讓他黯然神傷。他明白玉華的意思，在那個故事中，他便是那個年輕的男子，而玉華自然就是那隻靈狐。所以，他才會如此的心傷，才會幾乎無法控制心中的悲涼。

總歸是這樣，他用盡所有的辦法想要將她留在自己身旁，而她，亦用盡所有的辦法，想要掙脫離開。他們之間，難道真的注定永遠無法有結果？他們之間，難道就只有生離或者死別嗎？

此刻，他無法言語，不知道自己還能夠說點什麼，或許他的心情與那個男子是一樣的，捨不得，再如何也捨不得。可是，那樣的結局卻同樣是他絕對不想看到的。玉華這是在向他表明最後的心志嗎？哪怕寧願死，也不願與他在一起？

他的內心湧現出一股說不出來的悲涼，想他堂堂一國之君，手握著天下至高權力，卻偏偏無法得到一個女子的心。他突然覺得以前的一切似乎都錯了！

看著神情變化無常卻沈默不語的鄭默然，夏玉華知道這會兒他的心中一定因為這個故事而起了波瀾。等了片刻，她才再次出聲道：「皇上，如果您是那個男子，您會如何？」

鄭默然聽到夏玉華的明言追問，卻是無從再迴避，不得不對上了那雙越發寧靜的眼睛，可自己喉嚨卻一時間無法出聲似的，只得定定的看著她，臉上帶著不再掩飾的憂傷。

見狀，夏玉華心中也有些不太好過，只不過許多事便是這樣，長痛不如短痛。並非她自私，而是放手釋然的話，對誰都是好的。

「皇上，這個問題您可以先不用回答，只不過，我還有幾個問題想問您，可以嗎？」她的聲音越發的輕柔，帶著詢問般的徵求，沒有半絲的凌厲與強硬。

鄭默然再次下意識的點了點頭，心中卻是越發的清楚，這個女子正在試圖以情理來說服自己放手。那樣的說服溫柔無比，卻同時又如一把刀似的，帶著柔情扎進了他的心靈最深處。

夏玉華微微想了想，也沒有再遲疑，朝著鄭默然說道：「皇上，您是真心喜歡我嗎？」

原本，夏玉華也不曾想過自己有一天會有勇氣問出這樣的問題來，而此刻，她突然覺得只有正視所有的問題，才能夠真正解開心中的結。她不需要做其他，唯一所要做的，不過是替鄭默然真正去正視這些本應該正視的問題。

而鄭默然自然沒有料想到，會從玉華嘴裡聽到這樣的問題，一時間，他迷惑不已，但卻還是本能的點了點頭。他若非真心喜歡，又怎麼可能讓自己陷入如此境地；那已經不是單純的喜歡，而是愛，刻骨銘心的愛，只不過這份愛並沒有被玉華所接受罷了。

「您的話，玉華真心相信。」夏玉華微微一聲嘆息。「可是皇上，真正的喜歡不一定是占有，就好像那隻靈狐一般，您能說那男子不喜歡那隻靈狐嗎？可到最後又是什麼樣的結局呢？喜歡的方式若是出了問題，那麼即便付出了一切，效果只會適得其反，越是喜歡卻越是害人害己。」

她頓了頓，如同自語一般繼續說道：「那男子是真心喜歡那隻靈狐，可是卻因為一己之私而選擇忽略靈狐的感受，在他看來，他是因為喜歡，可是卻不知，他的喜歡對靈狐卻成了一種負擔，一把無形的刀劍，不知不覺中抹殺了一切。沒有快樂，沒有幸福，甚至連活著都失去了意義，這樣的生命對靈狐來說是痛苦而絕望的，反觀那個男子，亦是如此。

「世人總是這樣過於執念，豈不知退一步海闊天空。設想一下，若是那男子不那般執著，釋然放手的話，結局肯定不會如此。」

夏玉華邊說邊站了起來，往鄭默然的面前走近了幾步，真誠請求道：「皇上，我的心意如同那靈狐，雖然我並不會跟牠一般選擇以死亡來對抗，卻是無論如何也不會妥協、屈服。

我們之間會在一次又一次的對抗之中越走越遠，不會有愛，只會有恨。那樣的話，您不會快樂，我亦不會快樂，那樣的互相傷害永遠沒有盡頭，而我亦只會一輩子活在對您的怨恨與痛苦之中。

「皇上，難道您真的願意看到一個成天活在仇恨與痛苦之中的玉華嗎？難道您真的不願意我得到快樂幸福嗎？我想，如果您是真心喜歡我，那麼您一定希望我過得快樂幸福，對嗎？」

夏玉華長長的吁了口氣，說到這裡卻是做出了一個讓鄭默然無比意外的舉動。她上前兩步，毅然朝著他跪了下來，堅定的說道：「皇上，您就權當讓玉華自私一次，如果您真心喜歡我的話，就請放手成全我吧，讓我平靜的過自己想要的生活，讓我能夠快樂幸福的過一輩子。那樣的話，我會一輩子感激您，一輩子念著您的好！

「玉華從沒為自己求過您任何事，今日卻是放下了所有的驕傲求您這唯一的一次！求您成全玉華吧！」說罷，夏玉華便不再言語，只是這麼毅然的看著鄭默然。

其實，成全她又何嘗不是成全自己？夏玉華放棄了原先所有的打算，只希望能夠真正的讓鄭默然放手。藉由來自外界的各種威脅與壓力或許是最快捷的解決方法，但是，那樣只不過是讓他暫時屈服，卻不可能真正的讓他放下心中的執念。而這樣的執念一日不徹底放下，便總會有再復發的一天。唯有真正放下一切，方才是所有人最好的結局。

聽著這些話，鄭默然已然無法說出心中的感受，而最後這一跪，這一聲請求，這一臉無以復加的堅毅更是讓他如同掉入了深淵。

「玉華，妳先起來再說。」他強行壓抑著心中的酸楚，起身去扶夏玉華，這一跪如同刺到了他的心尖，讓他疼得無法形容。

「不，皇上若是不答應，玉華便長跪不起。」夏玉華心中亦是說不出來的悲傷，這樣的糾纏她傷不起，也不願讓任何人再受傷。「皇上就當是心疼玉華，就當是縱容玉華的自私吧！您若是真心對我好，就將我當成妹妹，從此以後，玉華會永遠將您當成最好的兄長，永遠的親人，會敬您、愛您，心中永遠都記著您的好！」

這世上並非只有愛情，親情與友情亦同樣並存，這世間並非所有的男女都能夠成為夫婦戀人，對於有些人來說，也許親人或者朋友才是更好的相處方式。夏玉華懂這些，鄭默然亦懂這些，所不同的是，能否真的做到。

夏玉華沒有再說其他，可是卻用實際行動表達了自己的心志，強行讓鄭默默作出選擇。若是執意不肯放手，到最後只會是兩敗俱傷，只會是滿心的創傷；可是若能夠放下執念，雖說不能成為夫婦，可是最少還能夠留下一份其他的感情，最少在彼此心中，能夠保留著其他的美好！

而此刻，這樣的選擇，當真讓鄭默然感覺到了前所未有的艱難！抉擇！這一生之中遇到過的最讓他無法取捨的抉擇！

鄭默然從來沒有像現在這樣，哪怕是面臨自己的生死亦沒有如此的不知所措。沒有人知道玉華在他心中的分量，沒有人明白自己那份癡戀已經不知不覺中深入到了什麼樣的程度。那樣的愛，如同扎在他心窩上的利刃，拔與不拔都已是不可救藥。

所有的道理他都懂，只不過心中卻始終存有那麼一絲幻想，總是希望能夠有奇蹟出現。可現在，玉華卻要他作出無可迴避的選擇，那樣的毅然與決絕亦讓他心中最後一絲的幻想終於不可遏止的慢慢破裂開來。

他不斷的回想著她所說的那幾句話，不斷的回想。是的，他是愛她的，真心真意的愛著，愛得無法用一切言語形容！難道，他當真可以狠心到不顧她的意願繼續一意孤行下去，當真要為了自己那不可挽救的絕望而亦將她一併帶入絕望？

他覺得自己的心在滴血，一點一點的滴下，疼得無法形容，疼得已然無法呼吸，甚至於無法麻木。放手？難道真的要放手嗎？一想到真的這樣，他的心幾乎都被掏空了，那樣的話，他不知道這般孤寂的活著，守著這至高無上的權勢究竟還有什麼樣的意義？

可是，不放手的話，他又能夠如何？當用盡一切方法都無法改變之際，他再死死的抓住不放，只會讓她也跟著自己一併墮入地獄。他是真的愛她，那樣的愛早就已經超過了對自己的愛；那樣的愛又怎麼可能真的忍心讓她在此長跪不起？怎麼可能忍心將她逼到那個絕境？怎麼可能因為他的私慾而讓她一輩子都得不到幸福？

雖然他並不想承認，可事實卻的確如此，他真的不是那個能夠帶給她幸福與快樂的人，哪怕他用整個江山去交換，卻也比不上她心中之人一個淺淺的微笑。他的愛對於她來說，當真只是負擔，只是負擔……
罷了……罷了……既然不論怎樣，他都無可避免的要承受痛苦，那麼，就讓他將所有的苦都一併揹上吧。他是愛她的，所以他怎麼能夠讓她成為那隻靈狐呢？他是愛她的，他又怎麼可能不希望她快樂幸福呢？
這一刻，他似乎有些感覺不到自己的心跳，卻唯獨感覺到了那份最無以復加的悲涼。他的臉色蒼白如雪，甚至於連手指頭都不可避免的輕輕顫動了起來，內心的滋味沒有任何人可以體會。
也不知道過了多久，也不知道他鼓足了多大的勇氣，他終於對自己狠下了心，慢慢的在玉華面前跟著跪了下來。這一刻，他們之間隔得如此之近，可是卻又遠得如同海角天涯。
「玉華……我是真的愛妳！」他一字一句的說著，卻是不知心在滴血的同時，那個最為堅強的自己此刻已經淚如雨下。「如果我只是個普通人，如果在妳還沒有愛上莫陽之前，妳……可會試著愛我？」
他的聲音沙啞無比，那一聲「可會試著愛我」幾乎是最卑微的絕望，直直的落下，打在心坎上似乎可以擊碎一切。
是的，他已經讓步了，停止那一切沒有任何作用，只會一步步、一次次讓她受傷的徒勞，放手給她去過想要的生活，放手讓她得到真正的幸福。從此以後，他不會再去打擾她，不會再去傷害她，這個他唯一愛過的女子只會深藏在他的心靈最深處，讓所有的回憶告慰他沒有了生氣的靈魂。

此時此刻，這樣的鄭默然讓夏玉華震驚無比，她從來都不曾想過這個如此堅韌而霸氣的男人竟然會在自己面前這般模樣。那一聲聲、一句句讓她沈重得無法承受，心亦如同被什麼東西狠狠砸過。

她自然聽出了鄭默然言語中的意思，他是真的愛她，所以……才會願意成全她！她亦聽出了那份無法言喻的悲涼與絕望，最後的一句假設詢問竟然會是那般的卑微。

她深深的感受到了那份厚重的愛，即便是鐵石心腸的人亦不免會為之動容。她相信他是真的愛自己，因為最後，他終究還是不願讓她如那隻靈狐一般下場。

她一直以為，他不過是一己私慾，而現在才明白，他的愛同樣如海一般寬厚深沈。只不過，自己卻是無法再承受一份這樣的愛，她只有一顆心，也只能將愛給一個人，所以，他們之間注定就不可能開始，亦無法能夠有結局。

她是幸運的，早早的便看透了這一點，所以才能夠毫不猶豫的收放著自己的感情，而他卻為此承受著一切的傷痛。正如先前所言，她才是真正自私的人，而他最後還是用他的愛成全了她的自私。

一瞬間，她眼中的淚亦無法控制的流了下來，努力張嘴想說點什麼，可是卻如同被什麼堵住了似的，發不出聲來。心中湧現出一種說不出來的愧疚，不論如何，總是因為自己才會讓人如此的心傷。

她只得點了點頭，半晌之後才從嗓子眼裡擠出了一個字：「……會……」

不是安慰，亦非虛言，她與他本就早早相識，或許他若不是皇子，若沒有成為帝王的抱負，若能給得起只與她「執子之手與子偕老」的希望與承諾，她真的有可能會愛上他。

那個在小山坡上對著自己燦然微笑，那個將自己的形影一遍遍用心描繪在畫卷之上，那個將她印在心坎上的癡情之人又怎麼可能真的沒有一處足以打動她心房的地方呢？

只不過，他們終究是有緣無分，終究無法有開始，亦不可能會有結局……

看到夏玉華流下來的淚，聽到那一個帶著哽咽的「會」字，鄭默然眼中的淚流得更凶，可嘴角卻揚起了一抹最為動容的笑意。原本以為，這一輩子他都不可能聽到這樣的答覆，原本以為，她的心中從來都沒對他有過一絲的正視，而現在他才明白，他真的錯了！

原來，他們真的只是錯過，只是錯過……這樣的錯過從頭到尾便是他自己的選擇一手造成，這樣的錯過同樣也永遠無法再挽回，可是當聽到那一聲「會」字之際，卻依然讓他得到了一瞬間無法言喻的幸福與快樂。

這一生，能夠聽到這一個「會」字，他還有什麼不滿足的呢？哪怕是一輩子都只能夠躲在黑暗的角落偷偷的看上她兩眼，哪怕是永遠都失去她，只要她能夠幸福，只要她能夠開心，這一切，卻也值得了！

「如果……有來世……」他撫上了她的青絲，咬著牙，狠下心，斷斷續續地說道：「我不會……再為帝……更不會……再錯過……妳！回去……好好過日子吧，我不會，再打擾妳！」

說罷，他最後留戀的看了她一眼，而後猛的站了起來，快步朝著寢宮外頭衝了出去。

他走得太過慌亂，明明沒有半點不平的路卻一路跌跌撞撞的幾次險些摔倒，他的背影很快便消失在寢宮外，也消失在夏玉華的視線之中，可是那份深沈的壓抑卻久久不能散去。

半晌之後，夏玉華這才下意識的長嘆一口氣，整個身子一軟，癱坐著好久都不能動彈。

她知道，他終於放手了，終於真正的放下了心中的執念，雖然這樣的決定不可避免的會讓他受傷，可是她同樣明白，只有真正的釋然才能夠讓他日後不再受傷。時間會沖淡一切，而日後，一定會有一個真正值得他愛的女子出現，帶給他真正的快樂與幸福。

鄭默然，謝謝你！她在心底鄭重的感激著，感激著他的成全，感激著那份愛的成全。

坐了一會兒後，她這才慢慢恢復了正常，緩緩的站了起來，輕輕抹去了臉上的淚痕，帶著一分感動與釋然，抬步往外走去。

看到她的出現，外頭的宮人連忙上前，顯然已經得到命令，主動引路送她出宮。她什麼話也沒說，只是靜靜的跟在後頭走著。

走到香雪等候之處，見那丫頭迎上前來，一臉焦急的看向自己，夏玉華只是微微搖了搖頭，出聲安撫道：「放心吧，我什麼事都沒有，咱們回家吧。」

說罷，她便抬步繼續往前，而香雪見狀，則是不由得鬆了口氣，也心知這裡不是說話的地方，因此連忙跟了上去，心想一切都等離宮回家後再說。看小姐的樣子，倒是平靜不已，估摸著應該是沒什麼不妥。

主僕兩人不再言語，一路往宮外而去，走到宮門口之際，夏玉華遠遠的便看到了一個熟悉無比而永遠那般令她安心不已的身影，正焦急的在那裡等候著。

她知道，她的夫君來了，來接她一併回家了！

第一二〇章

一個多月後，宮中傳來消息，聽說皇上總算是下旨開始準備選秀之事，而且這一次主要是從三品以上的權貴重臣家裡頭挑選年齡合適的女子進宮候選，估摸著這一次應該是直接為選后一事作準備，看來離皇帝大婚應該是不遠了。

這樣的消息，對於莫陽與夏玉華來說自是越發的讓他們相信鄭默然果然是個誠信之人，不論如何，他終究還是徹底的放手，並沒有再作那些無謂的堅持。

而前幾日鄭默然亦派人到家裡來轉告夏玉華，說是服用了夏玉華所開的方子後，身體已經完全恢復，因此日後也不必再進宮複診了。鄭默然那病因，說實話，到現在夏玉華還有些弄不太清楚，只覺得當真有些奇怪，不過總歸好了便也是讓人放心了，不然的話，這種看似並不嚴重的小病積久了反倒是比一些大病還不容易治療。

只有鄭默然清楚自己這病為何來得怪去得也怪，玉華所開的方子也的確是有效，不過他知道最主要的並不是因為服用了藥，而是因為他主動放棄了所謂的改命，所以自然而然就恢復正常了。

沒有這些糾葛煩心的日子似乎過得特別快，轉眼間，又過了三個月。

一切都越發的順心順意起來，日子也讓人覺得愜意無比。可是美中不足的是，夏玉華的肚子卻始終沒有半點的消息。

雖然現在並沒有誰著急著，可是日子越久她自己也越是有些擔心。而這一次她卻不是擔心旁的什麼問題，只不過是想起那道虛所說的所謂命格來。

如果她沒記錯的話，那日道虛說無法算出她的命格，她思來想去這應該與她重生有著密不可分的連繫。那麼換一種想法，自己與莫陽都是身體康健，而且也一直恩愛無比，但卻始終無法有孕，這會不會也與重生之事有關呢？

若真是這樣的話，難道這一世，她注定無法懷上自己的孩子，注定不能夠成為一個母親？抑或者，因為她的再次續命所以必須付出另外的代價，而這種代價便是她不能夠有自己的孩子？

想到這些，夏玉華這一次卻是真的有些憂心了，為此還特意查看了許多的書籍，只可惜仍是毫無頭緒，因為根本就沒有任何的書會有與重生這種不可思議之事相關的記載。

晚膳的時候，夏玉華顯得有些精神不振，懶洋洋的也沒吃多少東西。莫陽今日有些事得遲點回來，所以也沒有人能哄著她多吃一些。

心裡頭想著事，自然這人便沒那麼輕鬆自在。香雪見狀，也沒再多說什麼，示意一旁的丫鬟將幾乎沒怎麼動的飯菜先行撤下。一會兒若是小姐餓了，再弄些旁的吃食便是，再者晚點等姑爺回來了，只需跟姑爺一說，姑爺自是有辦法哄著小姐吃些東西的。

香雪也看得出來，這幾天小姐心裡頭有事，所以胃口不怎麼好，精神也不如前些日子，所以呀，她這幾天也是費著心思想要讓小姐能夠多吃一點，只不過效果並不太好。

看了一眼此刻已經挪到睡榻上窩著的小姐，香雪不由得笑了笑，卻是沒發現這幾天小姐竟然變得有些懶洋洋，在小姐身旁服侍了這麼多年還是頭一回見到這種情形。

正想問問小姐要不要加條薄毯蓋一蓋，這些日子天氣仍有些涼意，萬一著涼了可就不好。還沒出聲，香雪卻是突然腦中靈光一閃，似乎想到了什麼重要的事情，因此趕緊打住了先前要說的話。

她顯得有些興奮，上前幾步走到小姐面前問道：「小姐，妳這個月是不是還沒有來月信呀？」

聽了香雪的話，夏玉華不由得坐了起來。香雪說的是什麼意思？她自然立馬便明白了過來，自己的月事向來很準，不過在醫理上，相差五、六天也是極正常的事。

而經香雪這麼一提醒，她卻是想起今日已經是初九了，按理說初二便應該要來了才對的，只不過這些日子她一直心中有事，所以也就把這日子給過得有些忘記了。

「還沒呢！」她頓時也跟著有些興奮了起來，月信延遲好些天了，這意味著有哪種可能性她又怎麼會不知道呢？

「小姐，妳月信遲了這麼些天，不但人沒什麼精神，胃口也不怎麼好，會不會是懷了呀？」香雪這一下卻是更加期待起來了，如果是真的話，那可就是天大的喜事了。

小姐這些日子為什麼事而煩心她哪裡不清楚，再說這小姐嫁給姑爺這麼久，也是應該有個孩子了。現在總算是有了那麼一些徵兆，小姐自己就是大夫，趕緊檢查一下不就行了嗎？若真有了的話，姑爺指不定得多高興呢！

夏玉華眨了眨眼，卻是沒有馬上回答，想了想道：「月信延遲不來的話的確是懷孕的一種徵兆，不過我這才遲了幾天沒來，也算是正常範圍之內。所以還真說不準是不是有了。」

「小姐，妳這些天胃口不好，人也沒什麼精神的，依奴婢看十有八九是有了。」香雪卻是頗有信心。「想知道有沒有還不簡單，妳給自個兒把個脈不就行了？」

聽到這話，夏玉華自然是被香雪給說動了。自己就是大夫，是不是喜脈的，只需自個兒搭下脈，片刻便能夠知曉，因此心中也是陡然間充滿了希望。她的月事向來極準，一般最多相差三兩天，而這次卻已經遲了六、七日了，想來真是極有可能。而且她這幾天的確覺得有些懶懶的，胃口也不大好，先前也沒多想，下意識裡是覺得心中有事便沒怎麼在意。如今想想，還真是有些異常。

思及此，她不由得看了一眼一旁不斷朝自己點頭示意趕緊動手的香雪，便也沒有再遲疑，抬起右手便搭到了自己的左手上，替自己切起脈來。

雖說這事的確讓夏玉華興奮不已，不過自開始替自己切脈的一瞬間，她整個人便很快恢復了平日的冷靜，如同給旁人看診一般，一心一意，心無旁騖的診斷了起來。

一小會兒之後，香雪見自家小姐神色沒有絲毫變化，看不出喜怒，也瞧不出任何的端倪，一時之間也不知道到底是有了還是沒有。正想詢問，卻見小姐又換了一隻手再次沈穩的切脈，因此只得再次等候。

又過了片刻，夏玉華這才停止了切脈，不過神情卻依舊平靜不已，更是讓香雪看得有些糊塗了。

「小姐，怎麼樣了？」香雪見狀，趕緊問道。

夏玉華抬眼看向香雪，長長的吁了口氣，而後展顏一笑，幸福而道：「有了！」

夏玉華懷孕的消息一時間是藏也藏不住，很快便傳了開來。莫家上上下下都開心不已，莫夫人那邊親自調派了好幾個經驗豐富的婆子過來服侍，別院裡熱鬧的情景都快趕上過年似的。

而莫陽自然是最為興奮激動之人，時不時的盯著夏玉華的肚子傻傻的笑，著實讓一旁的下人看著也覺得歡喜不已。雖說知道自己娘子是個大夫，該注意些什麼、忌諱些什麼的都一清二楚，不過莫陽卻還是不厭其煩的叮囑著。

這下子，別院裡頭時不時的響起莫陽比誰都要緊張的聲音，這知道的曉得少夫人才不過一個月多一點的身孕而已，不知道的還以為已經是八、九個月快生了呢。

不過莫陽卻並不在意旁人的想法，依舊打著十二分的精神關注著夏玉華的一舉一動。除了每日一些不得不出門做的事情，如今他將一些可以由他人代替的應酬以及旁的小事都一一交給了其他人去做，每天儘量多留在家中親自照顧著妻子。

「玉兒，慢點走，小心前邊的臺階。」溫柔而緊張的聲音再次響起，任誰聽了都不由得生出羨慕之情。

「陽，我已經走得很慢了，這速度也就跟蝸牛差不多了。」夏玉華略顯無奈的看向身旁正扶著自己慢慢挪動的莫陽道：「再說，你還在一旁扶著我呢，這也太過小心謹慎了吧！」

「妳現在才一個多月，正是最不穩定的時期，所以萬事自然得多當心才行。」莫陽可不覺得自己太過小心了，滿臉認真地說道：「雖說妳是大夫，可如今卻是有孕之人，凡事也得多注意一些，不能夠掉以輕心。放心吧，一切我都清楚得很，聽我的一準不會錯的。」

聽到這些，夏玉華卻是有些哭笑不得，還真是沒得說，這些天莫陽可是將懷孕之人從第一個月到最後一個月，甚至於是連生完之後要注意些什麼都已經問得清清楚楚，記在了腦海之中，並且親自一一叮囑提醒著她去做。這樣弄下來，她都有些錯覺了，彷彿懷孕的是莫陽，懂醫理的也不是自己了一般。

不過，雖說莫陽太過緊張了一些，可夏玉華卻是十分開心的，這一切任誰都看得出來莫陽是因為在意緊張自己，所以才會事事親自做得這般仔細認真。所以，除了偶爾嘟著小嘴表示一下小小的抗議以外，事實上她都是一一按照他所說所言去做的。

反正如今她已經被當成了重點保護對象，旁的事情也被莫陽給暫時命令停了下來。醫館那邊肯定現在是不會讓她再去替人看診了，若是想出門的話也得莫陽親自陪同才行，連在家中都如此的小心，到外頭的那種保護陣仗自然更是可想而知了。

所以夏玉華如今沒什麼特別重要之事，也不再出門，省得勞師動眾的，回頭把莫陽給累壞了。

除了莫陽，莫家上上下下也都非常重視以外，夏家那邊自然也是如此。剛剛得知她懷孕的消息之際，阮氏便立馬過來了，哪怕知曉玉兒的醫術好得不得了，也明白懷孕這些事都應該懂，卻還是開心不已的說說這個、說說那個，全都是叮囑懷孕期間所要注意的事項。又帶來了好多自已親手製的酸梅等孕婦嗜吃的零食給玉華，總之是打心底裡替她感到開心。

而莫陽在當天便修書信一封，讓人快馬加鞭送到西北軍營給岳父報喜，夏冬慶得知喜訊後，聽說當日便與成孝還有東方叔叔等人擺酒慶祝，著實開懷不已。而後，夏冬慶不但命人帶回大量的補品給女兒調養，而且還修書一封，告知女兒生產之際一定會趕回來親迎這個外孫的降臨。

看到書信，夏玉華不由得搖了搖頭，開玩笑說道若是生個女兒，難不成父親就不回來迎接外孫女了嗎？

因為懷孕日期尚早，所以還沒這麼快能把脈出是男是女，莫陽聽罷，卻是說第一胎生個女兒更好，長得跟娘親一個樣，怎麼看著都喜歡。至於岳父信上所言當然也只是概括之言，外孫也好，外孫女也罷，只要是玉華的孩子，又怎麼可能不會興奮激動呢？

關於是男是女，這小倆口倒也真是都並不太過在意，總歸著是自己的孩子，都是會當成寶貝來疼愛。而莫陽則是已開始考慮起孩子的名字來了。只不過這事似乎還有人比他更為著急，也早就幫還在玉兒肚子裡不過一個多月的孩子取好名字了。

原來，莫老太爺那邊第一時間得知三孫媳婦懷孕的消息，可是高興壞了，趁休養之際早早的將這取名字的事情給包了下來。不但如此，還分別取了男女名字，說好了若是生個男孩得取什麼名、表什麼字，女孩子又是什麼名。一旦等生下之後，只要生辰八字與這所取的名字沒什麼衝突的話便直接使用，若是有一些問題便再由他按其生辰特點重新修改一下，甚至連備選的名字都分別取了好幾個。

這可是讓莫陽有些哭笑不得了，不過玉兒說得對，名字這些不過是個稱呼罷了，只要孩子健康平安就好，至於誰取名、取什麼樣的名也都不是那麼重要了。

幸福的日子總是過得很快，轉眼夏玉華已經懷孕三個多月，而且前些日子她自個兒已經把脈得知了這一胎是個男孩。頭胎生男還是生女，雖然對於她與莫陽來說都是一樣，不過對於莫家的長輩來說卻還是稍微有些不同的。

當然也並非說頭胎生個女兒，莫家長輩就不高興了，只不過能夠一舉得男丁，生下嫡長子的話，對於莫老太爺、莫老爺與莫夫人來說，更是覺得開心了，畢竟老人家的想法裡頭子嗣可是占著無可替代的地位。

如此一來，夏家之人也就更加放心一些，畢竟對於夏冬慶與阮氏來說，莫陽只娶了玉華一個妻子，這小倆口估摸著也是不會再有旁的什麼人插足進來，所以有了兒子的話，自己女兒的壓力也小了不少，不必擔心會因為沒有兒子，沒有替莫陽傳宗接代這個原因而承受太多的壓力。

這會兒雖說已經過了頭三個月，不過莫陽卻依舊緊張操心不已，夏玉華也漸漸習慣了莫陽自得知她懷孕之後的囉嗦與瑣碎，那份滿滿的愛更是讓她覺得幸福與滿足。

今日上午，莫陽有些生意上的事必須出門一趟親自處理，離開之前自是再三叮囑了玉華要如何如何，連丁點兒的事都與香雪好生交代了幾遍，弄好像跟他出門後就沒人能夠照顧夏玉華了一般。

見狀，夏玉華笑著說道：「好了夫君，你若是再不出門，這太陽都快要下山了。趕緊去吧，我會老老實實的聽話，絕對不會出什麼亂子的，你就放心吧。」

聽到夏玉華帶著笑意的保證，莫陽輕捏了一下她的鼻尖道：「好，妳聽話就行，乖乖在家等我，我辦完事就會回來陪妳的。」

下午的時候，蝶舞過來了，笑咪咪的跑來跟夏玉華道賀，順便兩人一併聊聊天、說說話。

如今夏玉華被莫陽保護得太好，所以外頭好些事情都不知情。乍聽到蝶舞說起江南竟然鬧起時疫來，而且疫情極為厲害，如今已經死了不少人，疫情正往周邊快速擴散。而皇上一直都沒有找到解決疫情的方子，正為此而頭疼不已。

如此一來，夏玉華倒是坐不住了，送走蝶舞後很快讓人備車打算進宮一趟。

因為沒有進宮覲見的旨意，所以得先行讓香雪去向宮門守衛說明來意。沒想到，那些守衛一聽說是玉郡主要進宮面聖，不但沒有阻止，也沒有詢問具體的原因，馬上便放行，派人開道。見狀，夏玉華也沒有多問，直接讓松子將馬車往宮中趕去，來到了馬車無法再前行的內門之處。

香雪將夏玉華小心的扶下馬車，而這會兒工夫，停車處已經有太監快步跑了過來給夏玉華行禮請安。說是皇上已經知道郡主進宮之事，吩咐他們直接帶郡主去御書房。

一行人便往御書房而去，香雪擔心夏玉華太過著急了一些，因此在一旁不時的提醒她慢著點走，畢竟如今可是有了身孕，不比以往。而夏玉華卻是露出安心的微笑，示意香雪不必過慮。

見到鄭默然後，夏玉華也沒有太過多禮，只是稍稍向鄭默然福了福，便徑直說道：「皇上，今日我急著進宮覲見是為了江南時疫一事，若有失禮之處，還請皇上恕罪。」

「妳怎麼知道江南時疫一事？」鄭默然一聽，似乎有些納悶，按理說莫陽應該知道玉華的性子才對。這丫頭知道江南發生了那麼嚴重的疫情，哪裡可能坐視不理？可如今她已經有了身孕，畢竟不同於以往，這萬一太過操心生出什麼問題來，誰都負不起這個責任。

聽了鄭默然的問話，夏玉華便心中有數了，看來他跟莫陽的想法應該是一樣的，都不願意自己此時太過操心，以免影響到腹中胎兒。不過這事其實並沒他們所想的那般嚴重，她的身子自己心中有數，也不會過於逞強的。

「皇上，我也是今日偶然才得知的，聽說江南時疫已經很嚴重了，卻還沒有找到合適的醫治方法加以控制，對嗎？」夏玉華並沒有責怪任何人的意思，不論是告訴她的人還是瞞著她的人，她知道都是為了她好，所以這會兒只需趕緊將事情弄清解決就行了。

見狀，鄭默然也沒想再隱瞞，指了指一旁的椅子道：「妳現在有了身孕，不宜過於勞累，還是先坐下再說吧。」

夏玉華也沒有拒絕，謝過一聲後便先行坐了下來，先前走了好一會兒，這會兒還真是有些累了。剛剛落坐，便有宮女奉上茶，這些宮人倒還很細心，奉上的並非茶水，而是一些花茶。

「江南那邊的疫情的確很嚴重，前些日子我已經讓世安帶著宮中一些太醫前往，雖然暫時還沒有找出能夠徹底治療的辦法，不過妳不必操心這些，估摸著再給他們一些時日應該能夠找到控制疫情的方子。」鄭默然也知道夏玉華的性子，既然她都已經知道了，索性便將實情說給她聽，省得她費太多神。

夏玉華知道鄭默然是怕她過於操心，因此先行喝了口茶，而後不緊不慢地說道：「皇上，我知道您是為我好，怕我為此事太過操心而動了胎氣。不過請您放心，眼下我已經對江南的時疫有些把握，只需找知情人瞭解清楚一些具體的症狀，便可以找出根治的方子來，也不需多費什麼神，更不用親自前往江南。」

「妳說的是真的？」聽到夏玉華所說的話，鄭默然自然驚喜不已，如果玉華說的話屬實，當然是最好不過的了，既不會影響到玉華的身體，又能夠解決現下蔓延的時疫。

因為這場突然爆發的疫情，這些日子他可是沒少費心費力，不過效果卻都不彰，若是再找不到控制的辦法，無法根治這種時疫的話，那麼後果當真是不堪設想。莫說是江南及周邊地區，只怕到時舉國上下都將受到波及。如此一來的話，國家未來當真不知變成什麼樣子。

夏玉華見狀，自是肯定地點了點頭道：「自然是真的，所以我這才會特意進宮，便是想從太醫這邊得知關於江南時疫的一些具體症狀與特點，以此辨識出到底是哪一類的疫情。如此方可對症下藥，找出最為正確恰當的方子來根治疫病，救治百姓。」

「好！既然如此，我現在便讓人將趕回皇宮覆命的太醫喚來，讓他將時疫的具體詳情一一告知妳。」鄭默然哪裡不知道夏玉華的醫術高明，如今玉華自己說有辦法，那麼肯定是真的有希望了。因此也沒有再多問，直接讓人去傳太醫了。

聽完太醫詳細的說明之後，夏玉華很快便根據這次江南時疫的特徵作出了正確的判斷。所有的症狀都清楚的說明了這次的時疫確實是那失傳已久的《十方湯》裡的一種疫症。難怪時間那麼短便一下子擴散得這般厲害，可算是那十種疫症裡頭傳染性最為厲害的一種。

「皇上，可否借筆墨一用？」完全確定下來後，夏玉華也沒耽擱，直接起身朝著鄭默然看去，這會兒她自是需要借用一下御書房裡的筆墨紙硯，趕緊將方子寫出來。

而鄭默然聽到這話，當下便明白玉華應該已經胸有成竹了，因此這會兒工夫也沒有多加詢問打擾，而是直接起身將御書房中唯一的大書桌讓了出來道：「玉華，妳過來這裡寫吧。」

「謝皇上。」夏玉華見狀，簡單的謝過之後，便自行抬步往書桌走去，已沒有多餘的時間再去忌諱什麼了，畢竟現在最重要的是時疫一事。

夏玉華走到書桌前，徑直坐了下來，提起筆，在一旁太監早就已經鋪好的紙張上書寫著。

治療疫症的方子早就已經牢記在她的腦海中了，所以不假思索的，三兩下便將完整的方子全寫了下來。

寫好之後，她先是細細的檢查了兩遍，確定並沒有任何遺漏與失誤，這才起身將這份剛剛寫好的方子雙手遞給一旁全程關注著自己的鄭默然，說道：「皇上，此方可解江南時疫。」

「放心吧，剩下的事我自會處理的，妳就不必再多操心了，好好安胎便是。江南時疫的醫治一旦有最新的消息，我會馬上派人告知妳。」

鄭默然興奮不已，知道夏玉華不可能不去關心這事，所以索性主動的先說明一旦那邊的疫情有任何消息都會及時通知她，如此也好讓她放心一些。

從御書房出來之後，夏玉華跟在引路太監之後，從容往停放馬車的地方而去，她神情平靜，步伐穩定，並沒有絲毫懷孕之人所有的笨重與疲憊，只是卻不曾注意到，就在她經過那條長廊之際，一旁拐角處的牆角旁邊正有人暗自躲在那裡朝她這邊打量。

「如兒，那便是玉郡主嗎？」躲在暗處的女子神情恍惚的看著漸漸離去的夏玉華，如同自言自語似的朝著身旁安靜陪同服侍著的宮女問著。

這女子身著華服，服飾上繡著栩栩如生的彩鳳，精美的華服配上高眺的身形，外加一張五官精緻的面孔，更是顯得華貴不已。

宮中女子能夠身著彩鳳衣飾的又會有誰呢？毋庸置疑，此女便是兩個月前才剛剛與皇上大婚的六宮之主——皇后。而今日，她也是偶然聽身旁的宮女說起玉郡主突然進宮的事，所以才會特意在玉郡主離宮的必經之路等著。

皇后在沒有入宮之前便聽說過玉郡主的許多事情，入宮之後，更是深深的感受到了這個玉郡主對於皇上的深厚影響。不過她一直都沒有機會親眼見過玉郡主，不知道這個女子到底長得什麼樣子，是否真的……真的如同她所想的那樣。

想到這裡，皇后不由得摸了摸自己的臉頰，一種說不出來的苦澀無法掩飾的泛了開來。看來，一切真如她所猜的那樣，或者她真的只不過是一個替身罷了。

難怪選秀時她竟然能夠從那麼多候選人之中脫穎而出，讓她以及她的家人甚至整個家族都驚喜無比的成為了當今母儀天下的皇后。論相貌，她雖說長得也是極好的，不過在那麼多美人之中也並非是一等一的出挑；論身世背景，她的父親不過是個三品大員，剛好符合這一次的選秀條件，而整個家族也沒什麼多大的勢力可言。

所以，一直以來，她都有種作夢一般的不真實感，不知道這種幸運為何會突然降臨到她的身上。而大婚入宮之後，她卻是漸漸的猜到了這其中的緣由。

一直以來，她總覺得皇上看她的目光並不似真的在看她，而總像是透過她在看別的什麼人一般。時間一久，她也漸漸聽到了宮中一些極為隱晦的傳言。而直到有一次皇上喝醉後失言叫錯了她的名字，她才完完全全的想明白了這一切。

現在，當她親眼看到玉郡主的時候，不得不承認自己真的只不過是一個替身罷了。她的相貌與玉郡主頗有幾分神似，難怪皇上第一次看到她時便愣了一下，而後便直接點了她冊封為后。原來，一切都只是因為她長得與皇上心中所愛的人有幾分相似罷了。

名喚如兒的宮女一聽，連忙點頭輕聲答道：「回娘娘話，那位便是玉郡主。」

此刻，如兒的回答其實已經不重要了，皇后長長的嘆了口氣，望著夏玉華那已經走遠的背影，喃喃而道：「罷了，我又何必那般貪心呢……」

皇后長嘆一聲，卻也沒有多作久留，又轉身朝著此刻鄭默然所在的御書房方向看了一眼，而後便沒有再說半句話，慢慢抬步往自己的宮殿而去。

第一二一章

鄭默然的辦事效率當真不錯，幾乎是沒浪費一時半刻的調派人員來應付這一場時疫災難。夏玉華提供的方子以最快的速度被送到了留守江南的太醫手中，而即刻的用藥投治果然發現療效十分好。不但明確的將這種疫症給治癒了，而且對於患者並不會有任何不好的副作用。

一時間，整個江南但凡時疫蔓延到的地方都開始積極的使用夏玉華提供的這個方子配藥救治病患，病情漸漸的得到了穩定的控制。不但如此，因為有了這個方子，百姓們對於戰勝這一次時疫的信心更是充足，各地的民心也不再如先前那麼惶惶不已，局勢漸漸緩和了下來。

夏玉華得知這個消息後，心中亦是欣慰不已，而莫陽這些日子則也跟著忙碌了起來。每天早出晚歸的，怎麼瞧著也不像是忙平日那些生意上的事情。起先，她也沒怎麼在意，男人在外頭忙事亦是再正常不過的了，不過後來這些天她卻是覺得越發的不對勁，因此在莫陽沒有主動提及的情況下終究還是先問了出來。

「陽，你最近都在忙些什麼呀？」她當真有些疑惑，自她從宮中回來，將自己已經找出了治療時疫的方子一事說給莫陽聽後，這傢伙倒開始忙碌了起來，也不知道在幹些什麼，不過從松子不經意提及的隻字片言中，多少知道莫陽應該是向爺爺請領了莫家主事者最高權力象徵的印符，感覺上應該是動用了莫家大筆的儲備銀錢。

本來生意上的事，她沒有必要多加過問的，一來，莫家的生意實在太大，而她本就對這些不熟，二來，以莫陽的能力根本就不需要她插手干涉。只不過這一次的動作實在是太大了一些，可明明近些日子莫家也並沒有傳出這般大的生意往來的事情。

所以她這才忍不住多嘴問了一下，雖說莫家其他的族人也並沒有因為莫陽的自作主張而生出什麼口舌是非，不過總歸莫陽現在還並不是莫家真正的主事者，所以有些事還是得低調一些較好。

聽到夏玉華的詢問，莫陽馬上挨著小妻子坐了下來，一臉神秘地說道：「玉兒，為夫如今正在配合著妳做一件大事呢！」

這話卻是讓夏玉華越發的疑惑了，側目看向那張熟悉而永遠令人心安的臉孔道：「配合著我做一件大事？這又是什麼意思？難不成你現在做的事還與我有關嗎？」

「那是自然，咱們可是最恩愛的夫妻了，自然得婦唱夫隨了。」莫陽呵呵一笑，卻故意將夫唱婦隨反著說，邊說邊看著眼前的妻子，眼中是滿滿的寵溺。

見狀，夏玉華倒還真是發現自己夫君的性情越發的活潑了，怎麼也無法與初次見面時所看到的那個清冷內斂的莫陽相連結。知道這會兒他是在故意賣關子，因此便道：「行了，你就直說吧，我可是早就承認了自己很想知道的。」

夏玉華主動投降示弱，這讓莫陽更是開心不已，不由得笑出了聲來。而後也沒有再故意賣關子吊著自家小娘子的胃口說道：「玉兒，這一次的時疫能得到控制，妳可算是最大的功臣，要知道妳提供的方子可是解救了多少人民的性命。所以，為夫自然是得努力支持妳的善舉，讓妳的救命方子不會因為其他一些原因的限制而受到影響，而能夠儘快暢通無阻的救治更多人。」

說到這裡，莫陽的神情變得正經了不少，他頓了頓，繼續說道：「此次江南疫情異常嚴重，擴散的地方之廣，感染的人數之多都是前所未有的。所以就算是有了這良方，若是沒有足夠的藥材提供給那些地區的患者，那麼依舊會有不少人因缺少藥物治療而失去生命。雖說皇上已經下令，讓各地官府不惜一切全力配合救治患者，不過短時間之內，先不考慮銀兩的問題，單是要調集那麼多需要用到的藥材也不是容易的事。所以那日妳從宮中回來告訴我這事後，我便立馬向爺爺稟明了此事，同時也得到了爺爺的許可以及整個家族的支持，儘快的收購更多的藥材，隨時準備在朝廷告急之際能夠補上缺口，避免江南的百姓因為藥材短缺而白白賠上更多的性命。」

說到這裡，莫陽便沒有再多說其他了，具體的調度他已經派林伊等人親自安排處理，而這一次莫家當真是花費了龐大的人力、物力與錢財，不過總歸都是積德的事，所以莫老先生也沒有猶豫，直接點頭同意莫陽的想法，並讓莫陽放手去做。

莫家向來便是行善積德的富商，從來都不會吝惜錢財的，而這一回的時疫影響之廣既是前所未有的，所以莫家也沒有半點的理由袖手旁觀。莫老太爺說來也是頗感欣慰，莫家的兒孫果然沒有讓他失望，出了幾個能夠繼續讓莫家發揚光大，傳承莫家家風的人。

這個三孫媳婦這一次可是大大的長了他們莫家的臉面，一紙良方是最大關鍵，救多少人於生死呀，真可謂是功德無量。而三孫子莫陽亦是讓他覺得驕傲不已，會主動想到了藥材之事，並且早早的開始做起準備來，這小倆口合在一起還真是絕配了。

知道應該準備哪些方面的藥材，又有莫家各房的絕對支持，因此莫陽這事進行得很順利，短短幾天的時間便備齊了大量的必要藥材，隨時可以由各處一併同時往江南那邊運送，以供災民使用，救人救命。

聽到這些事後，夏玉華真是欣慰不已，沒想到原來莫陽這些天竟然都是在忙這些事情。沒錯，對於救治這般嚴重的時疫來說，光有治療的方子還是不夠的，足夠的藥材供應方是最大的保證。

「陽，你想得真好，莫家上上下下也做得極好，能夠嫁給你，成為莫家的媳婦，是我的福氣。」第一次，夏玉華這般明顯的表達心中的感受。

「傻丫頭，好好的怎麼還說起這樣的話來了。」莫陽會心一笑，抱了抱夏玉華，道：「其實，能夠娶到妳才是我這一輩子最大的幸運！」

兩人相視一笑，而後便不再說話，只是相擁著感受這一份不曾消褪的溫暖與情意。在他們的周圍如同有一片祥雲時刻相隨，幸福而溫馨。

片刻之後，外室響起了鳳兒的通報聲，說是宮裡頭派人來了，這會兒已經在外頭候著。

因為先前鄭默然答應過夏玉華，但凡江南時疫有新的進展都會及時派人來通知她，所以這些日子宮中派人來也不是什麼新奇的事。而莫陽也不願讓玉兒挺著肚子四處亂跑，每次都是讓傳話的太監直接入內稟報便是。

而這一次，傳話的太監進了屋先給夏玉華與莫陽行禮問安之後，卻並不是直接說明江南時疫之事，而是對著莫陽說道：「三公子，皇上有急事召您進宮相商，還請三公子馬上隨奴才進宮一趟。」

一聽這會兒是找莫陽的，夏玉華不由得朝那太監問道：「皇上有沒有說到底是什麼急事？」

太監見郡主詢問，自是連忙答道：「回郡主話，皇上並沒有明言。」

見狀，莫陽卻是微笑地朝夏玉華說道：「玉兒，皇上找我一介商人還能有什麼事呢？依我看，只怕是江南那邊的藥材已經短缺了。」

如果不是這樣的話，鄭默然當真還不會這般明著派人請他進宮，而莫陽自開始著手收購藥材之際卻是早早想到了會有這麼一天。雖說他做這些主要是為了幫助那些災民，不過無異也是替朝廷解圍，而且趁此也算是回報了當日鄭默然主動放手、不再糾纏玉華之情。

他莫陽向來便是個恩怨分明之人，人敬他一尺，他敬人一丈。對於鄭默然，他更是如此！

聽了莫陽的話，夏玉華點了點頭，想來莫陽所料沒錯，算算日子，這些天大量使用下來，藥材確實很可能短缺了。而鄭默然若是想儘快的供應足夠的藥材，最好的辦法便是找莫家幫忙。如今莫家的主事者莫老太爺並不在京城，而莫家生意上大大小小的事主要都是莫陽在主持，所以鄭默然這會兒急著找莫陽商量也是再正常不過的事了。

「既然如此，你趕緊進宮去吧，時疫不同於其他，就是多耽誤一會兒都不知道會有多少百姓受苦。」夏玉華見狀，自然趕緊催莫陽進宮去，反正這邊莫陽早就已經將藥材都準備好了，如此一來便不會耽誤了。

知道夏玉華肯定會著急這麼重要的事，所以莫陽自然也不會耽擱，很快便起身說道：「放心吧，我這就進宮，此事妳不必再操心了，一切都會安排得妥妥當當，定然不會影響到江南百姓的醫療。」

說罷，莫陽便跟著宮中太監一起走了，宮中來人也早就準備好了一切，沒多久的工夫，馬車便直接駛入了皇宮。而莫陽果真沒有猜錯，鄭默然急著找他相商的正是藥材之事。

御書房內，兩個男人再一次單獨相對，只不過這一次的氣氛卻是祥和而平靜，如同是經歷過風雨之後再次相逢的朋友一般，因為同一個女人他們之間曾經劍拔弩張，不過卻也是因為同一個女人，如今他們之間反倒是有了種特殊的認同感。

不過兩人卻也並沒有多閒聊，莫陽行禮後鄭默然便直接切入主題，將江南時疫等地短缺藥材一事說道了出來。他的語氣真摯，態度誠懇，顯然並不覺得為了那些此刻正面臨生死的子民而有求於莫陽是一件有損顏面之事；同時他也表明，雖然國庫無法一次性支付莫家足夠的銀兩，但是日後在賦稅方面可以減免，並不會讓莫家太過吃虧，也不會要求莫家獨自承擔那些藥材的龐大費用。

而莫陽聽到鄭默然的請求之後，沒有半絲其他的想法，直接回稟道：「皇上請放心，此事包在莫陽身上。我莫家即便是傾其所有，也會確保江南各個疫區都能夠及時得到充足的藥材，絕對不會讓百姓因為缺少藥物而再喪命。」

見莫陽這般毫無任何條件便一口應了下來，鄭默然不由得感慨道：「果然是莫家兒郎，當真讓朕不得不再次佩服莫家的仁善大德。此次，不論是朝廷還是黎民百姓抑或者是朕本人，都打心裡感激你們莫家所做的一切，朕先代天下萬民向你們莫家道謝了！」

見鄭默然如此鄭重的道謝，莫陽卻微微頷首示意道：「皇上不必如此，這是行善積德的事，我莫家自然不可能袖手旁觀。而且，錢財之事皇上也不必多想，此次包括收購所有的藥材，以及運送費用都由我莫家一力承擔，皇上只需全力做好時疫終結之後，江南各地災民的安置等相關之事便可。」

「如此一來，莫家豈不是得花費鉅額的費用？」鄭默然哪裡不知道收購及運送這麼多的藥材總共得需要多大的一筆金額，雖說莫陽如今掌管著不少莫家生意，但是這麼大筆的資金出入，單憑莫陽一人是否真的能夠作得了主呢？畢竟現在莫家的主事者還是莫老太爺。

聽了鄭默然的話，莫陽自然明白皇上擔心的是什麼，因此笑著說道：「皇上請放心吧，錢財對於莫家來說不是什麼大問題，只要是花在值得的地方，就算是傾其所有，莫家人也不會有誰心疼半分。而且，此事早些日子我便有所準備，不但已經得到了我爺爺的同意，而且到現在為止，已經基本備齊了第一批藥材，很快便可以陸續運往各疫區。」

這話一說完，鄭默然這才完全明白了過來，怪不得莫陽這般的底氣十足，原來一切早早的便在他的掌控之中，而且也早就料想到了會出現這方面的問題。此刻鄭默然也不得不對莫陽的眼光與胸襟另眼相看了。

如此看來，莫老太爺那麼早便選定這隔代的孫子為接班人，當真是有著先見之明。而莫家之所以能夠這麼多年來一直保持著鼎盛的聲勢，確實與家族的傳統風範以及對於每一任主事者的篩選有著密不可分的關聯。

「莫陽，謝謝你！」沈默了片刻，鄭默然也沒有再多說什麼，想了想，唯有一聲感謝以表心意。到現在，他也終於明白，為何鄭、莫兩家的祖先當初會有那樣的相互承諾，算起來，皇室鄭家總歸還是最大的得利者。

離開皇宮之後，莫陽便馬不停蹄的開始調派處理運送藥材的事情，而因為前期事宜都準備得極其妥當，所以這會兒速度相當快，沒幾天工夫，成批的藥材便陸續運到江南各個疫區，在藥材告罄之前，得以及時補足，也確保了病患的救治。

半個多月的時間，這場來勢洶洶的時疫很快便受到了控制，又過了一個多月之後，全國上下已經完全戰勝了這一次的時疫。雖說時疫爆發初期，因為感染疫病而死了不少人，不過總的來說，夏玉華及時提供的方子以及莫家籌劃供給的充足藥材，已經讓這次的損害降到了最低的程度。

天災本就是沒有辦法完全避免的，百姓們能夠得到外來的救助而減少損失便已經很知足了。此刻在京城裡頭，因為解決了時疫的難題，夏玉華與莫家自是再次聲名遠播。夏玉華的仁心仁術，莫家的慷慨疏財救難都讓人們交相稱讚。當然，因為這一次的時疫，還有一人亦得到了空前的讚揚。

此人不是別人，正是才剛剛繼位一年多的新帝鄭默然。對百姓而言，一個能夠體諒民間疾苦，一個能夠在人民處於絕境之際及時出手解救的皇帝，便是一個真正愛民的好皇帝。

正因為如此，經過這一次的災難，各地不僅沒有發生什麼大的動亂，相反的，各疫區的百姓越發的團結起來，重新建造家園。而對於疫後災民的安置等事宜，鄭默然也拿出了一套頗為有效的配套辦法，並且督促各地府官嚴格施行，明令一旦查出有人從中謀利的話，定當嚴懲不貸！

如此一來，鄭默然更是深得民心，政令也都能通暢的執行下去，百姓的日子也漸漸的恢復了正常。

而經由這事，夏玉華與莫陽雖然獲得了來自於朝堂以及民間極高的讚譽，不過這兩人並不覺得有什麼值得驕傲的地方。對於他們來說，這些本就是應該做的，是一種責任也是一種本能。所以，事情結束之後，他們便還是繼續過著平靜而幸福的日子。

懷孕期間閒來無事，別院後花園已經被夏玉華開闢出一大片的藥園，裡頭種植了不少珍稀藥草。當然，這一切她都只是負責規劃而已，具體照顧這些藥草自然是找了兩個專人來負責。

雖說煉仙石的空間裡頭有著一大片連打理都不必的藥園，多的是上好的藥材，不過想著日後那煉仙石總歸是要回到修煉者身邊的，只不過是時間的早晚罷了。或許兩、三年之後，或許一、二十年也不一定，當然，也有可能便是下一刻。總之，還是早些作準備比較好。

而這些日子，看著腹中的骨肉一天一天的長大，摸著日漸隆起的肚子，夏玉華與莫陽都有著一種說不出來的期待與興奮。

終於在某一天，小傢伙似乎再也不願老實的待在母親腹中。真正到了生產之際，哪怕已經提前作好了一切準備，可是整個別院的人卻還是手忙腳亂。特別是莫陽，平日裡最鎮定的人竟然不知所措起來。

還好夏玉華頗淡定，也知道這頭一胎從感覺到陣疼、再到生出來最少也得幾個時辰，因此讓莫陽別太過著急。

被扶回到屋裡坐下之後，夏玉華朝著一旁的鳳兒吩咐道：「鳳兒，妳現在去通知大宅的那兩名產婆，讓她們準備好生產的一些東西後可以過來了。」

這一會兒，莫陽總算找回了點頭緒，連忙朝著一旁的婢女吩咐道：「快快快，少夫人要生了，都還站在這裡做什麼，趕緊去作準備呀！」

「妳、還有妳，去找人過來，燒開水還是什麼的，那個……」莫陽此刻都有些語無倫次了，腦子一片空白，說了幾句話，又擔心玉兒，趕緊俯下身看著她說道：「玉兒，妳還好吧，疼不疼？疼就喊出來，放心，我一直都會陪著妳的……」

見狀，夏玉華真有些哭笑不得了，搖著頭道：「傻子，這會兒還早呢，瞧把你給急成什麼樣子了，鎮定點，別讓你兒子看到你這個當爹的這副模樣。」

被夏玉華這般一說，莫陽這才稍微鎮定了一些，笑呵呵地說道：「瞧我，一激動就成這樣了。還好還好，我可得鎮定一些、鎮定一些。」

說著，他又趕緊朝著還留在屋子裡頭的幾名婢女依次吩咐道：「妳，趕緊去大宅報信，妳，趕緊去給我岳父母一家報信，妳……」

一時間，屋子裡頭的人再次忙碌了起來，準備迎接這位小少爺的出生。

所有人緊張而期盼，各種情緒都夾雜在一起，產婆、丫鬟等服侍之人來回不斷進出。而很快的產房裡頭不時傳出了夏玉華因疼痛的喊叫聲，急得在外頭焦急等候的莫陽恨不得衝進去替她承受疼痛，若是可以的話甚至替她生產都願意。

幸好一切順利，兩個多時辰之後，夏玉華終於為莫陽生下了一個男嬰，母子平安！

這個消息隨即如同旋風一般很快傳遍了整個京城，將那份喜悅傳遞到更多的地方，同時亦將那些來自於不同地方的祝福送給了這個剛剛降臨的孩子，也送給了這戶善良而讓人敬重的一家子……

——全書完

種田重生／豪門恩怨／婚姻經營

痛快逆襲、深情不悔／不要掃雪

難為侯門妻

全套五冊

她，人們戲稱為京城裡的一朵奇葩，
仗著父親是大將軍王，任性妄為、胡攪蠻纏，
不顧一切嫁給癡戀的男人，
卻因此付出最慘痛的代價……
沒想到死後重生，回到一切悲劇上演之前，
這一世，她真能改變自己去糾正前世的錯誤，
阻止不幸的命運再次發生嗎？

文創風 129　1

她已下定決心不再去招惹那些虛有其表的世家公子，
一心想拜師學醫，成為真才實學的女大夫，
才有能力改變自己與父親的不幸，挽救夏家的崩毀，
但是天下第一的神醫早已放話不收徒弟，連要見上一面都很難了，
這重生後跨出的第一步還真有點傷腦筋～～

文創風 130　2

沒想到世事難料，一切似乎完全反了過來，
尤其小侯爺李其仁的出現，意外打亂了玉華的全盤計畫，
他外向、開朗，真心誠意對待她，對夏家更有莫大的恩情，
她不知道怎樣才能表達心中的感激，同時也越發的不安起來，
人情債、感情債似乎越欠越多，多得根本沒有辦法還清……

文創風 131　3

無論哪一世、無論什麼事，為了女兒，父親都可以付出一切，
這一世，就換她來付出，並討回原本屬於父親的東西吧！
哪知父親才歷劫歸來，唯一的弟弟又遭人下毒，命在旦夕，
這夏家真是屋漏偏逢連夜雨，倒楣事一齣又一齣，
但只要父女同心，其利斷金，便沒有過不了的難關……

文創風 132　4

莫家是天下首富，身為接班人的莫陽個性內斂而清冷，
給人一種不怎麼好親近的感覺，卻總在下令玉華急難時伸出援手；
一個曾經親手為母親煮麵，如今也願意為她煮麵的男子，
這樣的他便足以讓玉華動容，永遠記在心中……

文創風 133　5 完

眼看婚姻中出現了大麻煩，即便錯不在自己，畢竟事情因她而起，
解鈴還需繫鈴人，玉華決定親上火線，化解婚姻危機，
她從不信什麼改命之說，自己的命只有自己能夠改變。
兩世為人，她真真正正懂得要珍惜這愛她及她所愛的人，
斷不會再讓自己留下更多的遺憾……

天才廚藝美少女遇上天下最挑剔刁嘴的美少年

重生的試煉．穿越的新鮮
人情的溫暖．溫柔的情意
精緻烹煮的美食佳餚，佐以專一的愛情調味，
引得你食指大動、會心一笑……

食全食美 全套八冊

真情流露派寫作大手／尋找失落的愛情

文創風 092 **1**

她對愛的癡傻竟換來寧氏全族遭到滅門之禍。
既然老天爺讓她重生，她定要好好的活一回！
從此，她不再是那個不解世事、爹疼娘寵的嬌嬌女，
她求爹答應教她廚藝，憑著過目不忘及異常靈敏的味覺，
她肯定能成為世上獨一無二的名廚。
她要避開前世所有的禍端，守護所有的親人。
她要看清楚所有人的真面目，不再受人欺瞞。
但容瑾這男人卻是她看不明白的，遇上他，她就上火……

文創風 093 **2**

這個寧汐，是長得像個精緻的娃娃似的，模樣討喜，
但她不饒人的小嘴和倔強的性子，他領教得可多了！
哼！她想山高水遠不必再見，他偏不如她的願，
要知道少了她在眼前晃，他生活可就太平淡無聊了……

文創風 094 **3**

這容瑾自大自傲，說話又毒辣，可實在太俊美了，
他只要淺淺一個微笑，都會令少女心神蕩漾。
不過迷戀他的少女之中可不包括她。
但看著他運用聰明才智地將鼎香樓炒得火紅，
她心生佩服之餘，覺得他的毒辣似乎沒那麼難忍了……

文創風 095 **4**

容瑾的出身、絕美的容貌、睿智才情……
看得愈多，就愈明白他真有高傲狂妄的資格。
她配不上出身高貴的他，可他老是來撩撥她的心，
連夜探香閨這種事他都做得出來，她根本拿他沒轍……

文創風 096 **5**

在他心裡，這寧汐什麼都好，就是太招人喜歡的這點不好！
迷了他就算了，還迷了一堆男人，
惹得他老大不痛快，吃不完的飛醋！
看來他下一步要籌劃的就是怎麼樣儘快娶她進門……

文創風 097 **6**

寧汐知道大皇子想要的是她身上所具有的神奇異能，
她不想嫁入皇室當妾，更不想容瑾為了她衝動惹禍。
如果能平安地度過這次的危難，她願意早點嫁給容瑾……

文創風 098 **7**

不能怪他性子急，娶妻這事他是一天也不想忍了！
心愛的女人遭人覬覦的感覺真是糟透了。
只要寧汐還沒娶進門，他就名不正、言不順，
無法大方地行使他作為丈夫的權益！

文創風 099 **8** 完

這次容瑾真的無法低頭了，瞧他把她寵成什麼樣？
他全然地對她坦白，她卻藏著自己的秘密，
還是關於另一個男人的，這下更是氣極了！
婚後最大的爭執於是展開，冷戰就冷戰吧……

機關算盡、局中有局之絕妙好手／玉井香

任何磨難，凡是殺不死她的，
終將化作她的養分，令她變得更強，
她就像懸崖上的花，牢牢抓著岩間的縫隙，
什麼風吹雨打都無法令她低頭！

風 文創 133

難為侯門妻 5 完

國家圖書館出版品預行編目資料

難為侯門妻 / 不要掃雪著. --
初版. -- 臺北市 ： 狗屋, 2013.10-
冊 ； 公分. --（文創風）
ISBN 978-986-328-186-3（第5冊：平裝）. --

857.7　　102018487

著作者　不要掃雪
編輯　呂秋惠
校對　林嫵媚　黃薇霓
發行所　狗屋出版社有限公司
地址　台北市104中山區龍江路71巷15號1樓
電話　02-2776-5889～0
發行字號　局版台業字845號
法律顧問　蕭雄淋律師
總經銷　知遠文化事業有限公司
電話　02-2664-8800
初版　102年11月
國際書碼　ISBN-13　978-986-328-186-3
原著書名　《璞玉惊华》，由起點女生網〈www.qdmm.com〉授權出版

定價240元
狗屋劃撥帳號：19001626
網址：love.doghouse.com.tw　E-mail：love@doghouse.com.tw